Mord und Blaubeerkuchen

Ein Kulinarischer Holly Holmes Krimi –
buch 5

K.E. O'Connor

K.E. O'Connor Books

K.E. O'Connor Books 24 St. Vincent's Road, Chelmsford, Essex, UK, CM2 9PS.

keoconnorauthor@keoconnor.com

Die Orignalausgabe des Romans erschien 2019 unter dem Titel »Blueberry Blast and Murder«

Übersetzt von Dana Comstock.

Korrekturlesen von Sophie Ruhnke.

Coverart Daniela Colleo http://www.StunningBookCovers.com

Erstellt mit Atticus.

Kapitel 1

Ich hielt inne, als ich den Wagen auf mein Lastenfahrrad lud. Mehrere Aussteller der Hochzeitsmesse eilten an mir vorbei, die Arme mit atemberaubenden Blumendekorationen beladen, deren berauschender, blumiger Duft in die Luft stieg.

»Wuff, wuff?« Meatball, mein süßer Corgi-Mischling, hüpfte um meine Füße und wedelte mit dem Schwanz.

»Hier ist schon wieder so ein Gewusel.« Ich tätschelte seinen Kopf. »Denkst du bei diesem Hochzeitskram daran, die wahre Liebe zu finden?«

Mit Verehrung in seinen großen Augen leckte er meine Hand ab.

Ich grinste und knuddelte ihn kurz. »Mir geht's genauso. Wir brauchen niemand anderen, um glücklich zu sein. Du bist mein felliger Seelenverwandter.«

»Holly! Rette mich.« Prinzessin Alice Audley rannte mit erröteten Wangen durch den Innenhof, wobei ihr langes blondes Haar hinter ihr wehte.

»Was ist los?« Ich sah über ihre Schulter. Wurde sie verfolgt?

»Es geht um meine bedauernswerte Cousine Diana. Ganz ehrlich, sie zieht mich echt runter. Hat, seit sie hier ist, kein einziges Mal gelächelt. Jetzt, wo sie der Liebe abgeschworen hat, will sie nur darüber reden, wie schrecklich Männer sind. Es ist trostlos.«

Ich grinste und richtete meine Aufmerksamkeit auf den Wagen, um die Schachteln mit Blaubeermuffins auf dem Fahrrad zu sichern. »Das kannst du ihr nicht vorhalten. Sie hat sich gerade von ihrem Ehemann getrennt.«

Alice seufzte dramatisch. »Man könnte glauben, es sei das Ende der Welt, nicht einfach eine gescheiterte Ehe. Ihre Beziehung liegt schon seit Ewigkeiten auf Eis. Erinnerst du dich an die pompöse Feier zu ihrem Hochzeitstag, die sie hier hatten? Alle haben gemerkt, dass etwas zwischen ihnen nicht stimmte.« Sie schlenderte zu dem Fahrrad hinüber. »Was hast du in den Schachteln?«

»Nichts für dich.« Ich legte eine Hand auf die oberste Kiste. »Ich liefere sie an Artfully Homewares aus. Catherine richtet heute Nachmittag eine Privatparty aus und hat uns gebeten, sie zu beliefern.«

»Ich bin sicher, es macht ihr nichts aus, wenn ein Küchlein fehlt.« Alices Hand näherte sich der Schachtel.

Ich tippte auf ihren Handrücken. »Du magst eine Prinzessin sein, aber du darfst nicht die Leckereien anderer stehlen.«

Sie schnaubte. »Na schön. Ich freue mich sowieso mehr auf deine mittelalterlich dekorierte Torte. Wie viele Schichten hat sie?«

Ich grinste, als sie meine Backkünste erwähnte. An dieser Torte hatte ich tagelang gearbeitet, Dekorationen gestaltet und die endgültige Farbgestaltung ausgewählt. »Fünf. Sie sieht gut aus.«

»Hoffentlich schmeckt sie auch so gut wie sie aussieht«, sagte Alice. »Und ich will das erste Stück, da du mir diese Leckereien vorenthältst.«

»Die Hochzeitsmesse öffnet bald. Dort werden genügend Unternehmen Tortenproben verteilen, um die Besucher anzulocken. Da kannst du dich satt essen.«

»Die werden nicht so lecker sein wie deine. Und ich kann in der Öffentlichkeit nicht allein Torte essen. Stell dir nur die Schlagzeilen in den Klatschblättern vor: ,*Prinzessin Alice und ihr trostloses Liebesleben.*‘ ,*Prinzessin tröstet sich mit Essen, weil sie niemand heiraten will.*' Und die Bilder werden zeigen, wie ich mich mit Kuchen vollstopfe, weil ich keinen Mann finde.«

»Vielleicht lässt du dich auf der Messe inspirieren, wie man den perfekten Mann findet.«

Alice drehte sich um und starrte auf die großen Zelte, die auf dem Gelände des Schlosses aufgebaut waren. »Wenn ich heirate, dann barfuß am Strand, irgendwo, wo es heiß ist, wo niemand weiß, wer ich bin. Ich habe keine Lust auf dieses ganze Getue.«

»Ich dachte, du willst eine Riesenhochzeit.«

»Ich hab's mir anders überlegt.«

»Deine Eltern werden darüber nicht begeistert sein. Sie werden wollen, dass die Hochzeit hier stattfindet.« Ich deutete auf Audley Castle. Es war eins der hübschesten Schlösser des Landes und es hatten schon einige große Hochzeiten dort stattgefunden.

»Damit sie mich vorführen können wie einen preisgekrönten Pfau. Sie interessieren sich doch nur dafür, welche Beziehungen mein Zukünftiger hat.« Sie blickte die Zelte finster an. »Was ist mit Liebe? Sollte es in einer Ehe nicht darum gehen?«

Ich rückte die Kisten mit den Küchlein zurecht. In Sachen Liebe war ich keine Expertin. Ich war schon lange Single. Normalerweise machte es mir nichts aus, aber beim Anblick des ganzen Hochzeitskrams wurde ich nachdenklich. Vielleicht wurde es Zeit, dass ich einen Mann fand.

Meatball hüpfte auf seinen Vorderpfoten, seinen Blick auf den Wagen mit den Leckereien gerichtet.

»Meatball findet es auch grausam, dass du uns diese Küchlein vorenthältst«, sagte Alice. »Wir können uns einen teilen. Ich teile immer gern mit Meatball.«

»Ihr zwei könnt so lange betteln, wie ihr wollt. Diese Küchlein bekommt ihr nicht. Hier, davon kannst du eins haben.« Ich reichte ihr einen Flyer.

»Plogging? Ist das ein Rechtschreibfehler?«

»Nein. Es ist in Skandinavien entstanden. Man kombiniert Joggen damit, die Natur aufzuräumen. Das ist dort sehr beliebt. Ich plane eine Veranstaltung dazu, wenn die Hochzeitsmesse vorbei ist. Ich dachte, wir können ein paar Gruppen zusammentrommeln und gemütlich durch die schöne Natur joggen und dafür sorgen, dass kein Müll herumliegt. Du kannst gerne mitmachen.«

Sie rümpfte die Nase. »Ich bin kein Fan vom Laufen oder von irgendwas, bei dem ich schwitze und dreckig werde.«

»Wir werden ganz langsam laufen. Man kommt gar nicht dazu, schnell zu laufen, weil man ständig stehenbleibt und Müll aufsammelt. So wird man fit und säubert die Umwelt.«

»Das klingt gar nicht so schlecht«, sagte Alice. »Okay, bin dabei.«

»Du kannst in meinem Team sein. Hoffentlich machen noch mehr Leute aus dem Dorf mit. Ich dachte, ich hänge diese Flyer auf und vielleicht meldet sich jemand an. Ich bin schon bei fünfzig. Und ich werde Leckereien backen, die die Leute nach dem Lauf essen können. Das wird ein Anreiz sein, sich zu beteiligen.«

»Lauf! Du hast gesagt, wir joggen ganz langsam.« Alices Augen verengten sich. »Du versuchst doch nicht, mich zu irgendeinem abscheulichen Extremsport zu bewegen?«

Ich lachte. »Nicht doch. Es wird ganz langsames Joggen sein. Schwitzen ist beinahe ausgeschlossen.«

»Ich könnte einen Erlass herausgeben, dass jeder im Dorf mitmachen muss«, sagte Alice.

»Ich hoffe, dass die Leute gerne freiwillig für einen so guten Zweck mitmachen«, sagte ich. »Aber wenn ich zu wenig habe, komme ich auf dich zurück, dann kannst du die Dorfbewohner zur Mitarbeit zwingen.«

»Ich bin gerne bereit, meine Waffen einzusetzen. Na ja, die groben Dinge lasse ich meine Security machen.«

Sie blickte sehnsüchtig auf die Schachtel mit den Küchlein. »Gehst du zum Laufsteg-Event?«

»Nee. Ein Hochzeitskleid sieht aus wie das andere.«

»Nein! Du musst kommen. Ich nehme Diana mit, obwohl ich glaube, dass es sinnlos ist. Ich kann den Gedanken nicht ertragen, einen Abend mit ihr zu verbringen, wenn sie immerzu wegen Hochzeitskleidern und ihrer schrecklichen Ehe weint.«

»Also willst du mich auch mit diesem Leid beglücken?«

Alice grinste mich an. »Dafür sind Freundinnen da. Wir können den Schmerz der anderen teilen. Außerdem gibt es kostenlosen Champagner und Canapés.«

»Ich weiß! Die Küche liefert diese Canapés.«

»Was bedeutet, dass das Essen toll sein wird. Begleite mich und Diana morgen Abend. Wir beide können sie aufmuntern. Was hast du sonst vor?«

»Ähm, Kochsendungen ansehen?« Mein Sozialleben war nicht gerade vollgepackt.

»Das kannst du jederzeit tun. Und wenn dir langweilig wird, kannst du immer noch gehen.«

Ich seufzte. Wenn Alice sich einmal etwas in den Kopf gesetzt hatte, war es schwer, sie davon abzubringen. »Sicher. Meine aufregenden Pläne können warten.«

»Ich besorge uns Plätze in der ersten Reihe«, sagte Alice. »Wir können uns mit leckerem Essen vollstopfen und über die Rüschenkleider lachen.«

»Abgemacht. Jetzt sollte ich besser los. Ich muss diese Küchlein zu Catherine bringen.« Ich hob Meatball hoch, band ihn in dem Korb an der Vorderseite meines Fahrrads fest und setzte ihm seinen Schutzhelm auf den Kopf.

»Bring mir ein Küchlein mit«, sagte Alice. »Ich rieche, wie köstlich sie sind.«

»Frag Küchenchef Heston nach einer Leckerei.« Ich schwang mein Bein über das Fahrrad. »Bis später.« Dann stieß ich mich ab und fuhr um die Ecke, wo ich in die Eisen ging und keuchte.

»Nehmen Sie Ihre Hände von mir, Sie Hornochse.« Eine rothaarige Frau mit knallrotem Gesicht wurde von Campbell Milligan, dem Sicherheitschef des Schlosses, festgehalten.

»Sie wurden schon einmal verwarnt. Ich sagte, Sie sollen nicht zurückkommen.« Campbell schritt voran und zog die Frau mit sich.

»Ihnen gehört dieses Schloss nicht. Ich darf herkommen, wenn ich möchte. Immerhin habe ich den Eintrittspreis für Besucher bezahlt. Ich hatte noch nicht einmal die Gelegenheit, mich auf der Hochzeitsmesse umzusehen.«

»Sie sind hier nicht willkommen.«

»Was ist hier los?«, fragte ich, während ich mein Fahrrad auf sie zuschob.

»Mit dir hat das nichts zu tun.« Campbell sah mich an und seine ernsten Züge wurden härter.

»Befreien Sie mich von ihm«, sagte die Frau. »Ich bin unschuldig. Er schikaniert mich.«

Ich kannte Campbell gut genug, um zu wissen, dass er niemanden schikanieren würde. Ich fuhr neben ihnen her. »Campbell beschützt nur die Familie. Haben Sie etwas getan, das sie verärgert hat?«

»Ich interessiere mich nicht für die Familie Audley oder dieses langweilige, zugige Schloss«, sagte die Frau.

»Warum zwingt er sie dann zu gehen?«, fragte ich.

»Holly, kümmere dich um deinen eigenen Kram. Es sieht aus, als hättest du etwas auszuliefern.« Campbell funkelte mich an.

»Das habe ich. Aber wir sind in dieselbe Richtung unterwegs. Ich kann euch Gesellschaft leisten.« Und herausfinden, warum er diese wütende Frau zum Ausgang schleifte.

»Jetzt nicht mehr.« Abrupt drehte er sich um und ging auf einen anderen Ausgang zu.

Ich stellte meinen Fuß auf den Boden, als er davonschritt. Die Frau beschwerte sich weiter, während er sie mit sich zog. Es beeindruckte mich, wie viel

Widerstand sie leistete. Campbell überragte sie und mit ihm war nicht zu spaßen.

Ich stieß mich wieder ab, um ins Dorf zu fahren, als ich eine große, elegante Frau mit einer großen, dunklen Sonnenbrille und einem grünen Tuch auf dem Haar entdeckte. Vielleicht irrte ich mich, aber es sah aus, als hätte sie die Auseinandersetzung zwischen Campbell und der Frau beobachtet. Jetzt schien sie sich allerdings auf mich zu konzentrieren.

Langsam hob ich eine Hand. Irgendwie kam sie mir bekannt vor. Kannte ich sie? Ihre Züge waren aus der Ferne schwer zu erkennen.

In der Sekunde, in der sie sah, wie ich meine Hand hob, drehte sie sich um und verschwand hinter dem Schloss.

Wenn sie etwas im Schilde führte, würde Campbell auch sie bald aufspüren. Im Rahmen der Hochzeitsmesse waren so viele Menschen hier, dass es nicht ungewöhnlich war, dass sie sich verirrten und an Orte stolperten, an denen sie nicht sein sollten.

»Lass uns verschwinden, Meatball. Es wird gut sein, diesem Chaos für eine Stunde zu entfliehen.«

»Wuff, wuff!« Sein Bellen war voller Zustimmung, während wir durch das Schlosstor und durch die leeren Straßen nach Audley St. Mary, meinem schönen Heimatdorf, fuhren.

Zwar beschwerte ich mich oft über die Hügel, die ins Dorf führten, aber es war immer ein gutes Training, wenn ich das Fahrrad für meine Lieferungen benutzte. Das Brennen in meinen Oberschenkeln zeigte mir, dass meine Muskeln heute definitiv hart arbeiteten.

Meatball liebte es, im Fahrradkorb zu sitzen. Er war darin gesichert, sodass er nicht herausspringen konnte, aber er konnte sich hinsetzen, seine Vorderpfoten auf den Rand des Körbchens legen und einen fantastischen Ausblick genießen, während ich radelte.

Ich winkte mehreren Dorfbewohnern zu, während ich auf die Läden zufuhr. Audley St. Mary hatte eine tolle Auswahl an kleinen, unabhängigen Läden, deren Geschäft florierte. Es gab ein paar Laden- und Restaurantketten, darunter ein Café, das ich nie betrat, da es mein eigenes Café vor nicht allzu langer Zeit in den Ruin getrieben hatte.

Und dorthin war ich auf dem Weg. Mein ehemaliges Café beherbergte nun Artfully Homewares und ich freute mich zu sehen, dass es gut lief.

Ich hielt das Fahrrad an und stieg ab, dann öffnete ich meinen Helm und hing ihn an den Lenker, hob Meatball heraus und nahm auch ihm seinen Helm ab, bevor ich ihn auf dem Boden absetzte.

»Holly! Was machst du so weit vom Schloss entfernt?«

Ich drehte mich um, als ich Lord Rupert Audleys Stimme hörte und lächelte ihn an. »Ich liefere etwas aus. Was ist mit dir?«

Er seufzte und schob seine Hände in seine Taschen. »Ich verstecke mich.«

»Wovor?«

»Seit die Hochzeitsmesse begonnen hat, hatte ich mehrere lange, sehr unangenehme Gespräche mit meiner Mutter. Sie spricht ständig von meiner Hochzeit.«

Ich knirschte mit den Zähnen und zuckte zusammen. »Deine Hochzeit! Gibt es jemanden, den du heiraten möchtest?«

»Mehrere Junggesellinnen, die in Frage kommen, wurden genannt«, sagte Rupert missmutig.

Mein Magen machte einen Purzelbaum. Ich war schon ziemlich lange in Rupert verknallt. »Hast du ein Auge auf eine dieser Junggesellinnen geworfen?«

»Es sind alles reizende Mädchen, aber nicht das, was mich interessiert.« Er sah mich an und strich sich das zerzauste blonde Haar aus dem Gesicht. »Ich meine, ich weiß, dass ich sesshaft werden muss. Erwachsen werden, wie meine Mutter es mir immer sagt, aber wieso kann es nicht bleiben, wie es ist? Wir sind glücklich, so wie es ist, nicht wahr?«

»Ich meine, klar. Du kommst mir recht glücklich vor. Aber vielleicht könntest du jemanden treffen, der dich noch glücklicher macht.«

Er grinste. »Du machst mich glücklich. Vor allem, wenn du Schachteln mit köstlich aussehenden Leckereien dabeihast.«

Ich kicherte und schüttelte den Kopf. »Keine Chance. Deine Schwester hat dasselbe versucht, als sie diese Küchlein gesehen hat. Das ist eine Lieferung für Catherine im Töpferladen.«

»Oh! Wieso gehen wir nicht zusammen rein? Ich kann mich umsehen, während wir dort sind.«

»Ich habe nicht viel Zeit. Muss zum Schloss zurück. Ich gebe meiner mittelalterlichen Torte den letzten Schliff.«

»Alice hat mir alles darüber erzählt. Klingt aufregend. Kannst du der Küche nicht für eine halbe Stunde fernbleiben? Du verdienst eine Pause. Ich wette, Küchenchef Heston lässt dich wie immer zu hart arbeiten.«

»Das tut er immer.« In Ruperts Nähe zu sein, zauberte ein Lächeln auf mein Gesicht. Er dachte immer an andere und sorgte dafür, dass sie glücklich waren. »Du hast recht. Eine halbe Stunde kann nicht schaden.«

»Ich helfe dir mit den Schachteln.« Rupert machte die Schachteln los und hob zwei hoch.

Ich nahm den Rest und wir betraten den Laden, wobei Meatball neben mir hertrottete.

Catherine Miquel sah von ihrem Platz hinter der Theke aus recycelter Eiche auf, der Theke, die ich hatte einbauen lassen, als es mein Café war. Sie hatte warme braune Augen, ein freundliches Lächeln und oft steckte ein Pinsel hinter ihrem Ohr. »Holly! Und ... gute Güte. Lord Rupert. Was für eine unerwartete Überraschung. Erledigen Sie öfter Lieferungen für das Schloss, Ihre ... Lordschaft?«

Er lachte. »Es ist ein besonderer Anlass. Und nennen Sie mich Rupert. Ich helfe Holly nur.«

Catherines Augen weiteten sich, als sie mich ansah. »Das ist nett von Ihnen. Kommen Sie mit nach hinten, Sie können die Kuchen in der Küche abstellen.«

Ich grinste. »Ich kenne den Weg. Ist es in Ordnung, dass Meatball hier drin ist? Er ist gut erzogen. Wahrscheinlich ist der Laden wie ein zweites Zuhause für ihn.«

»Natürlich. Er ist hier willkommen.« Catherine lief vor uns her und öffnete die Türen, sodass wir mit den Schachteln hindurchgehen konnten.

Der Laden fühlte sich zwar vertraut an, sah allerdings ganz anders aus. Catherine hatte die Wände in einem hellen gelb gestrichen und im vorderen Bereich zusätzliche Regale für die Töpfe angebracht, die man im Laden bemalen konnte. Außerdem stand eine große Vitrine im hinteren Teil des Geschäfts und die Theke war versetzt worden.

Als ich die Küche betrat, überraschte es mich, in einer Ecke einen großen Brennofen zu sehen.

Ich stellte die Schachteln ab und ließ meinen Blick durch den Raum schweifen. Er sah anders aus, aber ich fand es gut. Der Laden war mit viel Sorgfalt und Liebe schön gestaltet worden.

»Danke, dass Sie sie vorbeigebracht haben«, sagte Catherine. »Eine der Damen im Dorf feiert hier heute Nachmittag ihren Geburtstag. Sie sagte, sie wolle ein paar ganz besondere Leckereien. Da dachte ich natürlich sofort an die Schlossküche und all die köstlichen Desserts, die Sie machen.«

»Da bin ich froh«, sagte Rupert. »Holly ist die beste Bäckerin, die wir je hatten. Wir haben vor, dafür zu sorgen, dass sie für immer bei uns bleibt.«

Ich sah ihn an und grinste. »Das ist sehr nett. Alle anderen in der Küche sind ebenfalls in der Lage, schöne Kuchen zu backen.«

»Oh, durchaus! Du gibst deinen Kuchen nur den besonderen letzten Schliff, der sie so magisch macht«, sagte Rupert.

»Ich freue mich, die Küchlein für die Party zu haben«, sagte Catherine. »Haben Sie Zeit für eine Tasse Tee?«

»Wir hatten gehofft, dass Sie das sagen würden.« Rupert rieb sich die Hände. »Und ich hätte nichts dagegen, mich am Bemalen eines Topfes zu versuchen, während ich hier bin.«

Catherines Hände flogen an ihre Brust. »Selbstverständlich. Es wäre mir eine Ehre, sie zu bewirten.«

»Nur, wenn es keine Mühe macht«, sagte ich. »Sie haben eine Feier auszurichten.«

»Es macht keine Mühe. Die Feier findet erst in ein paar Stunden statt. Ich habe fast alles vorbereitet und kann loslegen. Sie können sich gern im Bemalen versuchen. Möchten Sie es auch versuchen, Holly?«

»Gerne. Danke.«

»Kurz nach der Eröffnung waren wir schon einmal hier, um uns umzusehen«, sagte Rupert. »Ich brachte meine Schwester und Holly mit. Alice stellte ihre Malkünste zur Schau, also kam ich nicht zum Zuge.«

»Ich erinnere mich daran.« Catherine kochte Tee und stellte Tassen bereit. »Der Besuch Ihrer Schwester im Laden hat eine Menge Zuschauer angezogen.«

»So ist sie immer«, sagte Rupert. »Sie ist eine regelrechte Angeberin.«

»Ich war dankbar für die Publicity.« Catherine goss uns Tee ein. »Wir waren mehrere Wochen lang auf den Titelseiten der Zeitungen und seitdem bin ich gut gebucht. Anerkennung aus dem Hause Audley ist immer gut fürs Geschäft.«

»Tja, ich schätze, Alice hat ihren Nutzen.« Rupert nahm eine Tasse Tee.

Ich nickte Catherine dankbar zu, als sie mir eine Tasse reichte. »Es sieht aus, als liefe der Laden richtig gut.«

»Das tut er. Ich bin überglücklich«, sagte Catherine. »Ich habe immer davon geträumt, meinen eigenen Laden für Töpferei und Deko zu besitzen. Als ich diesen Laden entdeckte, konnte ich mir die Gelegenheit nicht entgehen lassen. Und die Dorfbewohner haben mich so herzlich aufgenommen.«

»Deshalb liebe ich es hier«, sagte ich.

»Gehen wir durch den Laden.« Catherine ging zur Küchentür. »Sie können sich die Töpfe ansehen, die zum Bemalen zur Verfügung stehen. Ich bringe auch ein paar der Küchlein für Sie raus.«

Rupert grinste wie ein übermütiges Kind. »Das klingt toll. Komm, Holly.« Er nahm meinen Arm und führte mich in den Laden.

Mir entging nicht der überraschte Ausdruck auf Catherines Gesicht, als er mich hinausbegleitete.

Meine Beziehung zur Familie Audley war einzigartig. Ich betrachtete es als Privileg, zu ihrer Freundesgruppe zu gehören, aber ich verstand auch, wie seltsam es auf andere wirkte. Eine Küchenhilfe, die mit einem Lord und einer Prinzessin befreundet war. Manchmal konnte ich es auch kaum fassen. Aber es funktionierte einfach.

Bald saßen wir mit Pinseln in der Hand am Tisch, auf dem die Küchlein und kleinen Töpfe standen, die auf ihre finale Gestaltung warteten. Meatball hatte sich neben meinen Füßen niedergelassen.

»So muss es sein«, sagte Rupert. »Das hier ist alles, was ich zum Glücklichsein brauche. Eine starke Tasse Tee, einen leckeren Kuchen und dich.«

Meine Augenbrauen schossen nach oben. »Mich?«

Mit geröteten Wangen blickte er auf. »Ich meine, eine gute Freundin. Verstehst du? Ich meine, du bist nicht nur eine Freundin. Du ... na ja, du bist besonders. Du machst das Audley Castle besonders.«

Ich wandte den Blick ab und richtete ihn auf Meatball, der geduldig neben dem Tisch saß und zweifellos auf ein Stück Kuchen hoffte. »Sollen wir die Töpfe bemalen?«

»Ja. Richtig. Machen wir uns an die Arbeit.« Er grinste und senkte den Kopf.

Wenn ich doch nur mit Rupert zusammenkommen könnte. Doch dann würde mein Leben viel komplizierter werden, und ich war mit meiner derzeitigen Situation zufrieden.

Kuchen, Tee und mein bester felliger Freund an meiner Seite. Das war keine schlechte Art zu leben.

Kapitel 2

Nach meinem Treffen mit Rupert war ich den restlichen Tag über in der Schlossküche beschäftigt. Mein Topf wurde im Geschäft zum Trocknen aufbewahrt, und ich konnte ihn erst in ein paar Tagen abholen.

Nachdem ich meine Schürze aufgehängt hatte, war ich mit Meatball auf dem Weg zu meiner Wohnung, als ich durch laute Stimmen ausgebremst wurde.

»Du hättest die Wahrheit sagen sollen.« Eine elegant gekleidete Frau mit einem adretten grauen Bob stieß die ihr gegenüberstehende Frau heftig mit dem Zeigefinger. »Du hast das Design gestohlen. Wahrscheinlich hast du es auf meiner Website gesehen.«

Die andere Frau lachte schroff. Sie war einen Kopf kleiner, zierlich, mit dunklem Haar und trug einen cremefarbenen Anzug. »Auf das Design wärst du doch gar nicht gekommen. Deine Entwürfe sind immer mindestens drei Saisons hinter den aktuellen Trends.«

»Das stimmt nicht. Ich arbeite schon wesentlich länger in dieser Branche als du. Ein klassisches Design verliert nie an Stil.«

»Du hast deine besten Jahre hinter dir. Es wird Zeit, dass du in Rente gehst.«

Die etwas größere Frau machte einen Schritt nach vorne. »Das würde ich, wenn ich könnte. Doch das gibt dir noch lange nicht das Recht, dir etwas zu nehmen, was nicht dir gehört.«

»Ich kann mir selbst Dinge ausdenken. Ich habe es gar nicht nötig, sie von einer verbitterten Harpyie abzukupfern.«

Ich holte tief Luft. Das wurde richtig hässlich. Sollte ich mich besser einmischen?

Die kleinere Frau stolperte zur Seite und umklammerte dabei ihre Körpermitte.

Daraufhin streckte die andere Frau eine Hand aus, als wolle sie ihr helfen. »Ist dir übel?«

Die Angesprochene winkte ab. »Mir geht es gut. Einfach blendend.«

»Wenn du nicht den kostenlosen Champagner bei solchen Events verschlingen würdest, würdest du deine Arbeit selbst erledigen können«, behauptete die grauhaarige Frau. »Du warst früher viel besser, als du es aktuell bist.«

»Gegen meine Arbeit gibt es überhaupt nichts einzuwenden. Und von dir könnte ich dasselbe behaupten. Deine Werbebanner, die du bei dieser Veranstaltung benutzt, sind identisch mit denen vom letzten Jahr. Was ist da los? Fehlt dir das Geld?«

»Kümmere du dich um deine eigenen Angelegenheiten. Es läuft gut bei mir.«

Die andere Frau stolperte erneut. Sie schien wirklich unsicher auf den Beinen zu sein. »Halt dich fern von mir. Steck dir deine alten Banner und deine öden Hochzeitsblumen sonst wo hin und lass mich in Ruhe.« Die dunkelhaarige Frau wandte sich taumelnd ab und ging davon.

»Komm, Meatball. Wollen wir nachsehen, was es damit auf sich hatte?« Ich klopfte gegen mein Bein und er trabte an meiner Seite, während wir zu der großen Frau hinübergingen.

Sie murmelte in sich hinein, als wir uns näherten. Als sie sich zu mir umdrehte, verengten sich ihre Augen. »Kann ich Ihnen helfen?«

»Eigentlich hatte ich mich gefragt, ob ich Ihnen helfen kann. Ich konnte nicht anders, als mitzubekommen, dass Sie sich mit der anderen Frau gestritten haben. Ist alles in Ordnung?«

Sie fuchtelte mit einer Hand in der Luft herum und zog die Schultern hoch. »Bloß der typische berufliche Wettstreit. Connie ist der Meinung, dass sie als einzige Hochzeitsfloristin auf diesem Event vertreten sein sollte. Lächerlich. Hier sind Hunderte von potenziellen Kunden. Sie kann nicht jeden davon bekommen.«

»Sie sind Floristin?«

Sie musterte mich, bevor sie seufzend die Hand ausstreckte. »Das ist richtig. Ich bin Belinda Adler. Ich mache das schon seit über dreißig Jahren. Und manchmal kann ich es selbst kaum glauben, wie lange das ist.«

Ich ergriff ihre ausgestreckte Hand. »Holly Holmes. Ich arbeite in der Schlossküche. Außerdem backe ich noch für das Café und versorge die Familie mit Lebensmitteln, am meisten mit Desserts.«

Belindas dünne Augenbrauen hoben sich. »Das klingt, als hätten Sie viel zu tun. Ein fantastischer Ort zum Arbeiten.«

»Ich liebe es. Sie sind sicher an solche Umgebungen gewöhnt. Mit den Hochzeitsmessen kommen Sie sicher im ganzen Land herum.«

»Das stimmt.« Sie betrachtete das Schloss. »Nach so vielen Jahren weiß ich manchmal gar nicht mehr, wo ich bin.«

»Mögen Sie diese Messen nicht?«

Sie verzog die Lippen. »Früher schon. Im Grunde genommen hat Connie recht. Ich muss überlegen, ob ich nicht in den Ruhestand gehen möchte. Die Hochzeitsplanung ist was für junge Leute. Es kostet jede Menge Kraft, um den wachsenden Ansprüchen der Kunden gerecht zu werden.«

»Ist Connie die Frau, mit der Sie sich gerade gestritten haben?«

»Ja, Connie Barber. Und auch wenn ich es nicht gerne sage, sie ist eine herausragende Floristin. Zumindest war sie das früher. Ich verstehe zwar nicht warum, aber in den letzten sechs Monaten sind ihre Entwürfe immer schlechter geworden. Sie war immer Perfektionistin. Alle Stücke mussten makellos und farblich perfekt aufeinander abgestimmt sein. Auf der Messe heute habe ich mir ihre Arbeiten aus der Nähe angeschaut, und sie wirkten einfach schlampig.«

»Mir ist auch aufgefallen, dass sie ziemlich wackelig unterwegs war. Geht es ihr nicht gut?«

»Das merkt wahrscheinlich jeder. Das Hochzeitsgeschäft ist ziemlich stressig. Connie kompensiert das, indem sie exzessiv trinkt. Alle haben Vorstellungen von ihrem perfekten Tag. Wenn man das nicht umsetzen kann oder den Leuten sagt, dass etwas nicht umsetzbar ist, dann ist der Teufel los. Ich kann inzwischen nicht mehr aufzählen, wie häufig ich von einer verärgerten Braut angeschrien wurde, weil sie nicht die gewünschten Blumen für ihre Hochzeit bekommen hat.«

»Das hört sich an, als hätten Sie nicht mehr viel Spaß am Hochzeitsgeschäft.«

Sie drehte den goldenen Ring an ihrem Ringfinger. »Als ich jünger war, liebte ich es, mitzuerleben, wie alles zusammenkam. Meine wundervollen Blumen verliehen dem großen Tag das gewisse Etwas. Inzwischen, keine Ahnung, ist alles ganz anders. Ich überlege, ob es nicht auch für mich Zeit wäre, mich umzuorientieren.«

»Warum nicht? Das habe ich auch gemacht, als ich anfing, im Schloss zu arbeiten.«

Belinda neigte den Kopf. »Wie kamen Sie zu dieser Stelle?«

»Ich habe zuerst Geschichte studiert und wollte anschließend unterrichten, aber daraus wurde nichts und ich hatte Probleme, eine feste Anstellung zu finden. Parallel zum Studium habe ich in der Gastronomie gearbeitet. Später habe ich dann in Audley St. Mary ein Café eröffnet.«

»Das muss eine spannende Zeit gewesen sein. Aber es hat nicht geklappt?«

»Für eine Weile lief es gut, aber wie Sie gesagt haben, ein eigenes Unternehmen zu führen ist stressig. Ständig sitzt einem ein Konkurrent im Nacken. Oder in meinem Fall kam eine riesige Café-Kette ins Dorf, die Kaffees und Muffins zu Schleuderpreisen anbot und meinen Gewinn verschlang.«

»Das tut mir leid«, bedauerte Belinda. »Ich bevorzuge grundsätzlich unabhängige Cafés. Ich zahle sogar gerne etwas mehr für meine Muffins. Die schmecken nämlich immer besser, da sie nicht aus irgendeinem Lager angeliefert und einfach wieder aufgewärmt wurden.«

Ich rümpfte die Nase. »Das könnte ich nicht. Ich habe damals jeden Tag frisch gebacken. Leider sahen das nicht genug Menschen so wie Sie. Ich war schon dabei, mein Café zu schließen, als ich das Stellenangebot für die Küche im Audley Castle sah. Ich war sofort interessiert. Heute bin ich jeden Tag hier und kann fantastische Torten backen.«

Belindas ließ die Schultern hängen und begann den Kopf zu schütteln. »Ich bewundere Ihren Mut. Aber Sie sind deutlich jünger als ich. Ich kann nicht mehr umsteigen.«

»Natürlich geht das«, warf ich ein. »Es gibt doch bestimmt noch etwas anderes, was Sie machen möchten. Wenn Hochzeitsfloristik nicht Ihr Ding ist, dann könnten Sie sich vielleicht auf Blumen für verschiedene Anlässe konzentrieren.«

»Wie Beerdigungen? Das ist wohl kein angenehmer Jobwechsel. Außerdem müsste ich dann mit Lilien arbeiten, und deren Blütenstaub hinterlässt Flecken auf meiner Haut.«

»Was halten Sie von Taufen oder Bar Mizwas?«

Sie schüttelte den Kopf. »Da hätte ich das gleiche Problem. Noch ein paar Jahre halte ich durch und dann werde ich vielleicht über einen Verkauf meines Unternehmens nachdenken. Ich wünschte, ich hätte

Ihren Mumm und Ihr jugendliches Selbstbewusstsein. Aber einem alten Hund kann man eben keine neuen Tricks mehr beibringen.« Sie deutete ein Nicken an. »Es hat mich gefreut, mit Ihnen zu reden, Holly. Nach der Begegnung mit Connie hatte ich ein freundliches Gesicht dringend nötig.«

»Nichts zu danken.« Ich beobachtete, wie Belinda mit geradem Rücken und verschränkten Armen davonschritt. Ich hatte ein wenig Mitleid mit ihr. Sie war gefangen in einem Job, der ihr keine Freude bereitete, und stritt mit anderen Floristen wegen Hochzeitsdesigns und Kunden.

Ich blickte auf Meatball hinunter. »Denkst du das auch? Findest du, dass ein alter Hund keine neuen Tricks mehr lernen kann?«

Er hopste auf seinen Pfötchen und wedelte mit dem Schwanz.

»Das meine ich auch. Wenn ein Hund genügend Leckerlis und Zuspruch bekommt, kann er jeden Trick lernen, wenn er es nur möchte. Komm, wir holen uns etwas zu essen.«

Am nächsten Morgen war ich mit Meatball auf dem Weg zur Arbeit, als er die Ohren spitzte und den Schwanz in die Luft streckte.

In der Erwartung, Alice zu sehen, schaute ich mich um. In ihrer Nähe war er immer aufgeregt. Stattdessen sprang ein kleiner Hund in einem hellrosa Overall und mit einer kleinen flauschigen Mütze auf dem Kopf in unsere Richtung.

Meatball bellte, bevor er auf den Hund zuhüpfte.

Ich eilte ihm hinterher. Ich hatte keine Bedenken, dass er aggressiv werden könnte, aber er war oft zu enthusiastisch, wenn es darum ging, Freunde zu finden, und dieser Hund war winzig. Wahrscheinlich könnte ich ihn mit einer Hand tragen.

»Hallo, wer bist denn du?«, fragte ich das kleine rosafarbene Kerlchen.

Mit großen Augen erstarrte der Hund, sobald er Meatball erspähte. Er kläffte und brach dann in Knurren aus.

Ich musste grinsen. Typisch Chihuahua. Sie waren zwar winzig, besaßen aber das Herz eines Löwen.

Ich ging vor ihm in die Hocke und streckte ihm meine Hand entgegen. »Du musst keine Angst haben. Ich bin ganz lieb, und Meatball auch. Wo ist denn dein Besitzer?« Ich erlaubte dem Hund, an meinen Fingern zu schnüffeln, und allmählich hörte er auf zu knurren.

Meatball beschnupperte den Hund eingehend. Während er an seinem Onesie herumschnüffelte, warf er mir einen Blick zu.

»Dich stecke ich so schnell nicht in einen Pulli.« Ich hatte es schon immer eigenartig gefunden, einem Tier Kleidung anzuziehen. Wenn sie Fell hatten, es nicht gerade bitterkalt war und sie gesund waren, brauchten sie keine schicken Strampler, um warm zu bleiben.

Ich kraulte den Hund zwischen den Ohren und drehte das Halsband, bis ich das Namensschild lesen konnte. »Saffron. Wie Safran! Das ist ein sehr schöner Name.«

»Da bist du ja! Du freches Mädchen. Du darfst nicht einfach so davonlaufen.« Ich erkannte die Frau von gestern wieder. Es war Connie.

Als sie sich mir näherte, erhob ich mich. »Gehört sie Ihnen?«

Connie funkelte Saffron finster an. »Ja! Sie ist wirklich sehr ungezogen. Ständig rennt sie weg. Saffron, du bist ein böses Mädchen.«

Saffrons Schwanz glitt zwischen ihre Hinterläufe.

»Sie ist sicher überdreht wegen der Hochzeitsmesse. So ein kleiner Hund, da muss ihr der ganze Lärm und Trubel zu viel sein.«

Connie spitzte die Lippen. »Das ist doch Unsinn. Sie hat schon viele Hochzeitsmessen mitgemacht. Sie lässt sich nur nicht gerne etwas sagen. Du böses, böses Mädchen.«

Ich runzelte die Stirn. So redete man nicht mit einem Hund. Positive Bestärkung und reichlich Leckerlis führten ans Ziel. »Ich bezweifle, dass sie es so gemeint hat.« Mein Blick glitt über Connie. Ihre Haut war blass, und sie hatte dunkle Ringe unter den Augen. »Ich hoffe, Ihnen macht die Frage nichts aus, aber geht es Ihnen gut?«

Sie presste sich die Finger auf die Stirn. »Nein, ich fühle mich furchtbar. Auf dem Fest haben sich alle eine Magen-Darm-Grippe eingefangen.«

»Ich wusste nicht, dass etwas umgeht.«

»Die meisten Models, die heute Abend auf dem Laufsteg waren, sind krank geworden. Und heute Morgen konnte ich kaum aufstehen. Ich hatte dröhnende Kopfschmerzen und mein Magen hat gekrampft, aber ich konnte meinen Stand den ganzen Tag nicht verlassen. Meine Assistentin ist noch nicht lange bei mir.« Connie stieß einen Seufzer aus und kniete sich hin. »Und ich kann es wirklich nicht brauchen, dass Saffron sich so danebenbenimmt. Das stresst mich nur noch mehr.«

Saffron wich zurück; das Weiße ihrer Augen war deutlich zu sehen.

Connie packte den Hund. »Hör auf, so anstrengend zu sein.«

Saffron kläffte und kauerte sich in Connies Arme.

Die arme Kleine zitterte. »Vielleicht sollten Sie nicht ...«

»Ich kann jetzt nicht. Die Hochzeitsmesse wird bald eröffnet.« Connie drehte sich um und stolzierte davon.

Meatball winselte und reckte eine Pfote in die Luft.

»Da ist aber jemand heute Morgen mit dem falschen Bein aufgestanden. Arme Saffron. Sie kriegt alles ab, weil es ihrem Frauchen nicht gut geht.« Ich kraulte ihn ausgiebig am Bauch, bevor wir zur Küche eilten, um die lange Liste von Backaufträgen für den Tag abzuarbeiten.

Ich nahm mir vor, Connie beiseitezunehmen und ihr einen Kurs für Hundetraining vorzuschlagen, wenn ich einen Moment hatte. Saffron führte sich nur deshalb so auf, weil sie nicht gut genug trainiert war. Wenn sie weiter von Connie angeschrien wurde, könnte es für beide nur noch schlimmer werden, und ich ertrug den Gedanken an einen unglücklichen Hund nicht.

Mit einem Blick auf Meatball erklärte ich: »Wir müssen Saffron unbedingt unter unsere Fittiche nehmen. Dadurch machen wir sie vielleicht beide wieder glücklich.«

»Wuff, wuff!«

Ich lächelte. »Kluger Junge. Du hast bei solchen Sachen immer recht. Erst Backen, dann Benimmkurse.«

Kapitel 3

Ich hatte gerade ein großes Blech Blaubeermuffins aus dem Ofen genommen und es zum Kühlen auf die Arbeitsplatte gestellt, als Alice und Diana in die Küche kamen.

»Wir gehen auf die Hochzeitsmesse und du kommst mit.« In Alices Augen schimmerte Verzweiflung.

Ich nickte Lady Diana zu, deren Augen gerötet waren. Sie beachtete mich gar nicht. »Ich wünschte, ich könnte. Ich bin mit dem Backen ein wenig in Verzug.«

Alice wedelte kopfschüttelnd mit ihrem Finger durch die Luft. »Nein, nein, nein. Ich bestehe darauf. Du musst mitkommen.«

»Das würde ich, wenn ich könnte.« Ich deutete auf den Ofen. »Das Café ist rammelvoll. Küchenchef Heston rauft sich schon die Haare.«

»Überlass ihn mir. Diana, warte hier und versuch, nicht mit deinen Tränen auf die Kuchen zu tropfen.« Alice schritt davon.

Lady Diana schniefte und ließ die Schultern hängen.

Ich trat von einem Fuß auf den anderen und biss mir auf die Unterlippe. Ich kannte Lady Diana nicht gut. Sie hatte das Schloss erst ein paar Mal besucht, seit ich hier angefangen hatte. Das letzte Mal hatte sie sich auf die Party zu ihrem Hochzeitstag konzentriert und mich kaum eines Blickes gewürdigt.

»Sie haben nicht zufällig Schokolade hier, oder?« Ihre Stimme klang tief und tonlos.

»Natürlich. Hätten Sie gern welche?«

Sie schniefte wieder. »Ich möchte nichts anderes tun, als mich unter meiner Bettdecke zu verstecken und Schokolade zu essen. Alice hat mich heute vor die Tür geschleift. Sie sagte, es würde mir guttun.«

»Wenn Sie Schokolade brauchen, kann ich helfen.« Ich eilte zum Kühlraum. Mein Blick wanderte von dem Salzkaramell-Schokoladenbiskuit zu der Dreifach-Schokoladenganache, bevor er bei einem dreischichtigen Rocky Road mit geschmolzenem Mokka-Schokoladenfondant und Marshmallows hängenblieb. Ich wählte zwei Stücke aus und legte sie vor Lady Diana.

Sie hob ein Stück an und nahm einen riesigen Bissen, was Schokolade an beiden Mundwinkeln hinterließ.

»Ich weiß, es steht mir nicht zu, das zu sagen, aber es tut mir wirklich sehr leid, was zwischen Ihnen und Ihrem Ehemann passiert ist. Vielleicht raufen Sie sich ja wieder zusammen.«

Sie stieß ein nicht sehr damenhaftes Grunzen aus und stopfte sich noch mehr Rocky Road in den Mund.

»Wenn Sie noch mehr tröstliche Leckereien möchten, kommen Sie einfach zu mir in die Küche.«

Sie kaute und schluckte. »Danke. Ich fühle mich tatsächlich schon ein wenig besser.«

»Es ist alles arrangiert.« Alice schritt durch die Küche. »Küchenchef Heston lässt dich jetzt deine Mittagspause machen.«

»Alice, machen Sie mir keinen Ärger.« Küchenchef Heston hatte mich schon mehrmals davon gewarnt, zu viel Zeit mit der Familie zu verbringen.

»Er wird mir wohl kaum etwas abschlagen. Komm jetzt. Und Diana, wisch dir die Schokolade vom Gesicht.«

Lady Diana fuhr mit ihrer Hand über ihren Mund. Dann hob sie das andere Stück Rocky Road auf und begann zu essen.

Alice schüttelte ihren Kopf. »Du bist ein hoffnungsloser Fall. Schultern zurück und setz ein Lächeln auf. Gehen wir uns die Hochzeitsmesse ansehen.«

»Es ist, als würdest du versuchen, mich zu foltern«, murmelte Lady Diana.

»Es wird dir guttun«, sagte Alice. »Wir können Kuchen probieren, Champagner trinken und uns vorstellen, wir seien überglückliche zukünftige Bräute.«

»Ich war eine überglückliche zukünftige Braut.« Lady Diana schlurfte neben uns her, während wir die Küche verließen und auf die Stände zusteuerten.

»Und eines Tages wirst du wieder eine sein«, versicherte ihr Alice. »Du musst nur lernen, den richtigen Mann zu wählen.«

»Musst du gerade sagen.«

Alice erstarrte neben mir. »Ich habe zumindest keine gescheiterte Ehe.«

»Nein, du hast zwei gescheiterte Verlobungen.«

»Wieso versuchen wir nicht einfach, diese Hochzeitsmesse zu genießen?« Ich sah einen Riesenstreit kommen und war nicht scharf darauf, mittendrin zu sein.

Lady Diana brummte und Alice drückte fest meinen Ellbogen.

Als wir zum ersten Zelt kamen, freute ich mich zu sehen, dass es voller Essen und Getränke war. Das war es, was mich interessierte. Die Blumen, die Kleider und das Hochzeitszubehör waren mir egal.

Wenn ich heiratete, falls ich heiratete, würde es ein prächtiges Bankett mit Essen und Trinken für meine Gäste geben. Darauf würde ich mein Augenmerk richten.

»Wo sollen wir anfangen?« Alices Augen funkelten, während sie die Stände voller kostenloser Proben und verlockenden Schokoleckereien betrachtete.

Ich fing ihren Blick und wir grinsten einander an. »Mit den Desserts?«

»Ich brauche Champagner«, verkündete Lady Diana.

»Es ist kaum Mittag«, kommentierte Alice.

Lady Diana zuckte mit den Schultern. »Ich brauche etwas, um mich zu stärken, wenn du mich über diese Messe zerrst.«

Alice schüttelte den Kopf. »Geh schon und such dir Champagner. Holly und ich werden da drüben bei den Kuchen sein.«

»Lass mich nicht allein. Schau mal, dieser Kerl hat jede Menge Alkohol. Er gibt uns sicher ein paar Proben.« Lady Diana packte Alice am Arm und zog sie zu einem großen Stand hinüber, der mit dem besten Merlot warb, den man je probieren würde.

Ein großer, klassisch attraktiver Mann Mitte vierzig mit dunklem Haar hielt Alice und Lady Diana zwei volle Gläser mit etwas Prickelndem hin. »Es ist eine Ehre, Sie hier zu haben, meine Damen. Ich bin Bruce Osman. Mir gehört Osman Vineyard. Haben Sie meine verführerischen Kreationen schon einmal gekostet?«

»Nein, aber ich brauche jetzt etwas davon.« Lady Diana entriss ihm schnell eins der Gläser.

Bruce lächelte breit und hielt Alice das andere Glas hin. »Prinzessin? Darf ich Sie in Versuchung führen?«

»Nur einen Schluck.« Sie nahm das Glas. »Wir sind mehr an den Kuchen interessiert.«

»Sie werden feststellen, dass mein Champagner hervorragend zu allen möglichen süßen Leckereien passt«, schwärmte er. Sein Blick wanderte zu mir, bevor er sich wieder auf Alice und Lady Diana konzentrierte.

Ich schmunzelte. Offensichtlich machte ich heute nicht den Eindruck, auch besonders zu sein. Ich blickte an mir herunter und merkte, dass ich immer noch meine Arbeitsschürze trug. Das sollte wohl der Grund sein.

»Holly braucht auch ein Glas«, sagte Alice.

»Natürlich, Prinzessin.« Bruce setzte sich in Bewegung, füllte ein Glas und reichte es mir.

Ich nickte zum Dank und nahm einen winzigen Schluck. Vor mir lag ein Nachmittag des Backens und ich brauchte einen klaren Kopf, damit ich die Zutaten nicht falsch zusammenrührte.

»Bruce, mein Lieber. Dir macht es doch nichts aus, wenn ich mir—« Eine hübsche blonde Frau in einem engen roten Anzug starrte Alice mit sich weitenden Augen an. »Du meine Güte.« Sie sind Prinzessin Alice Audley.«

Bruces Augen verengten sich ein wenig, bevor er nickte. »Komm später wieder, Zoe. Ich muss meinen besonderen Kunden meine ungeteilte Aufmerksamkeit zuwenden.«

Zoes rot bemalte Lippen öffneten und schlossen sich ein paar Mal. »Meine Samen, wenn Sie nach jemandem suchen, der Ihre Hochzeit für Sie plant, kommen Sie zu meinem Stand. Ich bin im nächsten Zelt. Zoe Rossini. Ich bin die beste Hochzeitsplanerin im ganzen Land.«

Lady Diana kippte den Champagner herunter und knallte das leere Glas auf den Tisch.

»Das ist sehr nett von Ihnen.« Alice setzte ein süßes Lächeln auf. »Wir besuchen das Zelt später.«

Zoe grinste und klatschte in die Hände. »Ich gebe Ihnen einen besonderen Rabatt. Wenn Sie im Gegenzug posieren würden, für—«

»Das reicht, Zoe. Diese Damen brauchen kein Verkaufsgespräch. Ich bin sicher, sie wissen, wie man eine fundierte Entscheidung trifft.« Bruces Tonfall war scharf geworden, und die Wärme in seinen Augen war durch ein eisiges Funkeln ersetzt worden.

Zoe presste ihre Lippen aufeinander. »Vergessen Sie mich nicht.« Dann drehte sie sich um und eilte davon.

Bruce breitete seine Arme aus. »Womit kann ich Sie sonst noch in Versuchung führen? Ich bin sicher, solch kultivierte Damen kennen sich mit all den klassischen Rotweinen aus. Ich habe einen fruchtigen Sauvignon, der Ihre hübschen Wangen zum Strahlen bringen wird.«

»Ich nehme noch mehr Champagner«, sagte Lady Diana.

»Selbstverständlich.« Bruce füllte das Glas sofort auf. »Sie haben einen exzellenten Geschmack.«

»Immer mit der Ruhe«, flüsterte Alice ihr zu. »Du willst doch keine Szene machen und umfallen, weil du zu viel getrunken hast.«

»Das ist mir egal. Hochzeiten sind eine Farce. Das alles ist ein Witz. Die Hälfte der Leute, die nach dieser Veranstaltung heiraten, werden nicht einmal zehn Jahre durchhalten, bis sie sich scheiden lassen. Bei mir waren es nicht einmal fünf. Heiraten ist für Verlierer.«

»Heiraten ist nicht für jeden das Richtige, aber einige Leute macht es sehr glücklich«, sagte Bruce geschickt.

»Sind Sie verheiratet?«, fragte Lady Diana.

»Es gibt eine besondere Dame in meinem Leben. Ich habe um ihre Hand angehalten«, erzählte er.

»Dann leben Sie eine Lüge. Sie wird Ihr Herz brechen. Sie sollten abhauen, solange Sie können«, riet Lady Diana.

»Das reicht jetzt.« Alice riss Lady Diana das Glas aus der Hand. »Ich muss mich entschuldigen, Mr. Osman. Meine Cousine macht eine schwere Zeit durch.«

»Kein Grund, sich zu entschuldigen. Hochzeiten können stressig sein.«

»Eine Scheidung auch«, murmelte Lady Diana.

»Du brauchst frische Luft«, riet Alice ihr.

»Ich brauche mehr Champagner«, verkündete Lady Diana.

»Pech gehabt. Hier entlang.« Alice zog Lady Diana aus dem Zelt.

Ich stellte mein Glas ab und blickte sehnsüchtig auf das Essen. Ich würde ein anderes Mal wiederkommen müssen, wenn ich kein depressives Mitglied der Familie Audley dabeihatte.

»Sehen wir uns die Blumen an«, sagte Alice, als ich aus dem Zelt kam. »Blumen magst du doch, Diana.«

Lady Diana zuckte nur mit den Schultern, ließ sich jedoch von Alice ins nächste Zelt ziehen, während ich ihnen folgte.

Der berauschende Blumenduft, der in der Luft lag, brachte mich beinahe zum Niesen. Das Zelt war ein Spektakel aus Farben und Geräuschen, voller Blumenbinder und Hochzeitsplanern, die um potenzielle Kunden warben.

Ich drehte mich um, als ich ein hohes Kläffen hörte. Ich entdeckte Saffron, Connies Hund, deren Leine um ein Stuhlbein gelegt war, damit sie nicht weglaufen konnte.

Ein paar Sekunden später tauchte Connie auf. Sie sprach mit einer jüngeren Frau mit blassrosa Haaren, die sie zu einem niedrigen Pferdeschwanz gebunden hatte, und einer Kamera um den Hals.

Die jüngere Frau trat mit angespannter Miene zurück, als hätte Connie sie gerade beleidigt.

Connie beugte sich herunter, hob Saffron auf und reichte sie einer viel älteren Frau, die gerade gekommen war, deren graues Haar lose über ihren Rücken fiel.

»Sehen wir uns diesen Stand an.« Ich führte Alice und Lady Diana zu Connies Blumenstand.

Connie drehte sich mit einem freudlosen Lächeln auf dem Gesicht um, das plötzlich zu strahlen begann, als sie Alice sah. »Willkommen bei Florally Forever. Ich stelle die feinsten Brautsträuße und Blumendekorationen her, die dem Königshaus würdig sind. Es ist mir eine Freude, dass Sie gekommen sind, um sich mein Angebot anzusehen, Prinzessin Alice.«

»Es war Hollys Idee, einen Blick darauf zu werfen«, sagte Alice. »Ihre Blumen sind wirklich schön.«

»Das ist sehr freundlich von Ihnen.« Connie warf den zwei Frauen neben ihr einen Blick zu und bedeutete ihnen, zu verschwinden. »Gibt es etwas Bestimmtes, das Sie sich anschauen möchten?«

Alice sah mich an. »Wir sehen uns nur um.«

»Hallo noch mal«, sagte ich. »Es ist schön zu sehen, dass Saffron keine weiteren Fluchtversuche unternommen hat.«

Connie sah mich finster an. »Das konnte sie auch nicht. Ich habe dafür gesorgt, dass sie nicht abhauen kann.«

»Gehört dieser kleine Hund Ihnen?« Alice blickte zu Saffron hinüber, während sie von der älteren Frau davongetragen wurde. »Sie ist so süß. So winzig.«

»Sie mag winzig sein, aber sie ist sehr ungezogen. Ich dachte, sie würde sich beruhigen, wenn sie älter wird, aber es wird nur schlimmer. Mir wurde geraten, mir keinen Chihuahua anzuschaffen, aber ich fand, dass sie die perfekte Größe hat, um sie mitzunehmen, wenn ich arbeite.«

»Vielleicht könnte sie etwas Training gebrauchen«, sagte ich. »Als Meatball jünger war, bin ich fast ein Jahr lang wöchentlich mit ihm zum Unterricht gegangen.«

»Meatball?«, fragte Connie.

»Hollys Hund. Er ist unheimlich süß. Allerdings hat er auch eine etwas freche Ader«, berichtete Alice.

»Er gibt sein Bestes«, sagte ich. »Vielleicht könnte er ein wenig Zeit mit Saffron verbringen. Er mag andere Hunde. Vielleicht kann sie von ihm lernen.«

»Saffron mag keine anderen Hunde. Sie ist lieber bei mir.« Connies Aufmerksamkeit richtete sich wieder auf Prinzessin Alice. »Darf ich Ihnen ein kostenloses Blumengesteck anbieten? Sie können es ins Schloss stellen, wo es alle bewundern können.«

»Danke, aber nein. Wir haben jemanden, der sich für uns um die Blumen kümmert«, sagte Alice. »Viele davon stammen aus unserem eigenen Garten.«

Connie tupfte sich mit ihren Fingern die Oberlippe ab. Sie drückte eine Hand auf ihren Bauch und ein schmerzvoller Ausdruck huschte über ihr Gesicht.

»Haben Sie immer noch Magenprobleme?«, fragte ich sie.

Sie funkelte mich an. »Es ist nichts. Mir geht's gut. Alle haben es.«

Ich musterte ihren Teint. Ich könnte mich irren, aber ihre Augen hatten einen Gelbstich. Was für ein Magen-Darm-Virus verändert die Farbe der Augen?

»Fühlen Sie sich nicht wohl?«, fragte Alice. »Sie sehen ein wenig blass aus.«

»Es ist nichts, Prinzessin. Ich weiß Ihre Sorge zu schätzen, aber ich muss da durch. Es müssen Sträuße gebunden und Aufträge erfüllt werden.«

»Es ist wichtig, dass Sie auf sich achten«, riet Alice.

»Ich bin jetzt bereit für Torte.« Lady Diana zupfte eine Blume von einem Gesteck auf dem Ausstellungstisch. Sie zerquetschte sie in ihrer Faust.

»Tu das nicht!« Alice hob das Gesteck auf. »Du hast es ruiniert.«

»Ist schon in Ordnung, Prinzessin. Das war nur ein Ausstellungsstück.« Connie presste ihre Lippen aufeinander, während sie das Gesteck ansah.

»Nein, ich nehme es mit«, sagte Alice. »Ich werde allen erzählen, woher ich es habe, damit Sie viele Kunden bekommen. Meine Cousine ist nicht in bester Stimmung. Es macht sie rücksichtslos.«

Lady Diana seufzte und verschränkte die Arme über ihrer Brust.

Connies Lächeln kehrte zurück. »Das wäre wundervoll. Nehmen Sie so viele Gestecke, wie Sie möchten.«

»Das hier ist genau das, was ich möchte«, beteuerte Alice.

»Holen wir uns Torte«, sagte Lady Diana. »Und meine Füße schmerzen. Ich muss mich setzen.«

»Nehmen Sie gerne diesen Brownie.« Connie hielt einen Teller hoch. »Ich kriege einfach nichts herunter. Er besteht nur aus natürlichen Zutaten und ist frisch gebacken. Nicht von mir. Ich kann überhaupt nicht kochen.«

»Danke.« Lady Diana nahm den Brownie und verschlang ihn mit drei Bissen. »Der war sehr süß. Ich brauche mehr davon.«

»Das war der Einzige, den ich hatte.« Connie blickte auf den leeren Teller.

»Diana! Du hast der Dame ihren letzten Brownie weggegessen.« Alice funkelte sie böse an.

Lady Diana zuckte mit den Schultern. »Sie hat ihn mir angeboten. Suchen wir uns noch mehr Kuchen.«

»Ach, na schön. Solange du versprichst, dich zu benehmen. Du wirst keine Auslagen mehr beschädigen oder kostenlosen Champagner trinken und dich über gescheiterte Ehen beschweren«, sagte Alice.

»Ich kann nichts versprechen«, gab Lady Diana zurück.

»Danke, dass Sie uns die Blumen gezeigt haben«, sagte ich zu Connie. »Sagen Sie mir Bescheid, wenn Sie möchten, dass Saffron und Meatball sich mal zum Spielen treffen. Ich hoffe, es geht Ihnen bald besser.«

Connie würdigte mich kaum eines Blickes. Sie reichte Prinzessin Alice eine Karte. »Falls ich Ihnen jemals behilflich sein kann, hier sind meine Kontaktinformationen.«

Prinzessin Alice nickte. »Danke. Ich hoffe, die Hochzeitsmesse bringt Ihnen eine Menge Aufträge ein.«

Während wir das Zelt verließen, sah ich über meine Schulter. Connie sah mürrisch aus, während sie wieder mit der jungen Frau mit den rosa Haaren sprach. Die Vorstellung, für Connie zu arbeiten, gefiel mir nicht besonders. Ich hoffte, dass sie anständig bezahlte, um ihre Bissigkeit auszugleichen.

»Ich liebe Blumen, Kuchen und Champagner«, sagte Alice. »Wenn wir all diese Dinge doch nur ohne eine Hochzeit und nervtötende Männer haben könnten. Dann wäre es perfekt.«

»Männer sind so nutzlos«, warf Lady Diana ein.

»Es sind nicht alle schlimm. Ich kenne ein paar nette Männer«, sagte Alice.

»Nenn mir einen netten Mann«, forderte Lady Diana.

»Mein Bruder ist nett.«

Lady Diana schnaubte. »Er zählt nicht. Er gehört zur Familie.«

Alice warf mir einen Blick zu. »Wir haben viele liebenswürdige Gärtner.«

»Angestellte. Nächster.«

»Campbell ist sehr fähig«, sagte Alice.

Lady Diana seufzte. »Ich wusste, dass dir kein geeigneter Junggeselle einfallen würde, der anständig, wohlhabend, ehrlich und freundlich ist.«

»Du sagst das nur, weil dich dein Ehemann verlassen hat«, schloss Alice.

Da ich merkte, dass sich ein Familienstreit anbahnte, erhöhte ich mein Schritttempo. »Genug von gebrochenen Herzen. Gönnen wir uns Hochzeitstorte.«

Und wenn Lady Dianas Mund die ganze Zeit mit Kuchen voll war, konnte sie nicht mit Alice streiten. Das klang nach einer Win-win-Situation für alle.

Kapitel 4

Nach dem Spaß auf der Hochzeitsmesse mit Alice und einer zunehmend übellaunigen Lady Diana, die sich nach dem vielen Kuchenessen beklagte, dass ihr übel sei, hatte ich den Nachmittag damit verbracht, frische Blaubeer-Muffins mit geschlagener Ingwersahne zu backen. Schließlich galt es, das Café mit Nachschub für die hungrigen Mäuler zu versorgen, die nach Stunden in der Welt der Hochzeiten eine Pause brauchten.

Ich war froh über die frische Luft, die mir entgegenschlug, als ich die Küche verließ und nach Meatball pfiff.

Er sprang aus seinem Hundehaus und flitzte hinter mir her. Meistens ging ich direkt nach der Arbeit mit ihm spazieren. So konnte ich meine Gedanken ordnen und vor dem Abendessen abschalten.

Er trabte vor mir her und schnüffelte ab und zu am Boden.

»Du musst dich heute Abend selbst beschäftigen. Ich werde an einem Laufsteg sitzen.«

Er drehte sich zu mir um und legte die Ohren an.

»Keine Sorge, da gibt's keine echten Katzen. Nur lauter attraktive Frauen in fließenden Kleidern, die versuchen, mich zum Kauf eines überteuerten Outfits zu bewegen, das ich nur einmal tragen kann. Ich würde dich ja mitnehmen, aber du langweilst dich bestimmt. Das werde ich auf jeden Fall.«

»Wuff.« Er wedelte mit dem Schwanz und seine Augen funkelten hoffnungsvoll.

»Ein paar Stunden wirst du schon aushalten. Ich will zwar nicht hingehen, aber Alice besteht darauf. Sie braucht mich dort, damit Lady Diana die Stimmung nicht verdirbt. Nicht mal nach einem Dutzend Kuchenproben konnte sie ein Lächeln zustande bringen.«

Meatballs Kopf schnellte herum und seine Ohren richteten sich auf.

Ich drehte den Kopf und entdeckte die grauhaarige Frau von Connies Stand, die mit Saffron Gassi ging. Die beiden waren noch nicht weit von uns entfernt, also ging ich schneller, um sie einzuholen.

Die Frau schaute sich um, als ich näher kam, und richtete ihren Blick auf Meatball. »Tut mir leid, aber Sie müssen Abstand halten.«

»Meatball ist ungefährlich«, antwortete ich.

»Ich mache mir auch keine Gedanken um ihn. Aber die Kleine ist sehr temperamentvoll.« Sie wies auf Saffron, die sie an einer Leine führte. Man hörte Saffron deutlich knurren.

»Die beiden kennen sich schon«, sagte ich. »Saffron ist Connie weggelaufen und ich habe sie gefunden. Sie war Nase an Nase mit Meatball.«

Die Augenbrauen der Frau schossen nach oben. »Und das hat er überlebt?«

Ich lächelte. »Es war eine knappe Kiste. Saffron hat ihn ganz schnell in die Schranken gewiesen, und zwar mit reichlich Knurren. Ich glaube, sie war etwas überrascht, als Meatball sie kräftig beschnuppert hat.«

»Sie kann übel zubeißen, wenn man nicht aufpasst.« Die Schultern der Frau entspannten sich. »Ich heiße Misty Gilchrist. Während die Damen arbeiten, kümmere ich mich um Saffron und einige der anderen Hunde hier.«

»Freut mich, Sie kennenzulernen. Ich bin Holly Holmes. Ich arbeite in der Küche. Das ist mein Hund, Meatball.«

Misty ging auf die Knie und hielt Meatball ihre Hand hin. »Er ist ein hübscher kleiner Kerl. Haben Sie ihn schon länger?«

»Seit Jahren. Wir machen alles zusammen. In der Küche darf er zwar nicht dabei sein, aber er liegt dann draußen in seinem Hundehäuschen.«

Misty streichelte ihn, was er sehr genoss und wie wild mit seinem Schwanz wedelte.

Während sie Meatball streichelte, knurrte Saffron mit einem missmutigen Ausdruck auf ihrem pelzigen Gesicht.

»Das ist genug jetzt, Fräulein.« Misty wich einen Schritt zurück und kraulte Saffron. »Sie ist so angespannt. Ich mache lange Spaziergänge mit ihr, um sie zu beruhigen, aber in der Nähe von Connie ist sie oft gestresst.«

»Mir ist auch aufgefallen, dass Connie heute bei der Hochzeitsmesse ziemlich gestresst wirkte.« Ich drehte mich in Richtung Wald und wir spazierten nebeneinander her. Dabei sorgte ich dafür, dass Meatball nicht in Saffrons Nähe kam, für den Fall, dass sie in Versuchung geriet, ein Stück von ihm abzubeißen.

Misty seufzte. »Connie ist eine tolle Chefin, aber sie ist immer so angespannt, wenn diese Veranstaltungen anstehen. In letzter Zeit tut sie sich schwer. Aus diesem Grund hat sie Leanna eingestellt. Vielleicht haben Sie sie auch schon am Stand gesehen. Nettes Mädchen.«

»War das diese junge Frau mit den rosa Haaren?«

Misty grinste. »Ja, genau. Connie verabscheut Leannas Haarfarbe und drängt sie immer wieder, sie umzufärben. Laut ihr ist die Farbe nicht passend für eine Floristin, aber ich finde sie ziemlich hübsch. Leanna arbeitet jeden Tag mit rosa Sachen, warum also nicht auch mit rosa Haaren?«

»Ich fand, es passt zu ihr«, gab ich zurück. »Wie lange arbeiten Sie schon für Connie?«

»Sie hat mich vor acht Monaten für Saffron eingestellt. Ich mache das noch nicht so lange, ich war Lehrerin, und nach meiner Pensionierung habe ich mich neu orientiert. Ich liebe Hunde und so beschloss ich, mit ihnen zu arbeiten. Inzwischen habe ich mir ein nettes Geschäft aufgebaut und spezialisiere mich auf Tagesbetreuung von Hunden in der Hochzeitsbranche. In dieser Branche arbeiten viele Frauen mit Hunden, die normalerweise in ihre Handtasche passen und mit denen sie durch die Gegend laufen können. Sie sind zwar nicht besonders anspruchsvoll und leisten ihnen Gesellschaft, aber sie können nicht bei jeder Veranstaltung dabei sein. Aus irgendeinem seltsamen Grund mögen manche Leute keine Hunde.« Misty lachte und schüttelte den Kopf.

»Das habe ich noch nie verstanden.« Wir lächelten einander an. »Das ist eine Nische. Hundetagesbetreuung für Hochzeitsplaner.«

»Stimmt, aber ich betreue vier Hunde, während ich hier bin, da lohnt sich das schon. Und ich bin mit meinem Wohnmobil unterwegs, also kann ich mir die Kosten für die Unterkunft sparen. Mit Hochzeiten lässt sich viel Geld verdienen, und diese Damen bezahlen mich gerne dafür, dass ich auf ihre Lieblinge aufpasse, während sie arbeiten.«

»Das klingt gut. Es scheint der ideale Job zu sein.«

»Ich finde, das ist er tatsächlich. Reich wird man damit zwar nicht, aber wenn man mit Tieren arbeitet, dann geht es nicht um Geld. Und abgesehen davon lerne ich viele tolle Orte kennen. Die Hochzeitsmessen finden an so schönen Orten im ganzen Land statt.«

»Da stimme ich zu. Ich genieße die Arbeit im Schloss jeden Tag.«

»Es ist ein atemberaubender Ort«, sagte Misty. »Ich war heute Morgen mit Saffron unterwegs und habe die Blumenwiese bewundert. Mir ist eine Wildblumenwiese wesentlich lieber als die Schnittblumen, die Connie an ihrem Stand hat. Die Wildblumen haben etwas Zauberhaftes und Ungezähmtes an sich.«

»Sollte ich irgendwann heiraten, hätte ich am liebsten einen Strauß aus Wildblumen.«

»Sie sind nicht verheiratet?«, fragte Misty.

»Bisher jedenfalls nicht. Was ist mit Ihnen?«

»Ich bin ein Freigeist. Ich kann mir nicht vorstellen, dass ein Mann mich gerne bei meinen Reisen zu diesen Hochzeitsmessen durch das ganze Land begleiten würde. Wer bleibt dann zu Hause, um die Socken zu stopfen und dafür zu sorgen, dass das Abendessen pünktlich auf dem Tisch steht?« Sie lachte. »Vielleicht ist das unfair gegenüber unseren haarigeren Gegenstücken. Es ist schön, die Liebe zu finden, man sollte nur sichergehen, dass es die passende Person ist. Jemand, dem man vertrauen kann und der sich mit einem weiterentwickelt und einem hilft, das Beste aus sich zu machen.«

Wir schlenderten weiter und plauderten über die Hunde, die Ehe und das Schloss. Misty war eindeutig ebenso verrückt nach Hunden wie ich und erfreute sich an Saffron und ihrer eigenwilligen Art, ohne sich daran zu stören, wenn sie an der Leine zerrte oder knurrte.

Meatball schlich sich näher an Saffron heran und riskierte einen Schnüffelversuch. Zum Dank für seine Bemühungen wurde er angebellt.

»Ich fürchte, du wirst hier keine neuen Freunde finden«, erklärte ich ihm.

»Saffron, wo sind deine Manieren?« Misty hob sie sanft vom Boden auf und schloss sie in ihre Arme. »Sie ist vermutlich erschöpft. Sie ist ja nur ein kleines Ding, hat aber unglaublich viel Energie. Ich gehe gerne mit ihr, bis sie erschöpft ist, dann schläft sie leichter ein. Connie arbeitet während der Hochzeitsmessen lange. Wenn sie sich nicht gerade um die Auslage kümmert, kreiert sie neue Sträuße, die sie am nächsten Tag ausstellt. Sie kommt erst weit nach Mitternacht nach Hause, also kümmere ich mich auch nachts um Saffron. Sie schläft auf dem Kissen direkt neben meinem Kopf.«

»Ab und zu schmuggle ich Meatball auch zu mir ins Bett«, verriet ich.

»Ein Bett ist weniger gemütlich, wenn sich kein Hund darin liegt«, sagte Misty.

Da klingelte mein Handy in der Tasche, und ich griff danach. Es war Alice.

»Gehen Sie ruhig ran, wenn es wichtig ist«, so Misty.

»Danke. Das sollte ich besser.« Alice wurde nicht gerne ignoriert. »Hi, Alice. Ich gehe gerade mit Meatball. Hast du ...«

»Es gibt einen Notfall. Ich brauche dich.«

»Wofür?«

»Wir werden heute Abend auf dem Laufsteg laufen.«

Ich war mir nicht sicher, ob ich sie richtig verstanden hatte. »Wovon redest du? Wir werden den Models in ein paar Stunden dabei zusehen, wie sie über den Laufsteg laufen.«

»Nein! Die Models sind alle krank. Ich wollte mir die Kleider vor Beginn der Veranstaltung ansehen. Nur drei Models sind noch übrig. Sie schaffen es nicht, alle Modelle zu zeigen, die sie präsentieren wollen. Da habe ich uns als Freiwillige vorgeschlagen.«

Ich legte meinen Kopf in den Nacken und stöhnte. »Alice, nein! Ich kann nicht auf dem Laufsteg laufen. Ich tauge nur zum Gassigehen.«

»Bitte. Das wird ein Riesenspaß. Sie erwarten doch nicht von uns, dass wir professionelle Models sind.«

»Ich bin überhaupt kein Model. Es ist nicht mein Ding, in einem langen Kleid herumzustolzieren und vor Fremden zu posieren.«

»Meins schon, und ich bestehe darauf, dass wir es machen. Das wird lustig. Und ich konnte Rupert davon überzeugen, mitzumachen. Die Organisatoren sind fast ohnmächtig geworden vor Begeisterung. Und der Andrang ist gewaltig. Offensichtlich haben sie auf Social Media gepostet, dass die Prinzessin für sie im schönsten Hochzeitskleid laufen wird. Stell dir das mal vor.«

Ich knirschte mit den Zähnen. »Das tue ich. Schrecklich.«

»Das ist aber nicht nett. Ich werde fantastisch aussehen.«

»Das wirst du. Du wirst der Star der Show sein. Aber ich werde lächerlich aussehen. Kleider stehen mir nicht.«

»Doch, das tun sie. Du siehst schön aus, wenn du dich herausputzt. Du musst das mit mir machen. Ich brauche dich an meiner Seite.«

»Ich kann gerne vom Rand aus zusehen und dich bejubeln, aber ich werde kein Hochzeitskleid tragen. Das passt wirklich nicht zu mir.«

Misty legte mir eine Hand auf den Arm. »Ich war schon bei vielen dieser Modeschauen. Die Models, die dort auftreten, sind nicht die typischen Supermodels. Sie haben alle Größen und Formen, damit sie die verschiedenen Bräute repräsentieren. Ich glaube, Sie würden da perfekt reinpassen.«

Ich rümpfte die Nase. Das überzeugte mich nicht.

»Wie wäre es, wenn Sie Meatball auch auf den Laufsteg mitnehmen?«, sagte Misty. »Er scheint ein selbstbewusster Hund zu sein. Es wird ihm sicher gefallen, mit einer schicken Fliege über den Laufsteg zu stolzieren.«

»Mit wem bist du unterwegs?«, fragte Alice.

»Ich habe Saffron und ihre Hundesitterin Misty getroffen. Wir haben einen Spaziergang im Wald gemacht.«

»Ich habe gehört, was sie gesagt hat. Du solltest auf sie hören«, erklärte Alice. »Außerdem habe ich bereits versprochen, dass wir es machen werden. Du kannst doch nicht alle hängen lassen.«

Ich schimpfte vor mich hin. Alice zog mich immer wieder in solche Situationen hinein. »Ein Kleid.«

»Sieben Kleider«, antwortete Alice.

»Das ist doch viel zu viel Spitze und Seide auf einmal für mich. Zwei Kleider.«

»Sieben Kleider«, wiederholte Alice. »Tu einfach so, als würdest du Verkleiden spielen, wie damals, als du ein Kind warst.«

»Ich habe mich nicht verkleidet. Schlammkuchen mochte ich lieber. Kann ich dich nicht einfach beim Umziehen unterstützen? Und vielleicht kann ja Lady Diana als Model einspringen.«

»Sie hat sich strikt geweigert und sich in ihrem Schlafzimmer eingeschlossen. Sie führt sich schon wieder auf wie ein Häufchen Elend und beschwert sich immer wieder über Bauchschmerzen. Sie behauptet, dass sie weinend über den Laufsteg laufen würde, wenn ich sie dazu zwingen würde. Damit verkauft man wohl kaum Hochzeitskleider oder beschert Audley Castle einen guten Ruf. Ich habe es aufgegeben. Bitte, du bist meine einzige Option.«

»Sie sollten es machen«, pflichtete Misty ihr bei. »Das wird ein Spaß. Außerdem bekommt man ein kostenloses Make-up und zur Beruhigung gibt es Champagner.«

»Ich bräuchte einen ganzen Kübel Champagner, um das Ganze zu überleben.«

Misty schmunzelte. »Ich komme mit Saffron, um zu applaudieren.«

Ich warf einen Blick nach unten auf Meatball, der geduldig an meiner Seite stand. »Was denkst du? Sind wir mutig genug, um auf einen Laufsteg zu gehen?«

Er wedelte mit dem Schwanz und bellte zweimal.

Ich holte tief Luft. »Okay, dann tun wir es.«

»Ausgezeichnet«, sagte Alice. »Ich besorge Meatball auch etwas Nettes. Ich glaube, es gab ein paar Stände, die Hochzeitsoutfits für Hunde verkaufen.«

»Eine Krawatte oder so reicht. Wir können es nicht gebrauchen, dass er sich mittendrin den Frack vom Leib reißt und sich den errötenden Bräuten präsentiert.«

Alice grölte in den Hörer. »Das wäre doch zum Totlachen.«

Wir beendeten unser Gespräch und ich stopfte mein Handy wieder in meine Tasche.

Misty grinste mich an, während wir den Weg entlanggingen. »Ich versichere Ihnen, dass Modeln Spaß macht. Ich war schon oft auf Hochzeitsmessen und kenne mich daher gut aus. Sehen Sie es einfach als Party an. Stressen Sie sich nicht. Schließlich sind die Frauen hier, um sich die Kleider anzuschauen, nicht Sie. Und Sie haben eine tolle Figur. Zu einigen der Entwürfe passen Sie perfekt.«

»Gibt es auch welche mit Maske, damit niemand mein Gesicht sieht?«

Sie schmunzelte. »Keine Masken. Aber Sie werden wunderschön aussehen, wenn Sie erst zurechtgemacht wurden. Aber dafür brauchen Sie nicht unbedingt viel Make-up.«

»Danke. Wissen Sie, was mit den Models los ist?«, fragte ich.

»Nicht wirklich. Einige sind schon heute Morgen abgereist«, berichtete Misty. »Ich schätze, dass irgendein fieser Virus im Umlauf ist. Zum Glück habe ich mich noch nicht angesteckt. Dafür sorgt die frische Luft, die ich beim Spazierengehen mit den Hunden bekomme. So bleibe ich gesund. Nachdem ich Saffron zurückgebracht und versorgt habe, muss ich noch mit drei weiteren kleinen Hunden spazieren gehen, was mir reichlich Bewegung verschafft.«

»Hoffentlich hält die Bewegung das Virus auch von mir fern.« Ich blickte über meine Schulter. »Ich muss zurück zum Schloss. Vor heute Abend muss ich noch zu einer lächelnden, selbstbewussten Braut werden.«

»Ich begleite Sie. Saffron winselt schon, was immer ein Vorbote für einen Wutanfall ist.« Sie setzte den Hund wieder auf dem Boden ab, und wir kehrten um und machten uns auf den Weg zum Schloss, wobei wir uns weiter über unsere Hunde unterhielten.

Misty war warmherzig und freundlich. Ihre gute Laune färbte sogar auf Saffron ab, die aufgehört hatte, Meatball anzuknurren und zu bellen. Vielleicht entstand ja sogar eine Freundschaft zwischen den beiden.

Ich blinzelte, als wir um eine Ecke bogen und mir sofort das blaue Blinklicht auffiel.

»Oh! Was hat denn der Krankenwagen vor dem Schloss zu suchen?« Misty schaute mich mit alarmierten Augen an.

»Ich weiß es nicht.« Ich beschleunigte mein Tempo, Meatball eilte neben mir her. »Vielleicht ist ein Besucher erkrankt.«

»Das passiert nicht selten auf Hochzeitsmessen. Die ganze Aufregung und der Stress kann dazu führen, dass die Leute ohnmächtig werden.«

Wir gingen in Richtung Haupteingang, als Alice herausgerannt kam. Sie sah mich und stürmte auf mich zu. »Es ist etwas Schreckliches passiert.«

»Ist es jemand aus der Familie? Doch nicht etwa Rupert?«, fragte ich.

»Nein! Ihm geht es gut. Der Familie geht es gut.« Alice holte tief Luft. »Eine der Floristinnen auf der Hochzeitsmesse, Connie Barber. Sie ist tot.«

Kapitel 5

»Connie ist tot!« Mistys Gesicht erblasste und sie starrte Alice an. »Was ... was ist mit ihr passiert?«

»Prinzessin Alice Audley, das hier ist Misty Gilchrist. Sie sollte für Connie auf ihren Hund aufpassen«, stellte ich sie schnell vor.

Alice nickte und verschränkte ihre Hände ineinander. »Es tut mir leid, dass ich so schlechte Nachrichten überbringe. Wir wissen nicht genau, was passiert ist. Connie wurde auf einer der öffentlichen Toiletten gefunden, zusammengekrümmt in einer der Kabinen. Eine unserer Reinigungskräfte und Connies Assistentin haben sie gefunden. Die Öffentlichkeit ist nicht darüber informiert, was passiert ist. Die Sanitäter bringen Connie gleich raus.«

»Sie sah nicht besonders gut aus, als ich sie hier im Festzelt gesehen habe«, sagte ich. »Sie hatte einen merkwürdigen Hautton.«

»Ist da etwas mit Selbstbräuner schiefgelaufen?«, fragte Alice.

Ich schüttelte den Kopf. »Nein. Und sie hatte gelbe Augen.«

»Hmmm, man spritzt sich Selbstbräuner nicht in die Augen«, stellte Alice fest.

Misty schnappte sich Saffron und kuschelte sie an ihre Brust. »Connie hat gerne einen Schluck getrunken. Ich habe ihr empfohlen, es ruhig angehen zu lassen.«

»Sie war Alkoholikerin?«, fragte Alice.

Mistys Unterlippe zitterte. »Ich spreche nicht gerne schlecht über Tote, aber sie hatte ein echtes Problem. Ich legte ihr nahe, sich eine Auszeit zu nehmen und sich professionelle Hilfe zu holen, aber sie wollte nicht auf mich hören. Connie war ziemlich stur.«

»Als sie sich mit Belinda gestritten hat, schien sie unsicher auf den Beinen zu sein«, berichtete ich. »Belinda hat ihr sogar vorgeworfen, zu viel zu trinken. War das tatsächlich ein solches Problem?«

»Ich schiebe es auf den Stress«, sagte Misty. »Ein paar Drinks waren für Connie die beste Art, mit ihrem expandierenden Geschäft fertig zu werden.«

»Ihr Verlust tut mir sehr leid«, sagte Alice zu Misty.

»Das ist lieb. Sie war meine Chefin, aber ich habe sie auch als Freundin betrachtet. Dazu gehörte auch, dass wir uns bei Tee und selbstgebackenem Kuchen über den Tag unterhalten haben. Das passiert jetzt nicht mehr.« Sie kuschelte die müde aussehende Saffron enger an sich. »Du süßes Baby. Du hast gerade deine Mami verloren.«

Saffron zeigte sich nicht im Geringsten beeindruckt, sondern leckte Misty über das Kinn.

»Connie war sicher nicht viel älter als ich«, sagte Alice.

»Sie war Anfang dreißig«, sagte Misty. »Viel zu jung, um zu sterben. Ich sollte gehen und herausfinden, was passiert ist.« Sie nickte mir zu und eilte mit Saffron davon.

»Bist du sicher, dass es ein Unfall war?«, fragte ich Alice.

Sie blinzelte mich an. »Ich selbst habe die Leiche nicht gesehen, aber alle sprechen darüber. Wenn Connie ein Alkoholproblem hatte, könnte sie es vielleicht übertrieben haben. Aber darüber dürfen wir uns jetzt nicht den Kopf zerbrechen. Wir müssen uns aufs Modeln vorbereiten.«

Ich stand da und starrte auf den Krankenwagen. Ich konnte nicht glauben, dass jemand, mit dem ich vor kurzem noch gesprochen hatte, jetzt tot war.

»Holly! Jetzt sei nicht so neugierig. Wir müssen los. Die Brautkleider müssen anprobiert werden. Außerdem muss sich jemand mit deinen Haaren beschäftigen.«

»Meine Haare sind völlig in Ordnung.« Ich strich mir mit einer Hand über mein vom Wind zerzaustes Haar.

»Stimmt, wenn man aussehen möchte wie eine Wilde. Schluss mit der Hinhaltetaktik. Es wird Zeit, dass man uns in wunderschöne Bräute verwandelt.«

Ich erlaubte Alice, mich und Meatball in ein großes weißes Festzelt zu ziehen, und dann weiter in den hinteren Teil, der mit Vorhängen abgetrennt war. Mehrere Leute stellten Stühle entlang eines langen Laufstegs auf, der gerade aufgebaut wurde.

Mein Magen verkrampfte sich und meine Nerven lagen blank. War ich wirklich mutig genug, das durchzuziehen?

»Das wird ein Riesenspaß.« Alice wippte auf ihren Zehenspitzen. »Die Kleider sind traumhaft.«

Ich nickte. »Wer hat Connie auf der Toilette gefunden? Du meintest, es war eine Reinigungskraft und Connies Assistentin?«

»Richtig. Sie hieß Betsy Malone«, berichtete Alice. »Sie war völlig aufgelöst, wie du dir vorstellen kannst, nachdem sie über eine Leiche gestolpert war. Zum Glück war das Mädchen mit den rosa Haaren da, um sie zu stützen, sonst wären zwei Leute ins Krankenhaus eingeliefert worden. Na ja, eine in die Leichenhalle und die andere aufs Krankenzimmer, weil sie ohnmächtig geworden ist. Die arme Betsy. Das war ein Schock für sie.«

Ich hob eine Augenbraue. Ich war auch schon ein- oder zweimal über eine Leiche gestolpert. Es wurde niemals angenehmer. »Wie geht es Betsy?«

»Ich habe ihr einen großen Brandy gegeben, um ihre Nerven zu beruhigen.«

Ich seufzte. Ich mochte Betsy, aber sie war ein furchtbares Klatschweib. Noch vor Ende des Tages würde das ganze Dorf davon erfahren. »Ist ihr an der Leiche irgendwas aufgefallen?«

Alice warf mir einen irritierten Blick zu. »Nicht jeder, der im Schloss stirbt, wurde ermordet. Du bist so misstrauisch.«

»Das bin ich nicht! Ich will nur sichergehen, dass Connie nichts Schlimmes passiert ist. Sie schien ein paar Probleme zu haben und war nicht gerade überglücklich.«

»Sie war krank, trank zu viel und das hat sich gerächt. Wir gehen uns jetzt die Kleider ansehen. Ich darf mir zuerst eins aussuchen.«

»Connie musste wirklich eine Menge getrunken haben, um daran zu sterben.« Ich konzentrierte mich auf den Ausgang. Ich sollte zurückgehen und mir das Ganze ansehen.

Alice griff nach einem schulterfreien weißen Kleid im Mermaid-Schnitt und streckte es mir entgegen, um mir den Weg zu versperren.

»Hast du mit Campbell darüber gesprochen, was mit Connie passiert ist?«, fragte ich.

»Holly! Es ist keine Sicherheitsfrage. Eine Alkoholikerin ist gestorben, weil sie auf einer Hochzeitsmesse zu viel getrunken hat. Je rascher die tragische Angelegenheit in Vergessenheit gerät, desto besser. Was hältst du von diesem Kleid?«

»Alice! Das ist rücksichtslos. Eine Frau ist tot.«

Sie ließ das Kleid sinken und funkelte mich böse an. »Es war schon Quälerei genug, dass ich mich in den letzten Tagen um Diana kümmern musste. Ich will Spaß haben. Es tut mir natürlich leid, dass Connie tot ist, aber ich kann es nicht ändern. Und da wir beide noch leben, werden wir einen tollen Abend haben, vorausgesetzt, du hörst auf, dich mit toten Menschen zu beschäftigen.«

»Bist du sicher, dass die Modenschau überhaupt stattfinden sollte?«

»Ja! Ich bin mir absolut sicher. Connies Tod ist kein Grund für dich, nicht mitzumachen. Ich weiß, dass du

Angst davor hast, vor den Leuten aufzutreten. Du kriegst deine Nervosität bestimmt bald in den Griff.«

»So berechnend könnte ich nie sein.« Für einen kurzen Moment hatte ich tatsächlich erwogen, den Todesfall zum Anlass zu nehmen, um nicht mitzumachen.

»Heute Abend sind wir beide Models. Ich will ein Makeover, meine Haare gemacht bekommen und ein hübsches Kleid tragen. Oder sieben«, sagte Alice. »Und das möchte ich mit dir zusammen machen. Und obendrein darfst du mit meinem Bruder über den Laufsteg stolzieren.«

Ich machte einen Schritt zurück und stieß dabei gegen einen Kleiderständer. »Was sagst du da?«

Alice drehte sich um und grinste. »Ich dachte mir schon, dass du dich darüber freuen würdest, wenn du davon erfährst. Du wirst Ruperts Braut spielen. Ist das nicht urkomisch?«

Mein Herz raste in meiner Brust. Ich hatte schon das eine oder andere Mal davon geträumt, Ruperts Braut zu sein, aber mehr auch nicht. Und jetzt würde ich die Chance bekommen, es wirklich zu sein? Na ja, so realistisch es eben war, auf einem Laufsteg seine Braut zu spielen, aber es war nah genug dran.

Alice kicherte. »Vielleicht ist das ja ein Omen.« Sie lehnte ihren Kopf zurück und wimmerte. »Ich habe eine Vision, genau wie Granny. Du wirst meine Schwägerin sein.«

Ich stieß ihr gegen den Arm. »Darüber solltest du keine Witze machen. Aber ich sollte mit Lady Philippa besprechen, was mit Connie passiert ist. Sie könnte möglicherweise etwas zu ihrem Tod gesehen haben.«

»Wir haben keine Zeit dafür. Und Granny hätte dich schon angerufen, wenn sie der Meinung gewesen wäre, dass auf der Hochzeitsmesse etwas Seltsames passieren würde. An Connies Tod ist überhaupt nichts verdächtig. Versuch nicht, mich von den Kleidern abzulenken und begib dich lieber auf die Jagd nach deinem perfekten

Hochzeitskleid. Du solltest umwerfend aussehen, wenn du mit meinem Trottel von Bruder zusammen auftrittst, damit niemand merkt, wenn er über seine eigenen Füße stolpert.«

Ich zuckte mit den Schultern und versuchte, Interesse an den Kleidern zu zeigen, aber meine Gedanken überschlugen sich. Ich würde mich so bald wie möglich mit Betsy in Verbindung setzen und Einzelheiten über Connie in Erfahrung bringen. Vielleicht war es wirklich nur ein tragischer Unfall, eine gestresste Frau, die durch ihre Krankheit geschwächt war und sich zu viel zugemutet hatte.

Ich musste auch mit Lady Philippa sprechen. Mit ihrer unheimlichen und nicht ganz nachvollziehbaren Fähigkeit, Todesfälle auf Audley Castle vorherzusagen, hätte sie das kommen sehen müssen.

Doch bevor ich weiter über die tragischen Umstände nachdenken konnte, schleppte mich Alice bereits mit einem halben Dutzend Kleidern auf dem Arm in die Umkleideräume, dann wurde ich auf einen Stuhl gedrückt, mit einer dicken Schicht Make-up bedeckt und mein Haar wurde zu Locken frisiert und auf meinem Kopf hochgesteckt.

Meatball flitzte durch den Umkleidebereich und kassierte Streicheleinheiten von den anderen Models, bevor er zu mir zurückkehrte. Er sah mich an, als wäre ich eine Fremde.

»Mach dir keine Sorgen. Das ganze Make-up macht mich nicht zu einer anderen Person.« Ich zog ein Leckerli aus meiner Tasche und warf es ihm zu.

»Ist das nicht toll?« Alice sah von ihrem Stuhl aus zu mir herüber.

Ich blinzelte mein Spiegelbild an. Kein Wunder, dass Meatball verschreckt wirkte. Ich war total verändert. Ich schminkte mich selten und schon gar nicht mit dem dramatischen dunklen Lidschatten oder den falschen Wimpern, die ich gerade trug.

»Du siehst wirklich hübsch aus«, erklärte Alice. »Rupert wird einen Herzinfarkt bekommen, wenn er dich sieht. Er wird ganz albern, wenn du deine Schürze anhast.«

Mir wurde warm zumute. »Rupert ist immer sehr nett zu mir.«

»Weil er in dich verliebt ist«, stellte Alice fest.

Ich sah mich um, weil ich nicht wollte, dass jemand dieses Gerücht verbreitete. »Pssst. Das stimmt doch gar nicht.« Mir wurde warm und ich schlug mir eine Hand vor das Gesicht.

»In fünf Minuten kann es losgehen, meine Damen.« Eine Frau eilte mit einem Klemmbrett vorbei. »Kann ich Ihnen etwas bringen, Prinzessin?«

»Eine kalte Kompresse für meine Freundin.« Alice kicherte. »Und meinen Bruder. Wo ist Rupert?«

»Ich bin hier.«

Ich sprang von meinem Platz auf und strich über das enge weiße Mieder des Kleides, das ich trug. Als ich Rupert gegenüberstand, stockte mir der Atem. Er trug einen auffälligen schwarzen Smoking und hatte darunter ein weißes Hemd an.

Ihm klappte die Kinnlade herunter, als sein Blick über mich wanderte. »Holly! Ich hätte dich beinahe nicht erkannt. Du siehst ...«

»Sie sieht umwerfend aus.« Alice rutschte von ihrem Stuhl und marschierte zu uns. »Das tun wir beide.«

Sie war in ein Mermaid-Kleid gehüllt und in ihren blonden Locken steckten mehrere große weiße Federn. Das hätten nicht viele Leute tragen können, aber sie schaffte es.

»Ich meine, natürlich, ihr seht beide umwerfend aus. Holly, du gibst eine tolle Braut ab.«

Ich konnte mir ein Lächeln nicht verkneifen. »Du bist auch ein sehr schöner Bräutigam, Rupert.«

Seine Brust schwoll an. »Wirklich? Hoffentlich hat ein glückliches Mädchen eines Tages das Vergnügen, mit mir vor den Traualtar zu treten.«

»Und heute Abend ist das Holly.« Alice erhob sich, nachdem sie eine goldene Fliege an Meatballs Halsband befestigt hatte. Sie reichte mir seine Leine und versetzte mir einen sanften Schubs. »Los geht's. Ihr eröffnet die Show.«

»Danke, dass du mir das bis jetzt nicht gesagt hast.« Wo war dieser Kübel Champagner, wenn man ihn brauchte?

»Du wirst das toll machen. Nimm Ruperts Arm, damit du nicht über das Kleid stolperst«, sagte Alice.

Rupert hielt mir seinen Ellbogen hin. »Keine Sorge, ich werde dich auffangen, wenn du fällst.«

In mir machte sich Aufregung breit, als ich mit Rupert und Meatball auf den Laufsteg zusteuerte. Das lautstarke Gemurmel auf der anderen Seite des Vorhangs verriet, dass sich die Stühle gefüllt hatten, während wir uns fertig machten.

Rupert tätschelte mir die Hand. »Es wird alles gut gehen. Wenn es ein Trost ist: Alle Augen werden auf mich gerichtet sein. Du weißt ja, wie die Leute sich verhalten, wenn es um die Familie geht.«

»Macht dich das nicht nervös?«

»Ich bin damit aufgewachsen, angestarrt zu werden. Man gewöhnt sich daran, aber es ist nie besonders angenehm. Bleib einfach an meiner Seite und schenke der Menge dein schönes Lächeln. Alle werden fasziniert von deiner Schönheit sein. Genau wie ich es bin.«

An Ruperts Seite zu stehen, beruhigte mich, wie auch seine charmanten Worte. Es dauerte nur ein paar Sekunden, bis sich die Beleuchtung und die Musik änderten.

»Meine Damen und Herren, willkommen auf der Hochzeitsmesse von Audley Castle. Sie werden heute Abend von einer Reihe glitzernder Kleider verzaubert, die Sie nach der Show kaufen können. Zudem präsentieren einige männliche Models eine erlesene Auswahl an Anzügen und Hochzeitskleidung. Notieren Sie sich die Angaben zu den Outfits, die Sie interessieren, und sprechen Sie dann am Ende der Laufstegshow mit dem jeweiligen Verkäufer.«

»Fertig?«, flüsterte Rupert.

»Nein«, quiekte ich.

Er grinste. »Du wirst das toll machen.«

»Ich darf Ihnen jetzt ein ganz besonderes Gastmodel des heutigen Abends vorstellen: Lord Rupert Audley, seine Braut und, ähm, Meatball!«

Ruperts Armmuskeln spannten sich an, während ich mich an ihn klammerte. Ich fühlte mich, als würde ich in einer kleinen Fantasiewelt leben. Ich vergaß meine Sorgen und schwelgte in dem Traum, Ruperts Braut zu sein. Es war ein schöner Traum. Rupert wäre sicherlich ein großartiger Ehemann.

Und ehe ich mich versah, glitten wir über den Laufsteg. Ich wurde von all den Leuten geblendet, die Fotos von uns machten.

Meatball trippelte schwanzwedelnd neben mir her, als würde er die Bewunderung genießen.

Rupert beugte sich zu mir hinunter, bis sich sein Mund an meinem Ohr befand. »Ich schätze, einige dieser Fotos werden es in die Klatschspalten schaffen. Wir werden für ziemlich viel Aufsehen sorgen.«

Ein Teil meiner Nervosität kehrte zurück. »Du erwartest doch nicht etwa einen Skandal, wenn wir zusammen fotografiert werden?«

Er lachte und drückte mir einen Kuss auf die Wange, woraufhin das Publikum seufzte und noch mehr Fotos knipste. »Was wäre das Leben ohne einen kleinen Skandal?«

»Ruhig? Entspannt? Stressfrei?«

Er schmunzelte und führte mich zum Ende des Laufstegs, wo noch mehr Fotos von uns gemacht wurden, während die Moderatorin unsere Kleidungsstücke kommentierte und ich mich bemühte, nicht unruhig zu werden.

»Du machst das wirklich gut«, flüsterte Rupert.

»Es fehlen ja auch nur noch sechs Kleider.«

Er lachte und führte mich vom Laufsteg, meine Hand sicher in seinem Ellbogen verankert. Ich musste aufpassen, denn daran könnte ich mich glatt gewöhnen.

Wir begaben uns zurück in den Umkleidebereich. Lautstarke Frauenstimmen veranlassten mich, mich umzusehen, um die Quelle des Streits ausfindig zu machen.

»Sie muss dir doch etwas gesagt haben.« Die rothaarige Frau, die zuvor von Campbell weggeführt worden war, schüttelte Connies Assistentin Leanna am Arm.

»Lass mich in Ruhe. Du spinnst doch.« Leanna versuchte, sich zu befreien, aber die Frau packte sie fester.

»Du hast sie doch sicher gedeckt. Sie bezahlt dich. Was weißt du?«

»Vielleicht sollte ich eingreifen. Ich finde es nicht gut, wenn Damen in eine körperliche Auseinandersetzung geraten.« Rupert trat einen Schritt vor.

»Das reicht jetzt.« Campbell stürzte in den Umkleideraum, zerrte die rothaarige Frau von Leanna weg und führte sie im Polizeigriff ab.

»Was war denn da los?«, fragte Rupert. »Kennst du diese Frauen?«

»Mehr oder weniger. Warte hier. Ich finde heraus, worum es bei dem Streit ging.« Ich übergab ihm Meatballs Leine, hob das Hochzeitskleid an und rannte hinter Campbell und der Frau her. In meiner Eile rempelte ich eine große, schlanke Frau mit einer großen dunklen Brille an. »Oh! Entschuldigung. Mein Fehler.«

Die Frau lächelte nur und trat mir aus dem Weg.

Ich drehte mich um und warf ihr einen Blick zu, während ich davoneilte. Ihr Parfüm erinnerte mich an jemanden.

Als ich um die Ecke bog, konnte ich beobachten, wie Campbell die Frau auf den Rücksitz eines Polizeiwagens verfrachtete, bevor dieser wegfuhr.

Er drehte sich zu mir um, und seine Augen wurden etwas schmaler. »Fang gar nicht erst an. Ich habe genug für ein ganzes Leben von schwierigen Frauen.«

»Wer ist die Frau, die gerade festgenommen wurde?«, fragte ich.

»Eine Unruhestifterin. Wie du.« Er lief an mir vorbei. »Ach, übrigens, hübsches Kleid.«

»Danke. Ich kann es dir gerne mal leihen.« Ich rannte hinter ihm her. »Warum hat die Polizei sie mitgenommen? Ich habe dich doch neulich Morgen mit ihr gesehen. Ist sie eine Bedrohung für die Familie?«

Campbell winkte ab. »Nicht jetzt, Holly.«

Ich versuchte, ihm zu folgen, aber in diesem lächerlichen Kleid und den hohen Absätzen konnte ich auf keinen Fall mithalten.

Leanna erschien mit bleichem Gesicht vor der Umkleidekabine. »Ist diese furchtbare Frau weg?«

Ich stoppte neben ihr. »Ja. Sie ist von der Polizei abgeholt worden.«

»Ich wusste, dass so etwas passieren würde.«

»Geht es Ihnen gut? Hat Sie diese Frau verletzt?«

Sie schüttelte den Kopf. »Mir geht es gut. Ich habe mich inzwischen schon daran gewöhnt, dass sie ständig in der Nähe ist und Ärger macht. Sie kreuzt so oft auf.«

»Ich heiße Holly. Ich arbeite im Schloss. Ich musste heute Abend helfen. Kann ich irgendetwas tun, um zu helfen?«

Leanna schüttelte den Kopf. »Nein, alles in Ordnung. Und danke für die Hilfe bei dem Laufstegevent. Wir steckten in der Klemme, weil wir keine Models mehr finden konnten, und ich hätte das auf keinen Fall machen können.« Sie knabberte an ihrem Daumennagel.

»Wie war das gemeint, als Sie sagten, dass Sie wussten, dass so etwas passieren würde?«

»Connies Tod.« Sie schaute mich an und zuckte mit den Schultern. »Sie war vielen Leuten ein Dorn im Auge. Es würde mich nicht überraschen, wenn sie umgebracht wurde. Und der schrille Rotschopf sollte ganz oben auf der Verdächtigenliste stehen.«

Kapitel 6

Ich überspielte meine Überraschung und bemühte mich, den Rock des Brautkleides nicht durch den Schlamm zu ziehen. »Gehen wir zurück in den Umkleideraum. Sie sind Leanna, stimmt's?«

Sie nickte. »Das ist richtig. Woher wissen Sie das?«

»Ich habe Sie am Stand von Connie gesehen.« Ich winkte Alice zu. »Wie lange dauert es noch bis zu meinem nächsten Auftritt?«

»Zehn Minuten«, antwortete sie. »Du solltest dich beeilen.« Sie hatte sich zu Rupert gestellt, dessen besorgter Blick auf mich gerichtet war.

Ich lächelte und gab ihm mit einem Nicken zu verstehen, dass es mir gut ging. Ich besorgte zwei Tassen Tee und nahm mit Leanna in einer ruhigen Ecke Platz. »Ich kannte Connie. Na ja, mehr oder weniger. Wir sind einander ein paar Mal über den Weg gelaufen, bevor sie starb.«

Leanna zog eine Grimasse. »Ich habe sie gefunden. Ich ging zur gleichen Zeit wie eine ältere Dame auf die Toilette. Wir haben beide auf die Leiche gestarrt. Dann fing ich an zu schreien und die andere Frau fiel fast in Ohnmacht, bis sie dann Hilfe holte.«

Ich holte scharf Luft. »Das war sicher furchtbar.«

»Das war es. Das möchte ich nicht noch einmal erleben.«

»Wie lange kannten Sie Connie schon?«

»Etwa sechs Monate. Ich war gerade mit dem College fertig und sie hat mich eingestellt. Irgendwann möchte ich mein eigenes Geschäft haben. Ich hoffe, dass ich als Hochzeitsfotografin einsteigen kann. Tatsächlich habe ich einige Fotos von euch gemacht, als ihr auf dem Laufsteg wart.« Ihre Hände bebten, als sie einen Schluck Tee trank. »Ich hätte nicht gedacht, dass dieses Business so knallhart ist.«

»Meinen Sie die Frau, die Sie angeschrien hat? Hatte sie ein Problem mit Connies Blumengeschäft?«

»Ich denke schon. Ich verstehe sie nicht ganz. Connie hat nie gesagt, wer sie ist. Seit ich mit Connie zusammenarbeite, taucht sie immer wieder auf Hochzeitsmessen auf. Immer fängt sie gleich Streit an. Ich hatte angenommen, dass sie eine Konkurrentin ist. Jemand, der neidisch auf ihren Erfolg ist. Connie hatte einen guten Ruf als Hochzeitsfloristin. Deshalb war ich sehr froh, als sie mich als Mitarbeiterin eingestellt hat. Ich dachte, ich könnte sicher viel von ihr lernen.«

»Also haben Sie gelernt, dass es im Hochzeitsgeschäft nicht immer nur um Herzchen und Blümchen geht?«

Sie stieß ein leises Lachen aus. »Ganz sicher nicht. Hochzeitsplaner sind rücksichtslos. Ständig gibt es jemanden, der einen unterbieten will oder etwas Schlechtes über einen behauptet. Und die Bräute! Sie sind beängstigend. Die Gehirnchemie muss sich ändern, wenn man gefragt wird, ob man jemandes Frau werden will. Die meisten Frauen werden dadurch zu Monstern. Fordernd, schreiend, Haare raufend. Ich habe beobachtet, wie eine der Bräute Connie eine Vase an den Kopf warf, weil sie einen anderen Gelbton für die Rosen wollte. Wahnsinnig.«

»Das klingt heftig.«

Sie nickte. »Das schreckt mich vom Heiraten ab. Oder zumindest von einer großen Hochzeit. Wenn ich einmal heiraten sollte, sind dort ich, mein Verlobter und ein paar Familienmitglieder. Und sonst keiner.«

Ich sah mich um, aber es hörte uns niemand zu. »Sie sagten, es habe Sie nicht überrascht, dass Connie umgebracht wurde. Ist Ihnen, als Sie ihre Leiche entdeckt haben, etwas aufgefallen, das Sie vermuten lässt, dass ihr Tod kein Unfall war?«

Leanna stellte ihre Tasse ab. »Ich bin mir nicht sicher, was Sie wissen möchten. Ich habe vorher noch nie eine Leiche gesehen.«

»Ich meine, glauben Sie, dass die Frau, die Sie angeschrien hat, etwas mit Connies Tod zu tun hat? Sie hat nach Connie gefragt, nicht wahr?«

»Sie ... Sie reden von Mord!« Sie stieß die Worte mit einem erschrockenen Quieken aus. Leanna schnappte sich ihre Tasse und nippte an ihrem Tee.

Ich schaute mich wieder um. »Was wollte sie denn wissen?«

Leanna atmete tief ein. »Ich verstehe das alles nicht. Sie behauptete, ich müsse wissen, was Connie treibt und mit wem sie sich getroffen hat. Dabei hatte ich mit Connies Terminkalender überhaupt nichts zu tun. Sie kümmerte sich selbst um alle Termine. Als ich der Frau sagte, dass sie mehr Respekt vor den Toten haben sollte, ging sie auf mich los. Holly, glauben Sie, sie hat Connie getötet?«

Ich zupfte an einer Paillette an meinem Hochzeitskleid herum, um Leanna nicht zu verunsichern, insbesondere da ich keine Beweise für ein Verbrechen hatte. »Ich möchte mir nicht vorstellen, dass Connie irgendetwas Schlimmes zugestoßen ist. Aber als ich gesehen habe, wie wütend diese Frau war, und dann noch Ihren Kommentar hörte, da wurde ich hellhörig.«

»Oh! Na ja, mir geht es genauso. Und die rothaarige Frau hatte einen mörderischen Blick in den Augen.« Sie rutschte auf ihrem Sitz hin und her. »Ich weiß nicht, was ich jetzt machen soll, wo sie nicht mehr da ist. Wir haben das Geschäft zu zweit geführt. Also, ich habe ihr geholfen.«

Ich lächelte sie an. »Vielleicht übernimmt Sie einer der anderen Hochzeitsfloristen.«

»Unwahrscheinlich. Ich kenne einige der Stammverkäuferinnen, die auf denselben Hochzeitsmessen wie Connie ausstellen. Trotz ihres Lächelns sind sie oft gemein zueinander. Zoe ist die Schlimmste. Sie kann gehässig werden, auch wenn sie mit ihren blonden Locken wie ein Engel aussieht.«

»Wer ist Zoe?«

»Sie hat mal mit Connie zusammengearbeitet. Florally Forever haben sie gemeinsam gegründet, aber dann ist irgendwas schiefgegangen. Sobald ich Zoes Namen erwähnte, hat Connie das Thema gewechselt und meinte, sie sei eine Witzfigur. Ich erinnere mich, wie sie sich gestritten haben. Und dann ist da noch Belinda. Sie lächelt einen an, aber insgeheim schärft sie ihr Messer, um es einem in den Rücken zu stoßen.«

»Ich habe sie kennengelernt. Sie schien sehr freundlich zu sein.«

»Nicht zu Connie und auch nicht zu mir.« Leanna kaute wieder auf ihrem Daumennagel. »So viele Leute mochten Connie nicht.«

Ich fügte Belinda und Zoe zu der Liste der Personen hinzu, die ich überprüfen wollte, sobald ich einen Moment Zeit hatte. »Wissen Sie, ob Connie schon vor ihrem Tod krank war?«

»Sie hatte schon seit Ewigkeiten mit irgendeiner Krankheit gekämpft. Auf meine Frage hin bat sie mich, mir keine Sorgen zu machen, aber ich merkte, dass sie nicht allzu gut aussah. Und sie hatte sich den Magen-Darm-Virus eingefangen, der hier im Umlauf war.«

»Wurde Connie aufgrund einer schlimmeren Krankheit behandelt? Das könnte ihr Immunsystem geschwächt haben, sodass sie diesen Magen-Darm-Virus nicht mehr abwehren konnte.«

»Oh, ähm, soweit ich weiß, nicht. Wie ich schon gesagt habe, redete sie nicht viel über ihr Privatleben.

Sie wäre nie auf die Idee gekommen, mir von einem gesundheitlichen Problem zu erzählen.«

Ich lehnte mich auf meinem Stuhl zurück. »Ich hatte das Gefühl, dass Connie ein gewisses Alkoholproblem hatte.«

Leannas Stirn runzelte sich. »Sie trank gerne mal ein Glas Champagner. Und auf den Messen ist der leicht zu bekommen. Ich kann dieses Zeug nicht ausstehen.«

»Das Gerücht stimmt nicht?«

Sie seufzte. »Vielleicht, ich glaube einfach nicht daran. Auch das hasse ich an Hochzeitsmessen. Entweder tratschen die Leute, oder sie flirten mit jemandem, mit dem sie nichts anfangen sollten. Das ist widerlich. Mich erwischt sicher keiner beim Knutschen mit irgendeinem alten Kerl im Anzug.«

»Hat sich Connie mit jemandem eingelassen, mit dem sie sich nicht hätte einlassen sollen?«

»Mit niemand Besonderem.« Leanna sank in ihrem Sitz zusammen. »Ich sollte über meine Karriere nachdenken. Ich muss aussteigen, bevor ich mich in eine verbitterte Hochzeitsplanerin verwandle. Ich dachte nicht, dass es so kommen würde.«

»Ich drücke Ihnen die Daumen«, erwiderte ich. »Bleiben Sie für den Rest der Hochzeitsmesse?«

»Ja. Ich kann allerdings nicht einschätzen, ob Connies Stand bleiben soll. Die Kunden, die Bestellungen aufgegeben haben, sollten unbedingt über ihr Schicksal informiert werden. Sie müssen sich eine neue Floristin suchen.«

»Bleiben Sie bis zum Ende der Hochzeitsmesse, wenn Sie können. Vielleicht finden Sie eine neue Arbeit.« Außerdem wollte ich, dass Leanna in der Nähe blieb. Sie hatte Insiderwissen zu Connies Geschäften, und die hörten sich nicht nur positiv an.

»Holly, was treibst du da? Du musst dein nächstes Kleid anziehen. Und ich dachte, du wolltest mir auf dem Laufsteg zusehen. Ich war großartig.« Alices Blick fiel auf Leanna.

»Tut mir leid. Ich wurde abgelenkt. Ich wette, du warst fantastisch.« Ich deutete auf Leanna. »Das ist Leanna. Sie hat mit Connie zusammengearbeitet.«

»Freut mich wirklich sehr, Sie kennenzulernen. Worum ging es bei diesem Streit? Rupert sprach davon, dass es zu einem Zwischenfall kam, als ihr den Laufsteg verlassen habt«, sagte Alice. »Wer hat sich da gestritten?«

»Das versuchte ich von Leanna zu erfahren. Campbell hat sich darum gekümmert«, sagte ich.

Alice nickte. »Natürlich hat er das. Und jetzt komm, wir haben noch mehr Hochzeitskleider zu präsentieren.«

Ich war so auf das Geschehen hinter der Bühne konzentriert gewesen, dass ich meine Rolle als Brautmodel vergessen hatte. Ich wandte mich wieder an Leanna. »Ich sollte besser gehen. Und machen Sie sich keine Sorgen, dass die Frau zurückkommt. Die Sicherheitskräfte im Schloss haben sich um sie gekümmert, sie wird keine Probleme mehr machen.«

»Ich wäre froh, wenn ich sie nie wieder zu Gesicht bekäme«, warf Leanna ein. »Danke für das Gespräch. Und genießen Sie den Rest der Modenschau. Ich schieße noch ein paar Fotos von Ihnen, wenn ich die Gelegenheit dazu habe.«

»Danke.« Ich zog mit Alice los und wir schlüpften in die nächsten Hochzeitskleider.

»Was hast du vor?«, fragte Alice, als sie sich in ein mit funkelnden Kristallen besetztes Satinkleid zwängte.

»Irgendetwas Seltsames geht hier vor.«

»Denkst du immer noch darüber nach, was mit Connie passiert ist?« Alice drehte sich um, damit ich ihr das Kleid am Rücken zuknöpfen konnte.

»Kaum jemand mochte sie. Leanna hat erzählt, dass die Frau, die von Campbell mitgenommen wurde, sie bedroht hat.«

»Warum hat sie das getan?«

»Genau das will ich herausfinden. Was war so schlimm an Connies Verhalten?«

»Es gibt eine Person, die die Antwort darauf kennt«, sagte Alice. »Lass uns hier fertig werden und Campbell suchen.«

»Er wird uns nichts sagen.«

»Mir wird er alles sagen. Ich werde darauf bestehen.« Sie klimperte mit den Wimpern. »Er kann mir nicht widerstehen.«

»Besser gesagt kann er sich nicht wehren, wenn er will, dass er am Ende des Monats bezahlt wird.«

Sie schnalzte mit der Zunge. »Sei nicht so gemein.«

Ich richtete den Schleier auf meinem Kopf. »Du bist viel mutiger als ich, wenn es darum geht, Antworten von Campbell zu verlangen.«

»Ich bin nicht mutig. Ich bin einfach hübscher, reicher und einflussreicher.«

»Und tausendmal bescheidener als ich.«

Sie kicherte. »Du gibst eine wunderschöne zukünftige Braut ab. Lass uns die Menge beeindrucken.«

Eine Stunde später hatte ich alle Kleider auf dem Laufsteg getragen und war erleichtert, als ich mich aus dem letzten Kleid befreit und meine normale Kleidung angezogen hatte. Die Arbeit als Model war anstrengend, und mein Gesicht schmerzte, weil ich so lange gezwungen lächeln musste.

»Ich habe Campbell herbestellt.« Alice traf mich vor den Umkleidekabinen. »Er ist auf dem Weg.«

»Er wird schreckliche Laune haben.«

»In meiner Gegenwart ist er immer freundlich. Ich übernehme das Reden. Er neigt dazu, übellaunig zu werden, wenn du ihn ausfragst.«

Ich war zufrieden damit, Alice die Führung zu überlassen. Campbell hatte bereits mitbekommen, dass ich herumschnüffelte und war nicht gerade erfreut darüber.

»Da ist er. Los geht's.« Alice ergriff meinen Arm und zog mich zu Campbell hinüber, der vor dem Festzelt stand.

»Prinzessin Alice.« Er nickte ihr zu, bevor sein Blick sich auf mich richtete. »Holmes.«

»Wir haben einige Fragen an dich«, verkündete Alice. »Wir wollen wissen, was es mit dem Tod von Connie Barber auf sich hat.«

»Was möchtet ihr wissen?« Campbells Augen verengten sich, seine Aufmerksamkeit galt mir.

»Holly glaubt, dass ihr Tod etwas merkwürdig war. Wie ist sie gestorben?«, fragte Alice.

»Die genaue Todesursache muss noch ermittelt werden«, sagte Campbell.

»Glaubst du, es war Mord?« Ich konnte mir die Frage nicht verkneifen.

»Wie ich schon sagte, muss das noch ermittelt werden.« Die Muskeln in Campbells Kiefer spannten sich an.

»Sie war noch zu jung, um plötzlich tot umzufallen«, stellte Alice fest. »Könnte sie ein Problem mit ihrem Herzen gehabt haben?«

»Das ist möglich.« Campbells Gesicht verriet nichts.

»Es gibt Gerüchte, dass sie ein Alkoholproblem hatte«, sagte ich.

Alice drehte sich zu mir um und hob die Augenbrauen. »Wirklich? Nun, Campbell, was weißt du darüber?«

»Ich habe die Frau nicht gekannt. Das kann ich also nicht bestätigen«, sagte Campbell.

»Wurde eine Autopsie angeordnet?«, wollte ich wissen.

»Selbstverständlich. Das passiert bei jedem untypischen Todesfall.«

»Das wird die Sache erklären«, sagte Alice. »Wir erfahren bald, wie sie gestorben ist. Hast du noch weitere Fragen, Holly?«

Ich vernahm ein leises Knurren von Campbell. »Wer war die Frau, die du aus dem Zelt entfernt hast? Die, die Leanna angeschrien hat?«

»Sie steht in keinem Zusammenhang mit dem Tod von Connie. Sie ist eine Querulantin, die immer wieder auf der Hochzeitsmesse stört.«

Alice ergriff seinen Arm. »Wir sind unter uns. Du kannst mir doch sicher ihren Namen verraten. Sie stellt doch keine Gefahr für mich dar, oder?«

Campbells Rücken wurde steif. »Absolut nicht, Prinzessin. Ich bin noch dabei, alle Fakten über sie zusammenzutragen, aber sie stellt keinerlei Problem dar.«

»Kann ich einen kleinen Tipp zu ihr bekommen?«, fragte Alice.

»Willst wirklich du diese Informationen haben?« Campbell zog eine Augenbraue hoch und starrte mich an.

»Du bist so ein Scherzkeks.« Alice tippte ihm leicht auf den Arm. »Es ist wichtig, dass ich über alles Bescheid weiß, was im Schloss vor sich geht.«

»Du hörst es als Erste, wenn ich konkrete Informationen über sie habe. Wenn du mich nun entschuldigst, Prinzessin, ich muss meinen Pflichten nachkommen.«

Alice nickte. »Nun gut. Du kannst gehen.«

Er drehte sich um und schritt davon, die Finger verkrampft und die Schultern an die Ohren gezogen. Dafür würde ich später noch büßen.

»Campbell war nicht sehr hilfreich«, sagte Alice. »Ich denke, er hat uns Informationen vorenthalten. Ich hasse es, im Dunkeln gelassen zu werden.«

»Da stimme ich zu. Er weiß mehr über diese Frau. Er wollte es nur nicht sagen.«

»Ich kann ihn auch zurückrufen und darauf bestehen, dass er uns alles verrät.« Sie holte Luft.

Ich ergriff ihren Arm und schüttelte den Kopf. »Bitte tu das nicht. Sonst lässt er es an mir aus. Du möchtest doch nicht, dass deine beste Freundin für immer verschwindet und nie wieder gesehen wird.«

Verwirrung zeichnete sich auf ihrem Gesicht ab. »Natürlich nicht. Aber warum sollte das passieren?«

»Weil Campbell der Meinung ist, dass ich dich auf Abwege führe und dem ein Ende setzen will.«

Sie kicherte. »Das tust du auf jeden Fall. Und ich würde es auch nicht anders wollen. Wenn deine Leiche auftaucht, kümmere ich mich darum, dass Campbell dafür büßt.«

»Wie beruhigend. Oder wir hören einfach auf, ihn zu provozieren, damit er mich gar nicht erst beseitigt.«

»Wo ist denn da der Spaß?« Ihr Lächeln schwand. »Bist du wirklich der Meinung, dass Connies Tod auf ein Verbrechen zurückzuführen ist?«

»Ich weiß es nicht. Wir brauchen mehr Insiderwissen. Ich würde gerne mit Lady Philippa sprechen und nachfragen, ob sie etwas weiß.«

»Sie hätte dich gerufen, wenn sie diesen Tod vorausgesehen hätte. Das macht sie immer so.«

»Sie könnte abgelenkt sein. Es könnte sein, dass die Hochzeitsmesse sie zu sehr beschäftigt.«

»Wir können sie morgen früh besuchen, wenn du willst.«

»Prima. Sie wird uns in die richtige Richtung lenken.«

»Oder deine Bedenken ausräumen. Vielleicht vermutest du einen Mord, dabei war es nur eine traurige Alkoholikerin, die es übertrieben hat.«

»Trotzdem wird sie uns vielleicht einen Hinweis geben.«

Alice erschauderte. »Ich verstehe nicht, wie sie das macht. Ich finde die ganze Sache unglaublich gruselig. Ich betrachte es gerne als eine Eigenart von ihr. Es wäre doch schlimm, wenn sie es mir vererbt hätte, oder? Ich brauche jedenfalls keine Visionen von sterbenden Menschen. Ich möchte schöne Träume.«

»Hattest du schon mal eine Vorahnung?«

»Nein. Ich träume hauptsächlich davon, dass ich am Strand liege und ... mir jemand den Rücken mit Sonnenmilch einreibt.« Ihre Wangen färbten sich rosa.

Es erforderte nicht unbedingt einen besonders hohen IQ, um zu erraten, wer dieser Jemand war. »Ich mache uns ein schönes Frühstück und dann fahren wir hoch zu Lady Philippas Turm und diskutieren über Morde.«

»Ausgezeichnet. Ich möchte morgen Pancakes. Deine Pancakes sind einfach die besten. Auf meinen kommt dann jede Menge Sirup. Und Schokosplitter.«

Ich vollführte einen Knicks. »Noch irgendwelche Wünsche, Majestät?«

Sie kicherte. »Ein paar Croissants wären schön. Aber bitte frische.«

»Meine Croissants sind immer frisch.«

Alice umarmte mich kurz. »Wie aufregend. Ein weiteres Rätsel! Wir sehen uns morgen früh.«

Ich sammelte Meatball und die übrigen Sachen ein und fuhr zurück in meine Wohnung, wobei ich über die Vorkommnisse des Abends nachdachte. Am Tod von Connie Barber war irgendetwas faul und ich war wild entschlossen, herauszufinden, was es damit auf sich hatte.

Ich durchwühlte gerade meine Handtasche nach meinen Schlüsseln, als mich das Geräusch schlurfender Füße aufschauen ließ.

Meatball knurrte und stellte seine Nackenhaare auf.

Außerhalb meiner Wohnung war es dunkel. Der Neumond am Himmel spendete kaum Licht.

Ich steckte meine Schlüssel zwischen die Finger und spürte mein Herz rasen. War es Connies Mörder, der sich ein weiteres Opfer holen wollte?

Ich starrte in die Dunkelheit und schluckte meine Angst, während sich jemand in den Schatten bewegte. »Ich kann dich sehen. Komm raus. Warum versteckst du dich?«

Ein leises weibliches Kichern ertönte, und eine Frau trat hinter einem Busch hervor. »Du warst schon immer zu gut im Versteckspiel. Hallo, Holly. Es ist schon eine Weile her.«

Ich starrte sie an und traute meinen Augen kaum. »Ach du meine Güte! Granny Molly.«

Kapitel 7

»Willst du nur dastehen und glotzen oder nimmst du deine alte Granny in den Arm?« Oma Molly breitete ihre Arme aus.

Ich taumelte in ihre Umarmung und umklammerte sie ganz fest. »Wie kommst du denn hierhin?« Sie roch wie immer: nach Jasmin und Haarspray.

»Wenn du mich zu dir in die Wohnung lässt, kann ich dir davon berichten.« Sie presste mich fest an sich, bevor sie zurücktrat und mich mit ihren strahlenden Augen musterte. »Du siehst gut aus.«

»Du auch.« Ihr Haar war glatt und um ihr kantiges Gesicht frisiert. Sie hatte ein paar Fältchen um die Augen, aber sie war immer noch eine attraktive Frau mit einem breiten Mund, der immer ein Lächeln trug.

»Das Gefängnisleben ist für manche Leute genau das Richtige.« Sie tätschelte meinen Arm.

Ich hatte so viele Fragen, dass ich überhaupt keine Ahnung hatte, wo ich anfangen sollte. Ich fummelte den Schlüssel ins Schloss und öffnete die Tür.

Meatball winselte und hob eine Pfote. Er legte den Kopf schief, als er unsere neue Besucherin studierte.

»Das ist Meatball«, sagte ich. »Erinnerst du dich an ihn?«

»Natürlich. Ich kenne ihn aus deinen Briefen.« Granny Molly kniete sich hin und streckte eine Hand aus. »Du hast meine Enkelin ganz schön beeindruckt.«

Meatball beschnupperte ihre Finger gründlich. Und dann wedelte er mit dem Schwanz, offenbar begeistert von ihrer Anwesenheit. Das war ich auch, aber ich war zutiefst schockiert, dass sie hier war.

Ich knipste das Licht an und zog meine Jacke aus. Während ich in die Küche ging, mit Granny Molly auf den Fersen, brauchte ich einen Moment, um meinen rasenden Puls zu beruhigen.

Ich drehte mich zu ihr um. »Okay, ich beginne mit der wichtigsten Frage. Bist du aus dem Gefängnis entlassen worden?«

Ihr warmes, lautes Lachen brachte mich zum Schmunzeln. Diesen Klang hatte ich vermisst.

»Natürlich. Was denkst du denn, dass ich aus dem Gefängnis ausgebrochen und auf der Flucht bin?«

Ich neigte meinen Kopf zur Seite. »Na ja, bei dir ist alles möglich.«

»Sei nicht so frech. Setz den Kessel auf, mach mir eine starke Tasse Kaffee und ich verrate dir alles.« Granny Molly warf einen prüfenden Blick durch die Küche. »Schön hast du's hier.«

Ich befüllte den Kessel und setzte ihn auf. »Das ist Teil meines Jobs.«

»Ach ja. Ich erinnere mich. Ich war so stolz, als ich hörte, dass du einen Job in einem schicken Schloss bekommen hast«, bemerkte Oma Molly. »Gefällt es dir immer noch?«

»Sehr sogar. Ich liebe es hier.« Mein Lächeln verblasste. »Du hättest mir sagen sollen, dass du herkommst.«

»Es sollte eine Überraschung werden. Ich habe mit deiner Stiefmutter gesprochen, als ich entlassen wurde, und ich fand, es war höchste Zeit, dass wir uns wiedersehen. Ich wollte nur nachsehen, wie es dir geht.«

»Valerie war sicher sehr überrascht, von dir zu hören.«

»Sie sah mindestens genauso schockiert aus wie du. Ich war sogar bei Bianca.«

Ich rümpfte die Nase. Mit meiner Stiefschwester hatte ich so gut wie nichts zu tun. »Und wie geht es ihr?«

»Ha! Sie hat ein paar Worte mit mir gewechselt und dann so getan, als ob jemand an der Tür wäre. Sie konnte sich gar nicht schnell genug aus dem Staub machen.«

Ich seufzte. Familien waren eben kompliziert.

»Wie auch immer, ich bin hier, um von dir zu erfahren. Geht es dir gut?«

»Ja, alles bestens. Wie lange bist du schon draußen?«

»Einen Monat.«

»So lange hast du gewartet, um mich zu besuchen?«

Sie grinste. »Keine Sorge. Ich habe dich nicht vergessen, sondern hatte zu tun. Zuerst musste mir eine Wohnung suchen und meinen Lebensunterhalt verdienen.«

Ich goss ihr einen Kaffee ein und drückte ihn ihr in die Hand. »Was arbeitest du denn?«

Sie zog eine dünne Augenbraue hoch. »Willst du das wirklich wissen?«

Ich griff nach einer Dose Kekse, dann gingen wir ins Wohnzimmer und nahmen auf der Couch Platz. »Ist es illegal?«

»Für jemanden, der im Gefängnis war, gibt es wenig Arbeit«, sagte Granny Molly und reckte trotzig ihr Kinn. »Ich tue, was ich tun muss, um über die Runden zu kommen.«

»Granny! Du solltest dich doch gebessert haben!«

»Hab ich doch. Ich habe sogar eine Ausbildung zur Buchhalterin gemacht, während ich im Gefängnis war. Das ist doch schon mal ein Zeichen für einen anständigen Bürger.«

»Das ist großartig. Könntest du nicht einen Job in diesem Bereich bekommen?«

Sie lachte wieder. »Wenn nur alle so offenherzig wären wie du. Wenn es so wäre, würde ich die Bank of England leiten. Aber sobald die Leute erfahren, dass ich ein Vorstrafenregister habe, wollen sie davon nichts mehr wissen. Mach dir keine Sorgen um mich, mir geht es gut.«

»Hat dein neues Projekt etwas mit deinem Besuch hier zu tun?« Sosehr ich meine Granny auch liebte, sie versuchte immer, etwas für sich rauszuschlagen.

Sie tätschelte meine Hand. »Es gibt keinen Grund, sich Sorgen zu machen. Egal, was ich tue, es wird nicht auf dich zurückfallen.«

Das war nicht besonders beruhigend. »Die Familie Audley war immer sehr großzügig zu mir.«

»Und du gehst davon aus, dass ich hier bin, um sie in Schwierigkeiten zu bringen?« Sie schüttelte den Kopf, und in ihren Augen blitzte für eine Sekunde Verletztheit auf, bevor sie wieder verschwand. »Ich war nicht einmal in der Nähe der Familie. Nicht mal im Schloss war ich. Hauptsächlich habe ich dich beobachtet. Ich habe dir bei der Arbeit zugesehen. Du hast auf dem Laufsteg ein ziemlich hübsches Bild abgegeben, mit dem noblen Lord an deiner Seite.«

»Oh!« Ich richtete mich ruckartig in meinem Sitz auf. »Das warst du! Du warst dort im Festzelt. Ich bin in dich hineingelaufen.«

»Du hast mich fast umgeworfen, als du diesem großen, furchterregenden Kerl hinterhergejagt bist. Was sollte das eigentlich werden?«

»Der große furchterregende Typ ist der Sicherheitschef des Schlosses, Campbell Milligan. Du solltest dich so weit wie möglich von ihm fernhalten.«

»Er macht mir keine Sorgen. Ich bin solchen Typen schon begegnet. Nur Muskeln und ein großes Mundwerk, aber keine einzige Gehirnzelle.«

»Bitte, leg dich nicht mit Campbell an. Er kann fies werden.«

»Ich halte mich von ihm fern. Aber was hat diese Frau eigentlich getan? Die, die im Polizeiauto saß.«

Ich stieß ein Seufzen aus und massierte mir die Stirn. »Ich bin nicht sicher. Möglicherweise hat sie etwas mit dem Tod einer anderen Frau zu tun.«

Granny Mollys Augen weiteten sich. »Erzähl mir alles.«

Ich erzählte ihr kurz von Connies Tod und meinen Vermutungen. »Als ich bei der Modenschau war, unterhielt ich mich mit Connies Assistentin, Leanna. Sie hat mir gesagt, dass nur wenige Leute Connie mochten.«

»Und du vermutest, dass ihr einer von ihnen etwas angetan hat und sie dann tot auf der Toilette liegen ließ?«

»Ich habe keine Beweise. Bislang zumindest nicht. Aber Connie war umringt von Leuten, die sie nicht ausstehen konnten. Ich muss nur sichergehen, dass sie nicht ermordet wurde. Es läuft gerade eine Autopsie, also muss die Polizei wohl auch einen Verdacht haben.«

»Wenn eine junge Frau tot umfällt, schauen die sich das schon genauer an. Das heißt aber nicht, dass es Mord war.« Granny Molly grinste. »Du hattest schon immer eine Vorliebe für Kriminalfälle, schon als du jünger warst. Kannst du dich noch daran erinnern, dass ich dir immer diese Bücher vorgelesen habe, in denen eine Gruppe von Kindern loszog und Rätsel löste?«

»Ja, natürlich. Ich habe dich dazu gebracht, mir diese Geschichten so lange vorzulesen, bis der Buchrücken kaputt war.« Ich hatte es als Kind geliebt, sie in meiner Nähe zu haben. Sie war einfach immer so fröhlich. Und sie hatte immer Spaß dabei gehabt, sich mit mir Welten auszudenken und Rätsel zu lösen.

»Das muss wohl etwas abgefärbt haben«, bemerkte Granny Molly. »Du jagst immer noch Geheimnissen nach.«

»Hier und da«, gab ich zu. »Das Schloss zieht eine Menge interessanter Leute an.«

»Und auch jede Menge reiche Leute, nehme ich an.«

Ich schüttelte den Kopf. »Lass es. Das ist mein Zuhause, und der Ort, an dem ich arbeite. Bitte mach keinen Ärger.«

»Holly, ich muss mich für dich schämen. So etwas würde ich nie tun. Ich wollte nur meine Lieblingsenkelin besuchen.«

»Deine einzige Enkelin.«

Sie lachte. »Das ist doch genau das Gleiche. Wie auch immer, ich bin hierhergefahren, um dich zu sehen.«

Ein schlechtes Gewissen machte sich in mir breit, da ich schon fast wieder das Schlimmste angenommen hatte. »Du bist wirklich nur meinetwegen gekommen?«

Sie schnappte sich einen Keks und biss die Hälfte ab. »Die sind wirklich gut. Hast du die selbst gemacht?«

»Ja. Versuch nicht, der Frage auszuweichen.«

Sie stellte ihre Tasse ab. »Seit ich entlassen wurde, ist es nicht einfach. Es ist keine leichte Zeit für mich. Zwar bin ich hierhergekommen, um dich zu sehen, aber beim Anblick all dieser gut betuchten Typen, die herumstolzieren und mit ihrem Geld protzen, konnte ich einfach nicht widerstehen.«

Ich stöhnte auf. »Sag mir nicht, dass du den Leuten Geld gestohlen hast?«

»Nur den Reichen. Denen werden ein paar Scheinchen nicht fehlen. Ich stehle nur von den Reichen, das weißt du. Ich bin quasi ein moderner Robin Hood.«

»Granny! Du bist ein moderner Albtraum. Du solltest damit aufhören. Und du musst das zurückgeben, was du gestohlen hast.«

»Zu spät. Die Leute sind schon lange weg.«

»Gib die Sachen bei der Polizei ab. Du kannst sagen, dass du sie gefunden hast.«

»Sie würden einen Blick in meine Akte werfen und wissen, dass ich es war«, sagte sie.

Meine anfängliche Freude, sie zu sehen, verblasste. Zwar liebte ich meine Großmutter, aber ich wollte sie nicht in der Nähe haben, wenn sie klauen wollte.

»Ich habe diesen missbilligenden Blick schon einmal gesehen«, erklärte sie, während sie sich erhob. »Vielleicht ist es das Beste, wenn ich verschwinde.«

Trotz meiner Bedenken wollte ich nicht, dass sie wegging. Ich hatte es vermisst, sie um mich zu haben. »Wo übernachtest du?«

»Das weiß ich noch nicht. Ich lasse mir etwas einfallen.«

»Es ist schon spät. Bleib heute Nacht hier. Wir finden morgen früh eine Lösung.« Und solange sie unter meinem Dach war, konnte sie keinen weiteren Ärger machen.

Sie umarmte mich. »Du bist so ein gutes Mädchen. Und da ich schon mal hier bin, helfe ich dir vielleicht bei diesem Rätsel.«

»Es ist besser, wenn du dich nicht einmischst. Verhalte dich unauffällig und hör auf, Geldbörsen zu stehlen.«

»Das schaffe ich. Allerdings kann ich dir vielleicht bei deinem Rätsel weiterhelfen. Interessiert es dich, zu erfahren, wer heute Abend von der Polizei abgeführt wurde?«

»Natürlich. Ich hatte schon bei Campbell probiert, herauszufinden, wer sie ist, aber er hat sich wie immer bedeckt gehalten. Kennst du sie?«

»Nein, nicht direkt. Aber möglicherweise habe ich ihre Handtasche geklaut.«

Ich kniff meine Augen zu. »Ich werde einfach so tun, als hättest du das nicht gesagt.«

Granny Molly kicherte. »Willst du nicht mehr über sie herausfinden? Vielleicht kann das dein Rätsel lösen.«

Ich schlug die Augen auf und seufzte. »Du hast vielleicht die Handtasche einer Mörderin gestohlen.«

»Ich weiß. Ich bin ein schrecklicher Mensch, aber vielleicht hilft es dir. Warum riskieren wir nicht einen kurzen Blick und schauen nach, was für Geheimnisse sie hat?«

Obwohl ich ein ungutes Gefühl hatte, war ich wirklich gespannt darauf, alles über diese Frau zu erfahren. Grannys Stehlen war nicht in Ordnung, aber vielleicht könnte ich es wiedergutmachen, indem ich damit dieses Rätsel löste.

»Dann los. Schauen wir sie uns an«, sagte ich.

Granny öffnete ihre große Umhängetasche, kramte darin herum und zog eine rote Ledertasche heraus. »Das hier ist ihre. Sie hat ihre Tasche liegen lassen, als sie in den Umkleideräumen herumschlich. Es ist ihre eigene Schuld, dass ihre Handtasche gestohlen wurde.«

»Kommentieren wir das lieber nicht, okay?«

Sie grinste und öffnete das Portemonnaie. »Da haben wir's. Ihr Name ist Tina Kennon.«

Ich beäugte den Führerschein, den sie mir reichte. »Sie scheint nicht von hier zu sein. War sonst noch etwas in der Handtasche?«

Sie zückte noch einige Karten und einen kleinen Zettel. »Hier ist eine Reservierung für ein Hotel. Das Walden Inn.«

»Das ist eine kleine Frühstückspension am Dorfrand. Sie übernachtet sicher dort.«

»Da hast du es. Brauchbare Informationen. Du solltest dort hinfahren und mehr über sie herausfinden. Ich kann dich gerne begleiten.«

»Nicht jetzt. Und Tina ist aller Wahrscheinlichkeit nach immer noch bei der Polizei«, erklärte ich. »Mit ein wenig Glück werden sie sich um sie kümmern, vor allem, wenn sie etwas mit Connies Tod zu tun hatte.«

»Du sorgst dich wirklich um diese Connie«, kommentierte Granny Molly. »Ich sehe es in deinen Augen.«

Ich zuckte mit den Schultern. »Dafür habe ich keine Erklärung. Ich weiß nur, dass irgendetwas nicht stimmt.«

»Hattest du in letzter Zeit Blähungen?«

»Was? Granny! Warum fragst du so etwas?«

Sie lachte. »Mir geht es manchmal ähnlich. Manchmal will sich der Bauch einfach nicht beruhigen. Spätestens dann weiß ich, dass etwas nicht stimmt. Wir sind gleich. Du solltest auf dein Bauchgefühl hören.«

»Vielleicht war der Salat einfach nur schlecht.« Ich drückte eine Hand auf meinen Bauch. Trotz meines

Einwands wusste ich, dass ich mit meinem Instinkt oft richtig lag.

»Du vergewisserst dich, dass Connie nichts Schlimmes widerfahren ist. Ich stehe vielleicht nicht immer auf der richtigen Seite des Gesetzes, aber ich toleriere keinen Mord. Das ist falsch«, erklärte Granny Molly.

Ich nickte. »Ich würde mich freuen, wenn die Polizei herausfände, was mit ihr passiert ist.« Ich betrachtete den Reservierungsbeleg.

»Wenn die Polizei es nicht kann, dann wirst du es bestimmt herausbekommen. Du warst schon immer die Cleverste in unserer Familie. Das habe ich schon gemerkt, als du noch klein warst.«

»Nur leider hat es mir, seit ich auf Audley Castle arbeite, mehr Ärger eingebrockt, als mir lieb ist.«

»Du! Und Ärger! Ich will alles wissen.« Sie ergriff meine Hand und lächelte breit.

Ich konnte nicht anders, als ebenfalls zu grinsen. Meine Großmutter gehörte nicht zu den aufrichtigsten Frauen, war aber immer offen und herzlich und würde ihren letzten Krümel Brot teilen, wenn sie sehen würde, dass jemand in Not war.

Ich kuschelte mich auf die Couch und schilderte ihr einige meiner Erlebnisse, die ich seit dem Beginn meiner Arbeit auf dem Schloss erlebt hatte.

Morgen könnte ich in Erfahrung bringen, was mit Connie passiert war, und alles würde wieder zur Normalität zurückkehren. Wobei ich mir nicht sicher war, wie normal Dinge sein konnten, solange Granny Molly sich im Dorf aufhielt.

Kapitel 8

»Hast du alles, was du brauchst?« Ich stand mit Meatball an meiner Seite an der Wohnungstür.

Meine Großmutter machte sich bereits über eine große Schüssel Müsli und die Vanillepancakes her, die ich gemacht hatte. »Mach dir keine Sorgen um mich. Ich kann mich schon selbst beschäftigen.«

»Bleib heute noch in der Wohnung. Wenn die Sicherheitskräfte merken, was du getan hast, veranlassen sie ohne zu zögern deine Verhaftung.« Ich war hin- und hergerissen, ob ich ihnen berichten sollte, womit meine Granny sich die Zeit vertrieben hatte. Obwohl es falsch war, liebte ich sie und wollte nicht, dass sie wieder ins Gefängnis kam.

Sie winkte mir mit dem Löffel zu. »Ich reiße mich am Riemen. Du kannst arbeiten gehen. Ich möchte nicht, dass du meinetwegen in Schwierigkeiten gerätst.«

Dafür war es ein bisschen spät. Ich verabschiedete mich von ihr und eilte mit Meatball aus der Wohnung. Ich war früher dran als sonst. Bevor ich in der Küche anfing, standen heute Morgen noch zwei Dinge auf meiner Liste. Zunächst wollte ich schnell zum Walden Inn fahren, um zu sehen, was ich über Tina herausfinden konnte. Dolores, die Besitzerin, redete immer bereitwillig, solange ich einen Kuchen mitbrachte. Anschließend war ich zum Frühstück mit Lady Philippa und Alice verabredet.

»Wir haben heute Morgen keine Zeit zum Radfahren. Warte hier, Meatball. Wir müssen einen Transporter nehmen.« Ich rannte in die Küche, schnappte mir die Schlüssel aus dem Spind, zusammen mit ein paar frischen Blaubeer-Muffins, hinterließ eine Notiz, dass ich die Schlüssel für den Lieferwagen genommen hatte, und eilte dann hinaus. »Los geht's.«

Meatball sprang neben mir her und freute sich auf ein Abenteuer am frühen Morgen.

Nachdem ich die Auffahrt zum Schloss hinuntergefahren war, dauerte es noch zehn Minuten bis zum Walden Inn. Dabei handelte es sich um ein wunderschönes Einfamilienhaus im Tudorstil mit geschwärzten Balken, die sich über die gesamte Fassade erstreckten, und einem strahlend weißen Anstrich. Dolores Wildman lebte selbst in dem Gebäude und stellte in der Hochsaison ein paar Zimmer für Besucher zur Verfügung.

Ich stieg gerade aus dem Van, da erstarrte ich. Eine unheilvolle und wohlbekannte Gestalt schritt aus der Vordertür des Gasthauses.

Ich duckte mich auf meinem Sitz. »Meatball, versteck dich! Wenn Campbell uns hier sieht, wird er ausflippen.«

Meatball warf sich auf den Bauch und bedeckte seinen Kopf mit einer Pfote.

Ich drückte mich so tief wie möglich in den Sitz, bis ich gerade noch über das Lenkrad sehen konnte.

Campbell würdigte mich keines Blickes, während er zu dem großen schwarzen Geländewagen marschierte, der vor dem Gasthaus parkte. Er stieg ein und fuhr davon.

Ich schnappte nach Luft, als ich mich aufrichtete. »Er trägt sicher Informationen über Tina zusammen. Dann wollen wir mal sehen, was er herausgefunden hat.«

Ich ergriff Meatballs Leine und wir steuerten den Gasthof an. Drinnen erwartete uns eine große, warm beleuchtete Eingangshalle mit gerahmten Fotos der ländlichen Umgebung an den Wänden. An einem kleinen Schreibtisch auf der einen Seite konnten sich die Gäste an- und abmelden und ihre Schlüssel beim Auschecken deponieren, wenn niemand vor Ort war.

Dolores wollte gerade zum Speisezimmer gehen. Beim Geräusch der sich schließenden Tür drehte sie sich um und grüßte mich.

»Holly! Und Meatball. Wir haben uns lange nicht gesehen. Wie geht es euch?« Sie kam herüber und streichelte Meatballs Kopf.

»Toll, danke. Ich glaube, ich habe hier etwas, das einem Gast gehört.« Ich zog Tinas gestohlene Handtasche aus meiner Tasche und hielt sie ihr hin. »Tina Kennon.«

Dolores' Augenbrauen schossen in die Höhe. »Was für ein Zufall. Campbell hat mich gerade über sie ausgequetscht. Angeblich steckt sie in irgendwelchen Schwierigkeiten.«

»Davon habe ich auch schon gehört. Sie hat wohl ... ihre Handtasche auf der Hochzeitsmesse verloren.« Es gefiel mir nicht, meine Großmutter zu decken, aber wenn ich es nicht tat, würde sie wieder ins Gefängnis wandern.

Dolores nahm die Tasche. »Danke. Ich lasse sie in ihr Zimmer bringen und lege eine Notiz dazu. Sie soll wissen, dass du sie zurückgebracht hast.«

»Oh, nein, das ist nicht nötig. Ich wollte nur sichergehen, dass die richtige Person informiert wird.«

»Das ist sehr nett von dir.« Sie drehte die Tasche in ihren Händen. »Aber nach dem, was Campbell gesagt hat, klingt es so, als ob Tina vielleicht nicht zurückkommt.«

»Oh! Was hat er gesagt?« Ich hielt die Schachtel mit den Blaubeer-Muffins hoch.

Sie schenkte mir ein Lächeln. »Wir müssen uns beeilen. Gleich kommen meine Gäste zum Frühstück. Hier entlang. Ich mache uns Kaffee.«

»Bist du im Stress? Bestimmt sind Leute wegen der Hochzeitsmesse angereist.« Ich begleitete sie in die Küche.

»Ausgebucht. Und das schon seit Wochen. Setz dich.« Sie wies mit einer Handbewegung zu dem großen Eichenholztisch in der Küchenmitte. Ich nahm Platz, Meatball zu meinen Füßen.

»Wenn du so beschäftigt bist, hast du wohl nicht bemerkt, wie Tina kommt und geht.«

Sie stellte Tassen vor uns und setzte sich ebenfalls, dann goss sie uns Kaffee ein. »Ich behalte meine Gäste immer gut im Auge, damit ich auch tatsächlich auf ihre Bedürfnisse eingehen kann. Vor allem bei diesem Gast war das der Fall. Die besonders gestressten Gäste erfordern immer besondere Aufmerksamkeit.«

»Gab es Probleme mit Tina?«

»Es lief gut mit ihr, bis sie sich letztens in der Bar betrunken hat. Plötzlich schimpfte sie über Lügen und Betrügereien und dass sie niemandem mehr trauen könne.«

»Hat sie auch erwähnt, wer sie betrogen hat?« Ich reichte ihr einen Muffin.

Dolores schüttelte den Kopf. Sie zog das Papier ab und kostete davon. »Köstlich, wie immer. Ich hielt mich von Tina fern. Ich habe nur darauf geachtet, dass sie den anderen Gästen keine Probleme machte. Aber als sie ihren fünften starken Gin getrunken hatte, empfahl ich ihr vorsichtig, sich schlafen zu legen, um ihren Rausch auszuschlafen.«

»Und hat sie das getan?«

»Nach anfänglichem Protest.« Dolores beugte sich vor. »Ich bin froh, dass sie nicht mehr hier ist. Ich hoffe, sie kommt nicht zurück. Als wir heute Morgen ihr Zimmer gesäubert haben, hat das Zimmermädchen einige verstörende Bilder gefunden.«

»Wovon?«

Dolores biss noch einmal in den Muffin. »Eine Frau, deren Augen weggekratzt waren.«

Ich war überzeugt, dass ich wusste, um welche Frau es sich dabei handelte. »Sagte Campbell, wer das war?«

»Ich kannte sie schon vorher. Eins der Fotos war aus einer Zeitung ausgeschnitten. Unter dem Bild stand ihr Name. Das war von der Frau, die auf der Hochzeitsmesse gestorben ist. Connie irgendwas.«

»Barber. Hast du die Bilder noch?«

»Campbell hat sie mitgenommen. Er hat zwar nichts verraten, als ich fragte, was los ist, aber es klingt verdächtig.« Sie aß ihren Muffin auf. »Was hat Tina mit Connies Tod zu tun? Ich habe gehört, dass sie zum Zeitpunkt ihres Todes ganz allein war.«

Ich nippte an meinem Kaffee. »Es hat sich schon im Dorf herumgesprochen?«

Dolores bedachte mich mit einem warmen Lächeln und einem sanften Schulterzucken. »Du kennst doch Audley St. Mary, wir haben einen Hang zum Klatsch und Tratsch. Ich habe mehrere Versionen ihres Todes gehört, aber in jeder war sie allein, was nichts Ungewöhnliches vermuten lässt. Was weißt du darüber?«

»Nicht viel. Ich habe sie ein paar Mal auf der Hochzeitsmesse getroffen.«

»Und?«

Ich legte den Kopf schief. »Und was?«

»Holly! Du hast immer eine Meinung zu den sonderbaren Geschehnissen im Schloss. Die Leute reden oft darüber.«

»Habe ich das?« Ich schlürfte noch mehr Kaffee. »Was sagen die Leute denn über mich?«

Sie lachte und tätschelte meine Hand. »Nichts Schlechtes. Und jeder schwärmt von deinen Backkünsten. Sie schwärmen auch davon, wie sehr du in schwierigen Situationen geholfen hast, vor allem bei Mord.«

»Oh! Ich ... das wusste ich nicht.« Ich warf Meatball einen Blick zu, riss ein Stück von meinem Muffin ab und fütterte ihn damit. »Ist das ein Problem?«

»Soweit ich das beurteilen kann, nicht. Indem du zum Schutz des Dorfes beiträgst, bist du eine Bereicherung. Jetzt hör auf, so besorgt zu schauen und gib mir noch einen Muffin.«

Ich entspannte mich ein wenig und reichte ihr eine weitere Leckerei. »Ich finde es schon seltsam, wie Connie gestorben ist.«

Dolores kicherte und nickte. »Das meinte ich. Wie ich hörte, hat man sie mit einer großen Whiskeyflasche in der Hand gefunden, zusammengerollt über der leeren Flasche auf dem Klo.«

»Fast. Ob das mit dem Whiskey stimmt, weiß ich nicht. Es schien ihr vor ihrem Tod nicht besonders gutzugehen.«

»Und plötzlich schnüffelt Campbell überall herum und erkundigt sich nach Tina. Hat sie vielleicht etwas damit zu tun?«

»Du weißt doch, wie Campbell ist. Er lässt sich nicht in die Karten gucken.«

»Er versteckt sie so, dass man gar nicht so genau weiß, was er eigentlich treibt. Er tut geheimnisvoll, aber gleichzeitig kann er auch wirklich nervtötend sein.«

Ich grinste. »Das stimmt wirklich.«

»So, wie er sich nach Tina erkundigt, muss irgendetwas Schlimmes passiert sein.« Ihr zweiter Muffin war verschwunden und sie lehnte sich zurück. »Die Damen vom Strickclub werden sicher begeistert davon sein. Natürlich tratsche ich nicht. Ich tausche nur nützliche Informationen aus.«

»Informationen miteinander zu teilen ist doch eine tolle Sache.« Ich verbarg ein Schmunzeln hinter meiner Tasse und trank noch mehr Kaffee.

Sie lächelte mich an. »Danke, dass du vorbeigekommen bist, um Tinas Handtasche zurückzubringen. Wenn sie aber etwas damit zu tun hat, was mit Connie passiert ist, wird sie sie wohl erst mal nicht brauchen.«

Ich trank meinen Kaffee aus. »Kein Problem. Ich fahre jetzt besser zurück. Ich muss zur Arbeit.«

»Natürlich. Und ich muss mich noch um Frühstückskram kümmern. Ich höre, dass einer meiner Gäste die Treppe herunterkommt. Ich hoffe, du hilfst Campbell herauszufinden, was mit Connie passiert ist.«

»Ich würde nicht im Traum daran denken, ihm in die Quere zu kommen und ihm zu sagen, wie er seine Arbeit machen soll.«

»Natürlich würdest du das nicht. Pass auf, wo du hintrittst, sonst wirst du noch platt gemacht.« Dolores führte mich zur Haustür, streichelte Meatball ein letztes Mal, und wir gingen nach draußen.

Ich setzte mich in den Wagen und sah Meatball an. »Es sieht immer mehr so aus, als wäre es ein Mord gewesen. Fahren wir zu Alice und Lady Philippa und fragen sie, was sie darüber denken.«

Kapitel 9

Als ich wieder am Schloss ankam, eilte ich in die Küche, schnappte mir eine Auswahl von frisch gebackenen Croissants, Scones, Muffins und Pancakes, wie Alice sich gewünscht hatte, und schlüpfte wieder hinaus, bevor mich Küchenchef Heston erwischen konnte.

»Wuff, wuff!« Meatball lief voraus und schnupperte, als der Geruch des Frühstücksgebäcks zu ihm wehte.

In der Ferne entdeckte ich Misty, die mit drei kleinen Hunden an der Leine spazieren ging. Ich korrigierte meinen Griff um den Korb und rannte los, um sie einzuholen.

Meatball war viel schneller als ich. Er hüpfte um die drei Hunde herum und beschnupperte schwanzwedelnd Nasen und Hintern.

»Hi, Misty«, sagte ich. »Ist Saffron heute nicht bei Ihnen?«

»Sie toleriert die drei nicht, obwohl sie gutmütig sind. Sie kann ein richtiges Biest sein. Ich gehe mit ihr, wenn ich mit den anderen fertig bin.« Ihre Augen waren ganz rot, als hätte sie nicht besonders gut geschlafen.

»Was werden Sie mit Saffron machen?« Ich lief neben ihr und den Hunden den Pfad entlang.

»Ich weiß es noch nicht. Soweit ich weiß, hatte Connie keine direkte Verwandtschaft. Sie war ein Einzelkind und ihre Eltern leben nicht mehr. Es gibt niemanden, dem man Saffron geben könnte. Ich möchte sie ganz sicher nicht ins Tierheim geben.«

»Das würde sie hassen. Sie ist ein Leben im Luxus gewohnt.«

»Ich denke darüber nach, sie zu behalten. Wenn sie ihre Wutanfälle überwindet, kann sie süß sein. Vielleicht war ein ständiges Leben auf Hochzeitsmessen einfach nichts für sie. Ich kann Saffron kein teures Essen oder schicke Kleidung bieten, aber bei mir hätte sie ein gutes Leben. Und ich werde dafür sorgen, dass sie richtig trainiert wird, damit sie nicht ständig nach anderen Hunden schnappt.«

»Das klingt nach einem guten Kompromiss. Saffron muss genauso unglücklich darüber sein, was mit Connie passiert ist, wie alle anderen.«

»Wahrscheinlich. Sie winselt immer wieder und schaut sich um. Sie scheint verwirrt zu sein. Ich hoffe, sie vermisst Connie nicht zu sehr.«

»Sie kannten Connie gut, oder?«, hakte ich nach.

»Ich habe sie jeden Tag gesehen, während ich für sie gearbeitet habe. Meistens hat sich Connie über den Winter eine Pause von den Messen genommen, aber ansonsten war sie meistens unterwegs. Sie hat mich ständig gebeten, mich um Saffron zu kümmern.«

»Hat sie Ihnen mal von ihren Sorgen erzählt?«

Misty warf mir einen Blick zu. »Sorgen über irgendetwas Bestimmtes?«

»Vielleicht hat jemand ihr Geschäft bedroht oder wollte ihren Ruf schädigen?«

Misty fing leicht an zu lachen. »Ich merke schon, Sie lernen das Hochzeitsgeschäft etwas besser kennen. Hinter dem Konfetti und den zuckersüßen Torten stecken rücksichtslose Geschäftsleute. Mit der Ausrichtung einer extravaganten Hochzeit kann man viel Geld machen, und wenn es darum geht, ein Geschäft abzuschließen, halten sich diese Damen nicht zurück. Sie zertrampeln jeden, der ihnen im Weg ist.«

»Was vermuten lässt, dass Connie sich mit der Zeit ein paar Feinde gemacht hat.«

»Mehr als ein paar. Auf den Messen sind sie freundlich zueinander, aber hinter den Kulissen ist es ganz anders.«

»Gab es jemand bestimmten, der ein Problem mit ihr hatte?«

»Connie hat sich immer über Belinda Adler beschwert. Sie mochten einander nicht. Als sie ins Geschäft eingestiegen ist, war Belinda eine Mentorin für Connie. Als Connie merkte, dass sie nichts mehr von ihr lernen konnte, ließ sie sie sitzen. Hat ihre Freundschaft total aufgegeben. Und als Belinda Connie um Hilfe bat, als sie sich scheiden ließ, wandte sich Connie von ihr ab.«

»Autsch! Ich wusste nicht, dass Belinda geschieden ist.«

Misty zuckte mit der Schulter. »Es ist irgendwie ironisch. Sie wirbt für Hochzeiten, aber sie hasst sie.«

»Sie hat gesagt, dass sie über einen Karrierewechsel nachdenkt. Das könnte der Grund sein.«

»Wahrscheinlich. Belinda wirbt für etwas, an das sie nicht glaubt.« Misty sah wieder zu mir. »Wieso interessieren Sie sich für Connies Feinde?«

»Ich ... ich mache mich über Hochzeitsplaner schlau. Bin auf der Suche nach der richtigen Person. Ich möchte niemanden, der gerne streitet oder Probleme bereitet.«

»Für Sie selbst? Sie heiraten?« Misty grinste. »Ich hörte, dass Sie bei dem Laufstegevent ganz schön Aufsehen erregt haben, als Sie mit einem Mitglied der Familie Audley auftraten.«

Hitze breitete sich über meinen Hals und auf meinen Wangen aus. »Ich hatte keine Wahl. Prinzessin Alice hat mich dazu gezwungen. Sie kann sehr überzeugend sein, wenn sie etwas will.«

»Es sind schon Bilder davon im Internet. Sie sahen wunderschön in diesem Kleid aus. Ich nehme an, dass Sie nicht Lord Rupert Audley heiraten werden?«

»Da liegen Sie richtig.« Nicht, dass ich nicht das eine oder andere Mal darüber nachgedacht hätte, wie schön das wäre.

»Sie geben ein schönes Paar ab, wenn ich das so sagen darf«, bemerkte Misty.

Darüber wollte ich nicht nachdenken. »Es war nur für die Show. Ich sollte wohl los. Ich habe Frühstück auszuliefern. Wenn Sie irgendwelche Probleme mit Saffron haben und sie nicht behalten können, sagen Sie mir Bescheid. Ich kenne ein paar tolle Tierheime in der Nähe. Ich bin sicher, sie würden sie aufnehmen, wenn sie den Platz haben.«

Sie sah im Gehen zu den Hunden hinunter, die sie ausführte. »Danke. Ich werde darüber nachdenken.«

Ich eilte mit Meatball davon in Richtung Ostflügel, wo Lady Philippa ihre Gemächer hatte. Wie immer war es im steinernen Treppenhaus gute zehn Grad kühler als überall sonst.

Meatball stürmte die Stufen hinauf, und seine kleinen Krallen kratzten über den Stein, während er an kühlen Stellen und dem unheimlichen Geflüster vorbeirannte, das mich in diesem Teil des Schlosses immer verfolgte.

Diesmal versteckten sich keine Geister in den Schatten und wir kamen ohne Zwischenfälle an Lady Philippas Tür an, wo ich klopfte.

»Komm rein, wenn du einen Korb voll Leckereien hast. Wir verhungern hier«, rief Alice von der anderen Seite der Tür.

Ich drückte sie auf und lächelte. Lady Philippa und Alice saßen mit erwartungsvollem Ausdruck auf dem Gesicht am Tisch. »Bin ich zu spät?«

»Zehn Minuten!« Alice tippte auf ihre Uhr. »Was hat dich aufgehalten?«

»Tut mir leid. Ich hatte einen frühen Termin. Und dann habe ich Misty bei einem Spaziergang mit den Hunden gesehen.« Ich eilte zu ihnen und räumte den Inhalt des Korbs aus. »Misty denkt darüber nach, Saffron zu behalten.«

»Wer ist Saffron?« Lady Philippa machte sich bereits über ein Mandelcroissant her.

»Connies Hund«, erklärte ich.

»Ah! Die Tote. Alice hat mich über die Geschehnisse auf der Hochzeitsmesse informiert«, sagte Lady Philippa. »Was für ein Skandal.«

Ich ließ mich auf einem Stuhl nieder und wählte einen Blaubeer-Muffin. »Sie haben ihren Tod nicht vorausgesehen?«

»Nein, dieser ist mir entgangen. Während wir auf Sie gewartet haben, habe ich in mehreren meiner Notizbücher nachgelesen, ob ich etwas übersehen habe. Manchmal sind meine Vorahnungen nicht eindeutig und ich komme mit ihren Aussagen durcheinander.«

»Vielleicht hast du deine merkwürdigen Vorahnungen nicht mehr«, sagte Alice. »Es wäre gar nicht schlecht, wenn sie weg sind. Sie sind ein wenig unheimlich.« Sie beugte sich herunter und gab Meatball ein Stück Pancake.

»Meine Gabe ist wichtig«, beteuerte Lady Philippa. »Sie hilft den Leuten.«

»Das ist nicht wahr. Jeder, an den du denkst, stirbt«, sagte Alice. »Und das ist wohl kaum hilfreich.«

»Närrisches Mädchen, du verstehst das falsch«, erklärte Lady Philippa. »Wenn ich an jemanden denke, bedeutet das nicht ihren Tod. Ich sehe lediglich Bilder ihres bevorstehenden Todes. Es ist nicht meine Schuld, wenn ihn niemand verhindern kann. Wie auch immer, meine Gedanken waren bei Hochzeiten. Ich träume immer wieder davon.«

»Die Hochzeitsmesse hat das Schloss eingenommen«, warf ich ein.

»Es ist nicht die Messe, die mich umtreibt. Ich sehe immer wieder Bilder von Ihrer Hochzeit, Holly.«

Ich verschluckte mich beinahe an meinem Muffin, während Alice in die Hände klatschte. »Ich! Wen heirate ich denn?«

»Das ist so aufregend«, sagte Alice. »Heiratet Rupert Holly in deinen Träumen? Sie sahen auf der Hochzeitsmesse toll zusammen aus. Sicher werden die

Klatschblätter voller Spekulationen darüber sein, wer Ruperts wunderschöne Braut ist.«

»Ich hoffe, du klärst es auf, wenn sie Fragen stellen«, forderte ich. »Ich möchte nicht, dass die Paparazzi in meinem Leben herumschnüffeln und Vermutungen anstellen.«

»Morgen wird das schon wieder Schnee von gestern sein. Aber in diesem Kleid sahst du umwerfend aus. Ich könnte es für dich kaufen, dann hast du es, wenn du heiratest«, bot Alice an.

»Ich möchte kein Hochzeitskleid«, sagte ich. Meine Aufmerksamkeit richtete sich auf Lady Philippa, wobei mir flau im Magen wurde. »Haben Sie gesehen, wen ich geheiratet habe?«

»Nein, das Bild des Bräutigams war verschwommen. Ich habe mich bemüht, sein Gesicht zu erkennen, aber es wurde einfach nicht scharf. Allerdings hat Alice recht, Sie geben eine reizende Braut ab.«

»Was ist mit Alice? Irgendwelche Anzeichen dafür, dass sie bald heiratet?«, fragte ich.

Alice stopfte sich einen halben Scone in den Mund und sah mich mit verengten Augen an.

»Es gibt keine Anzeichen für eine Hochzeit für Alice«, sagte Lady Philippa kopfschüttelnd.

»Ich möchte nicht heiraten«, erklärte Alice. »Ich bin glücklich, so wie ich bin. Und meine Eltern haben vorerst aufgehört, über meine Heirat zu sprechen, also bin ich vom Haken. Sie konzentrieren sich auf Rupert, was unglaublich witzig ist. Das geschieht ihm recht, nachdem er mich so lange damit aufgezogen hat, dass ich keinen Mann finde.«

»Du musst vorsichtig sein, sonst wirst du als alte Jungfer abgestempelt«, warnte Lady Philippa.

»Ich bin nicht alt«, sagte Alice. »Ich bin eine moderne, unabhängige Frau, die keinen Mann an ihrer Seite braucht, um sich vollkommen zu fühlen. Stimmt's, Holly?«

»Absolut.« Ich grinste sie an. Allerdings wäre es wohl eine andere Geschichte, wenn Campbell sie jemals um ein Date bitten würde.

»Siehst du! Holly möchte nicht heiraten, und ich auch nicht.«

»Vergessen wir die Hochzeiten. Hat keine Ihrer Vorahnungen einen Hinweis darauf gegeben, was mit Connie passiert ist?«, fragte ich Lady Philippa. »Je mehr ich über sie herausfinde, desto mehr glaube ich, dass ihr Tod verdächtig war.«

»Ich kann Ihnen nicht helfen«, erklärte Lady Philippa. »Aber ich stimme zu, es ist merkwürdig, dass eine junge Frau wie sie einfach umfällt und stirbt. Ihr untersucht den Fall?«

»Natürlich tun wir das«, sagte Alice. »Wir können nicht darüber hinwegsehen.«

»Campbell untersucht den Fall«, warf ich ein.

»Hmmm. Und wir wissen alle, wie das ausgehen wird«, sagte Lady Philippa. »Stellt eure Fragen, dann werdet ihr der Sache auf den Grund gehen.«

Ich schluckte ein Stück meines Scones. »Tatsächlich war ich deshalb heute Morgen ein wenig zu spät. Ich habe herausgefunden, dass die Frau, die am Laufsteg mit Leanna gestritten hat, ein großes Problem mit Connie hatte. Ihr Name ist Tina Kennon. Sie übernachtet hier im Walden Inn. Heute Morgen bin ich als Erstes dorthin gefahren, um Fragen zu stellen.«

»Was hast du über sie in Erfahrung gebracht?«, wollte Alice wissen.

»Dass sie Connie gehasst hat. Sie hatte Bilder von ihr auf ihrem Zimmer, bei denen die Augen weggekratzt waren.«

»Du meine Güte! Das erscheint mir extrem. Also hat sie Connie etwas Schlimmes angetan?«, fragte Lady Philippa.

»Hast du nicht gesagt, dass Connie eine seltsame Farbe hatte?«, warf Alice ein.

»Sie sah grau aus. Und ich bin mir sicher, dass das Weiße ihrer Augen einen Gelbstich hatte«, berichtete ich.

»Wofür ist das ein Symptom?« Alice legte ihren Kopf schief.

»Die Nieren«, sagte Lady Philippa. »Gelbsucht kann jemanden gelb aussehen lassen. Vielleicht hatte sie ein Nierenproblem.«

»Sie hat viel getrunken«, sagte Alice.

»Wir haben nur die Aussagen anderer, dass sie viel getrunken hat«, sagte ich. »Auch wenn sie unsicher auf den Beinen war. Vielleicht hat sie den Rat ihres Doktors ignoriert und trotz ihrer schwachen Nieren weitergetrunken.«

»Die Autopsie wird es zeigen«, sagte Alice. »Wenn sie sie aufgeschnitten und in ihr herumgestochert haben, werden wir wissen, woran sie gestorben ist. Dann können wir herausfinden, wer sie getötet hat.«

»Darauf solltet ihr nicht warten«, riet Lady Philippa, deren Blick auf ihren Notizbüchern ruhte. »Ihr werdet den Mörder nicht schnappen können, wenn ihr Däumchen dreht und darauf wartet, dass die Polizei und Campbell aufholen.«

»Genau das könnten wir heute Morgen machen«, sagte ich. »Wie wäre es—«

»Oh! Ich wusste, dass da noch etwas anderes war, was ich Ihnen sagen wollte, Holly.« Lady Philippa hob ein Notizbuch auf. »Ich träume immer wieder davon, dass Sie ein Familienmitglied besucht.«

Der Scone, den ich gerade geschluckt hatte, blieb mir im Hals stecken. »Wirklich? Wer wird mich besuchen?«

Lady Philippa tippte mit ihrem Finger auf das Notizbuch. »Ich bin nicht sicher. Ich sehe immer nur eine ältere Dame. Und ich bekomme einen Knoten der Sorge in der Magengrube. Seien Sie vorsichtig in ihrer Nähe. Ich bin nicht sicher, ob Sie Ihnen die ganze Wahrheit sagt.«

»Ich muss mir keine Sorgen wegen irgendeines Familienmitglieds machen.« Meine Gedanken wanderten zu Granny Molly. Konnte ich ihr vertrauen? Vielleicht hätte ich sie nicht in meiner Wohnung lassen sollen. Nicht, dass sie irgendetwas von mir stehlen würde – sie hielt sich an ihre Regel, nur von denen zu stehlen, die es verschmerzen konnten – aber was, wenn ihre langen Finger Folgen für mich haben würden? Die Leute nahmen schnell das Schlimmste an. Wenn ein Familienmitglied ein schwarzes Schaf war, war es der Rest auch.

»Es wird schön für Holly sein, wenn Familie zu Besuch kommt«, sagte Alice. »Du arbeitest immer so viel und nimmst dir nie frei.«

»Ich erwarte niemanden.« Das war die volle Wahrheit. Granny Molly war ohne Vorwarnung aufgetaucht.

Lady Philippa klappte ihr Notizbuch zu. »Nun, meine Vorahnungen bewahrheiten sich immer.«

»Das ist nicht wahr. Du bringst oft Dinge durcheinander«, korrigierte Alice. »Mach Holly keine Probleme, wenn sie einen Mord aufzuklären hat. Ich bin sicher, ihre Familie ist reizend. Allerdings wäre es schön, sie mal zu treffen. Du schämst dich doch nicht für uns, Holly?«

»Nein! Natürlich nicht. Aber meine Familie ist klein und sehr beschäftigt. Und sie leben nicht in der Nähe. Möchte jemand noch ein Croissant?« Ich musste sie von meiner Familie ablenken. Ich wollte nicht, dass Lady Philippa noch mehr über Granny Molly vorhersagte.

Die Croissant-Ablenkung funktionierte, und bald aßen sie weiter ihr Frühstück und plauderten über die Hochzeitsmesse.

»Wie wäre es, wenn wir mittags auf die Hochzeitsmesse gehen?«, schlug ich Alice vor. »Da ist jemand, mit dem ich sprechen möchte. Belinda Adler wurde von ein paar Leuten genannt. Und es ist ziemlich offensichtlich, dass sie Connie gehasst hat.«

»Es scheint eine Menge Verdächtige in diesem möglichen Mordfall zu geben«, sagte Lady Philippa.

»Genau das beunruhigt mich«, gab ich zu. »Connie war von Feinden umgeben. Einer von ihnen hätte das ausnutzen und versuchen können, ihren Tod wie einen Unfall aussehen zu lassen.«

Lady Philippa nickte. »Folgen Sie Ihrem Instinkt. Sie werden schon dahinterkommen.«

»Ich kann dich auf die Hochzeitsmesse begleiten. Ich habe heute Nachmittag nichts vor«, sagte Alice. »Leider ist mein Morgen mit Klavierunterricht gefüllt. Ich werde ganz sicher mit jeder Stunde schlechter.«

Ich grinste. »Bestimmt spielst du besser als ich. Ich dachte, wir könnten andeuten, dass du dich nach einem Hochzeitsplaner umsiehst. Das würde uns einen Grund geben, mit Belinda über ihre Berufserfahrung zu sprechen und mehr über sie zu erfahren.«

Alice klatschte in die Hände. »Geniale Idee. Und wenn wir dabei sind, können wir herausfinden, wie sehr sie Connie gehasst hat.«

Ich nickte. »Und ob sie etwas deswegen tun würde. Denn wenn ja, muss sie auch auf der Verdächtigenliste stehen.«

Kapitel 10

Nachdem ich den Morgen damit verbracht hatte, Zimtschnecken, Blaubeer-Muffins und Kirschscones zu backen, traf ich mich mit Alice und wir gingen zur Hochzeitsmesse.

Wir betraten eins der Zelte und gingen auf Belindas Stand zu. Es standen mehrere Leute um die Auslage herum, sahen sich die Broschüren an und sprachen mit ihr. Sie war tadellos gekleidet, in einem hellblauen Hosenanzug und trug ihr graues Haar in einem glatten Bob.

»Ich übernehme das Reden«, verkündete Alice. »Immerhin sind wir wegen meiner angeblichen Hochzeit hier.«

»Bist du sicher, dass du weißt, was du tust?«

»Du befragst ständig Verdächtige. Das ist ganz einfach.« Alice räusperte sich, während sie auf Belinda zuging. »Ich könnte hier etwas Hilfe gebrauchen.«

Ich stieß sie an. »Übertreib es nicht. Du willst doch nicht, dass sich herumspricht, dass du tatsächlich verlobt bist. Das würde in den Klatschblättern für Aufsehen sorgen.«

»Zumindest wäre dein Gesicht dann nicht mehr in der Zeitung«, sagte Alice und stieß mich ebenfalls an.

Belinda kam zu uns herüber, wobei sich ihr Gesichtsausdruck von Schock zu Überraschung und schließlich zu Entzücken wandelte.

Ich trat vor. »Hi, Belinda. Darf ich vorstellen, das ist—«

»Prinzessin Alice!« Belinda stolperte beinahe über ihre eigenen Füße, als sie zu uns eilte. »Es ist mir eine Ehre. Wie darf ich Ihnen behilflich sein?«

»Ich hörte, dass sie schon lange im Hochzeitsgeschäft sind«, sagte Alice. »Gibt es jemanden, mit dem ich sprechen kann, um eine persönliche Empfehlung für Ihre Arbeit zu bekommen?«

Belinda blinzelte schnell. »Selbstverständlich. Ich habe zahlreiche Kunden, die eine glänzende Empfehlung für mich aussprechen würden. Planen Sie eine Hochzeit?«

»Ich erwarte, schon bald meine eigene zu planen. Aber tatsächlich bin ich an Ihren Geschäftspartnern interessiert. Ich muss wissen, dass derjenige, den ich einstelle, mit anderen Leuten zusammenarbeiten kann und keinen Ärger macht. Wenn ich heirate, wird es eine opulente Angelegenheit. Ich erwarte, dass ich mehrere Hochzeitsplaner haben werde. Ich möchte keine Unannehmlichkeiten.«

»Oh! Nun, es ist ungewöhnlich, mehrere Planer zu haben.«

»Nicht für die Veranstaltung, die ich im Sinn habe«, erklärte Alice. »Haben Sie jemanden, mit dem ich sprechen kann?«

»Sicher. Ich kann Ihnen Namen nennen. Aber ich versichere Ihnen, dass ich bereits einige extravagante Hochzeiten erfolgreich selbst geplant habe, ohne jegliche Probleme. Ich würde mich freuen, Ihren besonderen Tag ausrichten zu dürfen.«

»Sie haben früher mit Connie zusammengearbeitet, nicht wahr?«, fragte ich.

Belindas Blick wanderte über mich und das Lächeln auf ihrem Gesicht verschwand. »Das habe ich. Es ist schon eine Weile her.«

»Ich würde gerne mit Ihnen über Ihr Verhältnis zu Connie sprechen«, sagte Alice. »Ich habe ... Bedenken, die geklärt werden müssen, bevor ich eine Entscheidung treffe.«

Belindas Ausdruck verhärtete sich. »Ich bin nicht sicher, wieso das für die Planung Ihrer zukünftigen Hochzeit relevant sein sollte.«

»Mir ist es wichtig. Erzählen Sie mir, wie Sie sich mit Connie verstanden haben«, forderte Alice.

Belinda hob ihr Kinn. »Ich weiß nicht, was Sie gehört haben, aber wir hatten ... eine akzeptable Arbeitsbeziehung. Ich war sogar ihre Mentorin, als sie anfing.«

»Und Sie haben immer zusammengearbeitet?«, fragte Alice.

Belindas Zunge schnellte für eine Sekunde heraus, bevor sie über ihre Lippen leckte. »Leider habe ich dafür keine Zeit, Prinzessin. Wenn Sie mich ernsthaft engagieren möchten, schicke ich Ihnen eine Liste von Leuten, die meine Dienste in Anspruch genommen haben. Sie werden auf keine Beschwerden stoßen. Ich leiste exzellente Arbeit. Ich arbeite hart und effizient. Immerhin bin ich schon seit drei Jahrzehnten im Hochzeitsgeschäft.«

Es sah aus, als würde Belinda nicht nachgeben. Ich beugte mich vor. »Ich schlage vor, dass wir an einen ruhigen Ort gehen, um zu reden. Es sei denn, Sie wollen, dass Ihre potenziellen Kunden erfahren, dass Sie Hochzeiten eigentlich hassen.«

Belinda blinzelte mehrmals. Sie schluckte geräuschvoll und sah sich um. »Das ist Unsinn. Dies ist meine Karriere. Mein ganzes Leben.«

»Aber Sie planen Hochzeiten nicht gerne«, sagte ich. »Wir wollen nur mehr über Connie erfahren. Ich glaube, es könnte ihr etwas Schlimmes passiert sein. Vielleicht können Sie uns dabei helfen, herauszufinden, was passiert ist.«

Sie schüttelte ihren Kopf. »Ich kann meinen Stand nicht verlassen. Vielleicht verliere ich Aufträge.«

»Ich behalte ihn im Auge. Ich bin sicher, dass ich neue Kunden für Sie gewinnen kann, während Sie weg sind«, versprach Alice und schenkte Belinda ein strahlendes Lächeln.

»Bist du sicher, dass das eine gute Idee ist?«, raunte ich ihr zu. »Kennst du dich überhaupt mit Hochzeiten aus?«

»Leider ja. Ich habe Dutzende Hochzeiten der feinen Gesellschaft besucht. Ich weiß genau, was Kunden wollen. Wenn sie Fragen haben, kann ich ihnen erklären, was sie an ihrem großen Tag erwartet. Außerdem hat Belinda Informationsbroschüren ausgelegt. Wenn ich nicht weiterkomme, kann ich darauf zurückgreifen«, beteuerte Alice.

»Ähm, ich schätze, ich kann mir fünf Minuten nehmen«, sagte Belinda.

»Geht schon.« Alice trat hinter den Stand. »Willkommen bei Alice Audleys Hochzeitsspektakel. Ich plane Hochzeiten, die einer Prinzessin würdig sind.« Sie kicherte.

Belinda biss sich auf die Unterlippe und warf einen besorgten Blick auf ihre Auslage.

»Alice wird Ihnen keinen Ärger machen«, versicherte ich. »Und sie hat recht, es könnte gut fürs Geschäft sein, wenn eine Prinzessin am Stand steht. Sie sollten ihr Angebot nutzen.«

Sie rümpfte die Nase, nickte jedoch. »Na schön. Und ich könnte eine Tasse Tee gebrauchen. Ich habe einen so trockenen Hals, weil ich permanent mit Leuten rede.«

»Ein Plausch bei einem Tee wäre perfekt.«

Sie zuckte mit den Schultern. »Ich bin nicht sicher, was Sie hoffen, von mir über Connie zu erfahren.«

»Gehen wir in das Zelt mit den Speisen und Getränken. Dort können wir uns etwas aussuchen und dann unter vier Augen reden.«

Belinda nickte mit einem mürrischen Ausdruck auf dem Gesicht. Sie folgte mir aus dem Zelt.

»Sie suchen uns einen Platz und ich hole den Tee.« Ich eilte zu dem am ruhigsten aussehenden Getränkestand und kaufte zwei Tees. Als ich mich umdrehte, brauchte ich eine Minute, aber ich entdeckte Belinda an einem kleinen runden Tisch im hinteren Teil des Zelts. Hastig gesellte ich mich zu ihr.

Sie nahm den Tee, den ich ihr reichte und nippte daran. »Nur damit Sie es wissen, ich werde nicht gerne unter Druck gesetzt.«

Ich zuckte zusammen. Normalerweise ging ich nicht so vor. Ich zog es vor, Gespräche mit Belohnungen statt mit Drohungen zu fördern. »Ich hätte es nicht getan, wenn es nicht wichtig wäre.«

Sie schnaubte leicht. »Also, was wollen Sie über Connie wissen?«

»Beginnen wir damit: Haben Sie Bedenken darüber, was mit ihr passiert ist?«

Belinda starrte mich ausdruckslos an, ohne irgendetwas zu verraten. »Ich weiß nicht viel darüber. Habe gehört, dass sie auf der Toilette gefunden wurde. Viele Leute sagen, dass sie eine Flasche Alkohol in der Tasche hatte. Mehrere andere Unternehmer haben sie betrunken bei der Arbeit gesehen, ich auch. Ich bin davon ausgegangen, dass die Sache ausgeartet ist.«

»Hatte Connie ein Alkoholproblem?«

»Sie wurde übermütig, aber wir alle trinken gerne mal einen am Ende eines harten Tages. Manchmal fühlt es sich an, als könnte es nicht schnell genug fünf Uhr werden, besonders, wenn man sich mit einem Dutzend keifender Bräute herumgeschlagen hat, die um Aufmerksamkeit buhlen. Vielleicht hat sie ein ernsteres Alkoholproblem versteckt. War das nicht die Ursache für ihren Tod?«

»Die Polizei ist sich nicht sicher. Und ich auch nicht. Wie war ihr Verhältnis zu Connie?«

Belinda seufzte. »Wir hatten unsere Höhen und Tiefen. In letzter Zeit waren es mehr Tiefen. Warum fragen Sie?«

»Weil ich nicht glaube, dass ihr Tod ein Unfall war.«

Belindas Stirn runzelte sich und sie kam näher. »Mord?«

Ich nickte. »Ich glaube schon.«

»Jetzt warten Sie mal einen Moment. Wollten Sie deshalb mit mir reden? Auf keinen Fall! Ich hatte nichts damit zu tun. Wir haben einander genervt, aber das war's. Ich bin keine Mörderin.« Sie wollte aufstehen.

Ich packte ihren Arm. »Ich unterstelle Ihnen nichts, aber hatten Sie in letzter Zeit Auseinandersetzungen mit Connie?«

»Es klingt ganz so.« Sie setzte sich wieder und nahm einen großen Schluck Tee.

»Selbst wenn Sie Ihre Differenzen hatten, möchten Sie doch sicher wissen, ob jemand Connie getötet hat.«

Sie stieß ein langes Seufzen aus. »Natürlich. Wir hatten unsere Meinungsverschiedenheiten, aber mir fällt kein bestimmter Streit ein.«

»Belinda, ich habe Sie neulich morgens gesehen. Sie haben sich mit Connie gestritten. Und ich hörte, dass Sie sagten, sie sei inkompetent und müsse sich zusammenreißen. Sie haben sogar ihr Trinken erwähnt. Warum beantworten Sie diese Frage nicht noch einmal?«

Sie presste die Lippen aufeinander. »Das hat wohl nicht viel Sinn, denn Sie kennen die Antwort bereits. Aber Sie ziehen die falschen Schlüsse über mich.«

»Sie hatten ein Problem mit Connie.«

Sie schnaubte. »Ich habe mit vielen Leuten ein Problem. Das bedeutet nicht, dass ich sie auf der Toilette erwürge.«

»Ich habe nicht gesagt, dass Connie erwürgt wurde.«

»Oder wie auch immer sie umgekommen ist. Zu viel Alkohol, ein Schlag auf den Kopf, Ertrinken, ganz egal, denn ich war es nicht.« Sie zeigte mit dem Finger auf mich. »Niemand außer Ihnen spricht hier von Mord. Warum mischen Sie sich ein und versuchen, mir Ärger zu machen?«

»Connie ist in dem Ort gestorben, an dem ich wohne. Das ist besorgniserregend. Was, wenn der Mörder noch auf freiem Fuß ist?«

Belinda sah sich mit ängstlicher Miene um. »Nein, ich kann mir nicht vorstellen, dass sie getötet wurde. Es war ein tragischer Unfall.«

»Haben Sie sie als Konkurrentin betrachtet? Hat Sie Ihnen Arbeit weggenommen?«

»Wenn es so war, dann war es mir egal. Wie ich Ihnen schon bei unserer ersten Begegnung sagte, ich bin nicht glücklich mit meiner Karrierewahl.«

»Und ich kann mir vorstellen, dass Sie seit Ihrer Scheidung etwas zynisch sind, was Heiraten und das Werben für Hochzeiten angeht?«

Sie zuckte auf ihrem Sitz zurück. »Woher wissen Sie davon?«

»Die Leute reden«, sagte ich.

»Tja, da haben Sie mich erwischt.« Wieder sah sie sich um. »Ich glaube nicht an die Ehe, nicht mehr. Ich wünschte, ich könnte es. Ich wünschte, ich könnte zu einer Zeit zurückkehren, in der ich jung und optimistisch war und in der mir die ganze Welt offenstand. Alles schien möglich. Ich dachte, ich hätte den Mann gefunden, mit dem ich den Rest meines Lebens verbringen würde. Natürlich habe ich nicht erwartet, dass jeder Tag aus Mondschein und Rosen bestehen würde, aber es wurde so schnell langweilig. Mein Ehemann hat sich in einen nervigen Idioten verwandelt, der unfähig war, seinen Mund beim Essen geschlossen zu halten. Ich bin bei ihm geblieben, solange ich konnte, aber ich war hundsunglücklich. Dann besaß er die Dreistigkeit, mich zu betrügen. Da habe ich aufgegeben. Also ja, vielleicht bin ich nach meiner Scheidung zynisch. Können Sie mir das verübeln?«

»Es tut mir leid, dass es zwischen Ihnen und Ihrem Ehemann nicht geklappt hat«, sagte ich.

»Das muss es nicht. Ich bin darüber hinweg. Und ich habe genug von Hochzeitsmessen. Eine Saison mache ich noch mit, dann war es das. Es macht keinen Spaß mehr.«

Das verblüffte mich. Wenn Belinda die Hochzeitsbranche aufgeben wollte, war ihr Motiv schwach. Wenn sie eifersüchtig auf Connies Erfolg gewesen wäre, hätte ich verstehen können, dass sie sie umbringen wollte, aber Belindas Ruhestandpläne klangen endgültig.

»Immerhin das hatten wir gemeinsam«, berichtete Belinda. »Trotz all unserer Streitigkeiten dachten Connie und ich beide zynisch über die Ehe. Sie hielt das alles genauso wie ich für einen Witz.«

»Connie hatte Beziehungsprobleme?«

»Daran lag es nicht. Sie sagte, dass sie sich nie mit einem Mann abfinden würde. Sie hatte zu viel Spaß als Single. Und warum auch nicht? Sie war eine attraktive Frau mit reichlich verfügbarem Einkommen. Sie genoss lange Wochenenden in Europa und ließ sich von schönen Männern ausführen. Schön für sie.«

»Es gab keine besondere Person in ihrem Leben?«

Belinda hob einen Finger und zeigte durch das Zelt. »Bruce Osman war immer ein Thema. Er ist wie ein schlechter Geruch, den man nicht loswird. Und ich dachte immer, es sei ein Zufall, dass er auf denselben Hochzeitsmessen auftauchte wie Connie, um seinen billigen Alkohol zu verscherbeln.«

»Sie sagen das so, als hätte er sie gestalkt.«

»So schlimm war es nicht. Sie waren auf ein paar Dates, aber Connie hat die Sache beendet. Bruce hatte allerdings wirklich etwas für sie übrig. Und er hat kein Nein akzeptiert. Ich habe mitbekommen, dass er gemein wurde, wenn er seinen Willen nicht durchsetzen konnte.«

»Haben Sie gesehen, dass er sich Connie gegenüber schlecht benommen hat?« Ich sah zu dem aalglatten Kerl hinüber, der sich mit Kunden unterhielt.

»Es gab ein paar heftige Streits. Connie war eine leidenschaftliche Frau. Wenn sich jemand mit ihr anlegte, schickte sie denjenigen schnell zum Teufel. Sie war genervt, weil Bruce zu anhänglich war und eine ernsthafte Beziehung wollte. Hat ihm gesagt, dass sie darauf nicht aus sei, aber er hat es nicht verstanden. Sie hatten einen großen Streit und sie hat es beendet. Ich glaube, er ist nie über sie hinweggekommen.«

Könnte der gemeine Exfreund etwas damit zu tun haben, was mit Connie passiert war? Als ich mit ihm gesprochen hatte, war er charmant gewesen und lächelte, doch vielleicht war das nur Fassade. Seine Freundlichkeit könnte eine dunkle Seite haben, etwas, das Connie zum Verhängnis wurde.

Belinda berührte meinen Handrücken. »Ich hoffe, Connie ist nichts Schlimmes passiert. Wir hatten unsere Differenzen, das gebe ich zu, aber ich wollte sie nicht tot sehen. Ich vermisse es, sie auf der Hochzeitsmesse zu sehen.«

»Darf ich fragen, wo Sie waren, als Connies Leiche gefunden wurde?«

Ihre Augenbrauen schossen nach oben. »Sie überprüfen mein Alibi?«

»Nur für alle Fälle. Ich versuche, herauszufinden, was passiert ist und wer ihr geschadet haben könnte.«

»Ich verstehe. Falls es Ihnen hilft, ich hörte von Connie, als ich gerade im Internet Blumen bestellt habe. Es gibt einen Beleg über meinen Einkauf. Und ich habe auch dort angerufen. Wir haben etwa zehn Minuten telefoniert.«

Ich sah wieder zu Bruce hinüber. »Versuchen Sie sich nicht zu sorgen, vielleicht ziehe ich nur wieder voreilige Schlüsse. Dazu neige ich manchmal.«

Belinda schüttelte den Kopf. »Nein, wir haben ja schon darüber gesprochen. Es erscheint wirklich seltsam, wie sie gestorben ist. Connie hat im Arbeits- und Privatleben Gas gegeben und sie hatte große Pläne für die Zukunft. Sie hätte es gehasst, ihr Leben so zu beenden. Sie hätte es weit gebracht. Und ja, darauf war ich neidisch, aber das hätte nie passieren dürfen.«

»Da stimme ich zu. Ich werde mich umhören und sehen, was ich sonst noch herausfinden kann.«

Belindas Augen verengten sich, während sie Bruce anstarrte. »Wenn Sie herausfinden, dass Bruce etwas damit zu tun hatte, helfe ich Ihnen gerne dabei, ihn zur Strecke zu bringen. Diesem Kerl habe ich nie getraut. Er lebt von Schwindel und Charme und jagt allem nach, was nicht bei drei auf den Bäumen ist. Er erinnert mich an meinen nichtsnutzigen Ex.«

»Danke für das Angebot. Hoffen wir, dass es dazu nicht kommen wird.« Ich sah auf die Uhr. »Sie sollten zu Ihrem Stand zurückgehen. Alice kann ein wenig enthusiastisch werden, wenn ihr etwas Freude macht. Sie könnte schon ein Dutzend Hochzeitspakete verkauft haben.«

Belinda leerte ihre Teetasse und stand auf. »Sie kann mit meinem Geschäft machen, was sie möchte. Damit bin ich fertig.« Sie nickte mir zu und ging davon.

Ich saß da und trank meinen Tee, wobei ich mir unser Gespräch noch einmal durch den Kopf gehen ließ. Ich hatte Bedenken über Belinda gehabt, aber nachdem ich mit ihr gesprochen hatte, war ich nicht sicher, ob sie auf der Verdächtigenliste stehen sollte. Sie schien wirklich traurig über Connies Tod zu sein, trotz ihrer Differenzen. Sie war verbittert und desillusioniert, was Hochzeiten anging, aber sie hegte keinen Groll gegen Connie wegen ihres Erfolgs oder der Art, wie sie sie behandelte.

Könnte ich Campbell dazu bringen, Belindas Alibi zu überprüfen? Ich würde ihn in guter Stimmung erwischen müssen. Ein Teller Blaubeer-Muffins und Alice an meiner Seite könnten ihn dazu bringen, zu helfen. Und wenn Belindas Alibi stimmte, würde es sie komplett ausschließen.

Ich rutschte auf meinem Sitz herum und mir lief das Wasser im Mund zusammen, während ich mir die köstlichen Schokoladenkreationen in der Auslage zu meiner Rechten ansah. Vielleicht hatte ich Zeit, mir ein paar Double-Chocolate-Trüffel auszusuchen, die ich nach dem Abendessen genießen konnte.

Ich nahm meine leere Tasse und stand auf. Ein Schauer des Unbehagens lief mir über den Rücken. Als ich mich umdrehte, erstarrte ich und mein Atem blieb in meiner Kehle stecken. Campbell stand am Eingang des Zelts und funkelte mich an.

Mit einem Finger winkte er mich herüber, bevor er seine Arme vor der Brust verschränkte.

Was auch immer gleich passieren würde, es war nichts Gutes.

Kapitel 11

»Du hattest ja einen sehr produktiven Tag.« Mit kühler Miene starrte Campbell auf mich herab. »Worüber hast du mit dieser Frau gesprochen? «

»Gar nichts. Wir wollten nur einen Plausch über Hochzeitssachen halten. Ich liebe Hochzeiten.« Ich setzte mein unschuldigstes Lächeln auf.

»Und aus welchem Grund arbeitet Prinzessin Alice an einem Stand für Hochzeitsplanung? War es reiner Zufall, dass du währenddessen mit der Besitzerin dieses Standes gesprochen hast?«

»Schon möglich. Das kann passieren.« Ich wagte den Versuch, an ihm vorbeizugehen, doch er stellte sich mir mit seinem gewaltigen Körper in den Weg.

»Das nehme ich dir nicht ab. Was führst du im Schilde?«

Ich trat von einem Fuß auf den anderen und richtete den Blick auf den Boden. »Ich mache mir Sorgen.«

»Über?«

»Connie Barbers Tod. Wenn ich Fragen über sie stelle, wirst du sie beantworten?«

»Das kann ich nicht sagen. Was beschäftigt dich?«

»Mich beunruhigt die Art und Weise, wie sie gestorben ist. Ich halte es für seltsam. Sie hat sich vor ihrem Tod nicht wohlgefühlt. Sie griff sich an den Bauch, und ihre Haut hatte eine seltsame Verfärbung. Gibt es schon Ergebnisse von der Autopsie?«

»Ja, gibt es. In Anbetracht des sensiblen Falls habe ich die Angelegenheit an die erste Stelle der Prioritätenliste gesetzt. Wir dürfen nicht zulassen, dass sich das auf die Familie auswirkt.«

»Und? Wurde etwas Verdächtiges gefunden? Wurde Connie ermordet?«

Seine Nase rümpfte sich. »Du hast mir nicht gesagt, warum du dich mit Belinda unterhalten hast.«

»Das werde ich auch nicht, es sei denn, du beantwortest mir wenigstens eine meiner Fragen. Was hat die Autopsie ergeben?«

»Nicht hier.« Er packte mich am Arm und zog mich aus dem Zelt und um die Ecke, weg von den Besuchern.

Ein Kribbeln nervöser Aufregung durchfuhr mich. »Es ist etwas gefunden worden, nicht wahr? Ich wusste es! Wie ist Connie gestorben?«

Er murrte einige Sekunden lang vor sich hin. »Ihr Tod wird mittlerweile als verdächtig eingestuft. Connie hatte eine sehr hohe Konzentration an Toxinen in ihrem Körper.«

»Es war eine Alkoholvergiftung?«

»Nein.«

»Gift, Gift! Wie Arsen?«

»Nicht so laut.« Campbell sah sich um. »Es war kein normales Gift. Wir nehmen an, dass es ein pflanzliches Gift war. Das Labor führt noch Tests durch.«

»Connie kam jeden Tag mit Pflanzen in Berührung. Sie hätte es eigentlich sofort erkennen müssen, wenn sie mit etwas Giftigem gearbeitet hätte.«

»Vermutlich.«

»Könnte es ein Unfall gewesen sein? Eine Verwechslung der Pflanze mit etwas anderem, und das hat sie dann erkranken lassen?«

»Nicht bei der Menge, die sie in ihrem Körper hatte. Es sieht so aus, als hätte sie jemand damit vollgepumpt«, erklärte Campbell. »Das war kein Unfall.«

»Ich hatte also recht. Es handelt sich um Mord.«

»Schlaues Mädchen. Aber das heißt noch lange nicht, dass ich mir gefallen lasse, dass du deine Nase in diese Ermittlungen steckst.«

»Und wer steht auf deiner Verdächtigenliste? Ich befragte einige Leute, die Connie kannten. Und die waren nicht sehr begeistert von ihr. Ich hatte übrigens gerade ein Gespräch mit Belinda Adler und—«

»Wer auf meiner Verdächtigenliste steht, spielt keine Rolle. Der Fall ist so gut wie abgeschlossen.«

»Was? Warum?«

»Weil ich weiß, was ich tue.«

»Also, wer hat Connie getötet? Wurde bereits Anklage erhoben?«

»Noch nicht.«

»Bist du auch sicher, dass du die richtige Person hast? Falls es noch Zweifel gibt, kann ich den Mörder aufspüren. Es sind nur noch ein paar Leute, mit denen ich sprechen muss, bis ich alle Informationen über sie habe.«

»Nein! Du sprichst mit niemandem mehr darüber. Wir haben da jemanden ins Auge gefasst.«

»Ist es Tina?«

Sein Mund verzog sich, und er starrte in die Ferne.

»Gib mir wenigstens einen Hinweis.«

Campbell schüttelte den Kopf und hielt seinen scharfen Blick auf mich gerichtet. »Du gibst keine Ruhe, bis ich es dir sage.«

»Du kennst mich. Ich hasse es, Dinge unerledigt zu lassen.«

»Immer musst du alles über das Leben aller anderen wissen. Ich muss dir ein Hobby suchen, dann gehst du mit nicht mehr auf die Nerven.«

»Ich habe viele Hobbys.«

»Hmmm, und über eins davon möchte ich mit dir reden.«

»Ach ja?« Ich legte meinen Kopf schief. »Du willst, dass ich dir Backen beibringe?«

»Scherzkeks. Das ist kein Hobby.«

»Hör auf, abzulenken. Meine Hobbys interessieren dich doch gar nicht. Wer hat Connie getötet?«

»Du hast doch gerade den Namen gesagt. Es war Tina Kennon.«

»Oh! Die Frau, die eine Szene bei der Modenschau gemacht hat. Sie hat ein Zimmer im Walden Inn.«

»Und wie kommst du darauf?«

Mein Magen verkrampfte sich und ich wandte den Blick ab. »Muss ich wohl irgendwo aufgeschnappt haben.«

»Natürlich hast du das.« Sein Blick wanderte über mich. »Sie sprach offen darüber, wie sehr sie Connie hasste. Tina hat den Mord an ihr so gut wie gestanden.«

»Wie hat sie es angestellt? Hat sie ihr Pflanzengift in den Kaffee gemischt?«

»Das weiß ich noch nicht.« Er schnaubte tief. »Ich kann mir sogar vorstellen, dass sie nicht absichtlich ein pflanzliches Toxin verwendet hat. Sie hat wohl einfach Glück gehabt.«

»Glück gehabt? Sicherlich kann man einer anderen Person nicht einfach ein paar Kräuter in den Mund stopfen und dann zusehen, wie sie dadurch stirbt. Hattest du nicht gesagt, dass Connies Körper voll von diesem Toxin war? Also wurde ihr kurz vor ihrem Tod eine gewaltige Dosis zugeführt. Gibt es irgendwelche Anzeichen für Traumata oder Verletzungen, die darauf schließen lassen, dass Tina ihr das Gift mit Gewalt verabreicht hat?«

»Nein, Miss Marple. Trotzdem muss Tina einen Weg gefunden haben, wie sie es Connie verabreichen konnte. Und wenn es nicht funktioniert hätte, hatte sie einen anderen Weg, um sie loszuwerden?«

»Was hatte Tina denn sonst geplant? Sie muss wirklich entschlossen gewesen sein, die Sache durchzuziehen.«

Campbell brummte leise vor sich hin.

»Ich frage so lange, bis du es mir sagst.«

»Ich sollte dich an einen anderen Arbeitsplatz versetzen lassen.«

»Wohin?«

»Irgendwohin, weit weg von mir.«

»Wenn du das nur könntest. Schade, dass du nicht mein Chef bist.« Ich riskierte ein freches Grinsen.

Er erwiderte es nicht. »Wenn ich das wäre, dann wärst du schon längst wegen Befehlsverweigerung vorgeladen worden.«

»Ich Glückspilz. Tina hat also geplant, Connie zu ermorden?«

»Bei der Durchsuchung wurden verdächtige Gegenstände im Kofferraum ihres Autos gefunden.«

»Ein Notfallplan, wenn die Vergiftung fehlschlägt. Das ist echter Einsatz.«

Er schnaubte. »Tina war im Begriff, Connies Auslage und wahrscheinlich auch Connie in Brand zu setzen. Sie hat zugegeben, dass sie nach Audley St. Mary gekommen ist, um sie zu ermorden.«

»Connie muss Tina etwas Schreckliches angetan haben, um sie dazu zu treiben, so zu reagieren.«

»Da hast du wohl recht.«

Ich hoffte, dass er genauer auf das Motiv eingehen würde, aber er schwieg. »Weshalb die Auslage in Brand setzen? Das ist fahrlässig. Tina hätte nicht nur Connie, sondern auch eine Menge anderer Menschen töten können.«

»Sagen wir einfach, sie hatte Probleme«, antwortete Campbell. »Sie wettert und tobt darüber, wie sehr sie Connie gehasst hat und dann bricht sie in Tränen aus und beteuert, dass es ihr so leidtut. Sie bekommt ein psychologisches Gutachten, um sicherzustellen, dass sie verhandlungsfähig ist.« Er trat von einem Fuß auf den anderen. »Ich sollte wieder an die Arbeit gehen.«

»Warte mal, was verschweigst du mir? Wenn der Fall so einfach ist, hättest du sie schon längst anklagen müssen.«

»Es ist einfach. Tina ist die Mörderin.« Er schaute über meinen Kopf hinweg. »Es gibt nur ein kleines Problem. Tina hat ein Alibi für den Zeitpunkt von Connies Mord.«

»Wer ist ihr Alibi? Vielleicht deckt derjenige sie. Hast du den Hintergrund überprüft und sichergestellt, dass diese Person vertrauenswürdig ist?«

»Das brauche ich nicht. Ich bin es.«

»Deine Hauptverdächtige hat dich als Alibi?« Ich brach in Gelächter aus.

»Hör auf zu lachen, Holmes.«

»Oh, bitte. Ich muss nur zehn Minuten kichern, dann ist alles wieder gut.« Ich wischte mir über die Augen. »Was hast du mit Tina gemacht?«

Er brummte mich an.

Ich zwang mich, mich zu beruhigen. »Okay, im Ernst. Ich möchte es wissen.«

»Natürlich möchtest du das.« Er knackte mit seinen Fingerknöcheln. »Ich habe mit Tina über ihr rücksichtsloses Verhalten auf der Hochzeitsmesse gesprochen, als Connie gefunden wurde. Ich arbeite mit dem Gerichtsmediziner zusammen, um den genauen Todeszeitpunkt zu ermitteln. Es ist möglich, dass Tina ein kleines Zeitfenster hatte, um Connie zu töten, bevor wir miteinander sprachen.«

»Wie wirkte sie, als du mit ihr gesprochen hast? Wenn sie gerade jemanden umgebracht hätte, wäre sie sicher nicht so ruhig gewesen. Du hättest ihre Nervosität gespürt.«

»Die Frau war keineswegs ruhig, aber es schien tatsächlich nicht so, als hätte sie gerade einen Menschen vergiftet und die Leiche auf der Toilette liegenlassen. Sie war vielmehr wütend als verstört. Und so wie sie über Connie sprach, schien sie zu glauben, sie sei immer noch am Leben. Wenn man die Wahrheit kennt, unterlaufen einem Fehler. An ihrer Geschichte hat sich nichts geändert. Sie änderte sich nicht, egal, wie viele Fragen ich ihr stellte.«

»Ist sie vielleicht unschuldig?«

»Nein! Sie war es. Ich muss nur herausfinden, wie sie es getan hat.«

»Könnte Tina etwa einen Komplizen haben? Womöglich einer von denen, mit denen ich gesprochen habe?«

»Sie gab keinerlei Hinweise auf weitere Beteiligte. Das ist etwas Persönliches. Tina wollte Connie aus dem Weg räumen.«

»Es schadet nicht, mit anderen Verdächtigen zu sprechen, nur falls es sich nicht nachweisen lässt, dass es Tina war.«

»Sie ist meine einzige Verdächtige«, erklärte er. »Sie hat die Tat begangen.«

»Was ist ihr Motiv?«

Er presste die Lippen aufeinander.

»Irgendwann werde ich es sicher herausfinden.«

»Connie hatte ein Verhältnis mit Tinas Ehemann.«

»Oh! Das ist ein großartiges Motiv.« Ich biss mir auf die Unterlippe. »Als ich mit Belinda gesprochen habe, die Connie gut kannte, erfuhr ich, dass Connie sich nicht an einen Mann binden wollte.«

»Verhältnisse mit verheirateten Männern garantieren jedenfalls, sich nicht binden zu müssen«, sagte Campbell. »Tina versuchte schon seit Monaten, sie dazu zu bringen, es zu gestehen, aber Connie gab es einfach nicht zu. Das hat sie nur noch wütender gemacht.«

»Was ist mit dem Ehemann?«

»Wir haben ihn kontaktiert. Sie haben sich zwar getrennt, aber er hat zugegeben, dass er etwas mit Connie hatte, bevor er sich von Tina getrennt hat. Daran ist die Ehe zerbrochen.«

»Und Tina hat diese Hochzeitsmessen besucht, damit sie Connie bloßstellen konnte. Möglicherweise sogar, um ihr Geschäft zu ruinieren. Immerhin macht es keinen guten Eindruck, wenn man in der Hochzeitsbranche tätig ist und gleichzeitig die Ehen von anderen Menschen ruiniert.«

»Sie hatte noch viel mehr vor, als nur ihr Geschäft zu ruinieren. Tina plante einen Mord, und sie hat ihr Ziel ja auch erreicht.«

»Ich denke immer noch, wir sollten mit den anderen sprechen. Ich hatte überlegt, ob Belinda involviert sein könnte. Deshalb habe ich mit ihr gesprochen. Sie war eine Geschäftskonkurrentin und hatte sich mit Connie zerstritten, nachdem sie sie sitzen gelassen hatte. Und dann ist da noch ...«

»Lass mich meine Arbeit machen. Hast du keine Torten zu verzieren oder so?«

Ich schnaubte. »Natürlich habe ich das. Aber das hier ist wichtig.«

»Ja, das ist mir bewusst, und aus diesem Grund bin ich an der Sache dran. Wir haben die Hauptverdächtige in Gewahrsam. Tina geht nirgendwohin. Jetzt muss ich nur noch die Frage klären, wie sie Connie eine solche Dosis Gift verabreicht hat.«

»Ich wollte gerade mit—«

»Das reicht! Schluss mit dem Thema Mord.«

Ich hob die Hände in die Luft. »Die Aufklärung dieses Mordes verdient höchste Priorität.«

Er schüttelte den Kopf und rollte seine Schultern nach hinten. »Für mich! Das hat für mich oberste Priorität. Du solltest dich auf Brownies, Brot und darauf konzentrieren, dich aus meinen Angelegenheiten rauszuhalten.«

»Würde es etwas ändern, wenn ich dich mit Brownies bestechen würde?«

»Nein. Und jetzt solltest du den Mord vergessen.«

»Das kann ich nicht.«

»Versuch es. Nur für fünf Minuten. Bis ich außer Hörweite bin, damit du mich nicht weiter ausfragen kannst.«

»Ich dachte, du magst Herausforderungen. Gib es zu, ich halte dich auf Trab.«

»Das stimmt. Aber es gibt noch mehr, worüber ich mit dir reden möchte.«

Meine Gedanken kreisten um meine Großmutter, und mein Magen krampfte zusammen. »Was habe ich verbrochen?«

Ein seltenes Lächeln zog über sein Gesicht. »Nichts, zumindest nicht, dass ich wüsste. Ich interessiere mich für Plogging. Ich habe die Plakate im Dorf gesehen.«

»Oh! Das! Bist du wirklich interessiert oder willst du mich nur von Connies Mord ablenken?«

Sein Grinsen wurde breiter. »Vielleicht ein bisschen von beidem.«

»Du willst ploggen? Du weißt, was das ist?«

»Natürlich. Ich erwarte, dass mein Team sich fit hält. Das könnte eine gute Möglichkeit sein, sie zu motivieren. Und wie du schon sagtest, für einen freundschaftlichen Wettkampf bin ich immer zu haben.«

»Du würdest gegen mich in einem Plogging-Wettbewerb antreten? Die Veranstaltung dient einem guten Zweck. Jeder packt mit an und hilft mit. Es ist kein Wettlauf, bei dem wir uns gegenseitig übertreffen.«

»Ich weiß, dass du einem Wettkampf gegen mich nicht widerstehen kannst.«

Campbell konnte mich in allem schlagen, was mit körperlicher Leistung zu tun hatte. Dieser Mann war so etwas wie ein Cyborg. Er wurde niemals müde. Und doch hatte er recht, ich genoss es sehr, ihm zu beweisen, dass er falschlag.

»Ich bin dabei. Aber wir sollten es nicht auf die zurückgelegte Strecke ankommen lassen. Man läuft nicht weit, wenn man ploggt. Wie wäre es, wenn der gewinnt, der den meisten Müll eingesammelt hat?«

Er neigte seinen Kopf zur Seite. »Das klingt fair. Was bekommt der Gewinner?«

»Du darfst mich nicht mehr von deinen Ermittlungen ausschließen, sondern musst zugeben, dass ich hilfreich für dich bin und lässt mich mithelfen.«

Sein Gesicht nahm einen angewiderten Ausdruck an. »Das wird nicht passieren. Wie wäre es, wenn du, sollte *ich* gewinnen, drei Kisten Kuchen für das Team spendest?«

»Sei nicht so überheblich. Ich bin kleiner als du und kann in die Lücken schlüpfen und mir den Müll schnappen, den du übersiehst.«

»Ich habe nichts zu befürchten. Ich gewinne immer.«

»Das gilt nicht für das Aufklären von Morden«, nuschelte ich.

Er brummte mir zu. »Ich sollte meinen Gewinn erweitern. Du darfst dich nicht mehr in meine Ermittlungen einmischen, aber das wäre wohl eine ziemliche Zeitverschwendung.«

»Das stimmt. Und schieß dich nicht so schnell darauf ein, dass Tina in diesem Fall die Täterin ist. Wenn sie zum Zeitpunkt von Connies Tod bei dir war, kann das nicht stimmen. Und auf der Hochzeitsmesse sind genug Leute, die ihre Probleme mit Connie hatten.«

Er verschränkte die Arme vor der Brust und schüttelte den Kopf. »Musst du nicht dringend irgendwo hin?«

Ja, aber ich hatte auch Mordverdächtige zu befragen. Und wenn Campbell nicht gegen sie ermitteln wollte, würde ich es für ihn tun. Das nächste Ziel war Connies verschmähter Liebhaber, Bruce.

Kapitel 12

Ich eilte zurück in das Zelt und entdeckte, dass Alice noch immer an Belindas Stand war und freudig mit einem Paar mit aufgerissenen Augen sprach, die scheinbar nicht glauben konnten, mit wem sie sprachen.

Als ich näherkam, zuckte ich zusammen. Bei dem Gespräch ging es nicht um Heirat, sondern um ihre geplatzten Verlobungen. So förderte man neue Geschäfte nicht gerade.

»Sie müssen sich sicher sein, dass Sie den richtigen Mann gewählt haben«, sagte Alice. »Ich habe den Dreh noch nicht raus. Irgendwann werde ich es schon schaffen. Sie sind ein bezauberndes Paar.«

»Sicher halten Dutzende Männer um Ihre Hand an«, sagte die Brünette vor ihr.

»Ständig, aber sie sind alle langweilig, alt oder faul. Mir ist egal, wie reich sie sind oder wie viel Land sie besitzen, ich muss denjenigen lieben. Woher wussten Sie, dass Ihr Verlobter der Richtige ist?«, fragte sie.

»Nun, wir sind schon seit einer Ewigkeit zusammen. Es schien das Richtige zu sein, als er mich fragte, ob ich ihn heiraten möchte«, stammelte die Frau.

»Außerdem lieben wir einander«, warf der Mann an ihrer Seite ein. »Sie werden jemanden finden, der richtig für Sie ist. Sie sind wunderschön.«

Seine Verlobte warf ihm einen finsteren Blick zu. »Gehen wir. Dies ist nicht der richtige Stand für uns.« Dann zog sie ihn weg.

»Hast du Spaß?«, fragte ich Alice, als ich mich zu ihr an den Stand gesellte.

»Nicht wirklich. Ich glaube, ich habe das mit der Hochzeitswerbung noch nicht so raus. Und alle starren mich an, als hätte ich zwei Köpfe. Ich habe eine andere Taktik ausprobiert und über meine eigenen Erfahrungen mit Beziehungen gesprochen. Aber das läuft auch nicht allzu gut.«

»Was du nicht sagst.« Ich grinste sie an. »Wenn du hier fertig bist, habe ich Informationen, die du vielleicht hören möchtest.«

»Natürlich. Belinda ist schon vor einer Weile wiedergekommen. Sie ist hinten und holt mehr Broschüren. Sie kam mir ziemlich niedergeschlagen vor. Hast du irgendwas Nützliches aus ihr herausbekommen?«

»Nur, dass ich nicht glaube, dass sie Connie getötet hat. Sie hatten ihre Probleme, aber sie war wirklich schockiert, als sie erfuhr, dass es Mord war.«

»Wahrscheinlich war es Mord.« Alice lief neben mir her durch die dichter werdende Menge.

»Nein, das ist meine große Neuigkeit. Campbell hat mich dabei erwischt, wie ich mit Belinda gesprochen habe. Er hat mir widerwillig erzählt, dass Connie mit einem Pflanzengift vergiftet wurde.«

Alice schlug eine Hand vor ihren Mund. Als sie sie wieder herunternahm, lächelte sie. »Wie aufregend. Ich liebe einen guten Mord.«

»Manchmal machst du mir Sorgen.«

»Ach, du weißt, was ich meine. Ich liebe Rätsel und neue Hinweise zu suchen. Es macht Spaß, dir dabei zuzusehen, wie du herumschnüffelst und alles aufdeckst.«

»Tja, danke, schätze ich. Ich sorge eben gerne für Gerechtigkeit.«

»Natürlich. Also, was tun wir als Nächstes?«

»Zuerst müssen wir Belindas Alibi überprüfen.« Ich sah mich um, um sicherzugehen, dass Belinda nicht in

Sicht war. Ich eilte zu ihrem Laptop hinüber, der unter der Theke lag. »Sie sagte, dass sie zur Zeit des Mordes Blumen bestellt hätte.« Ich öffnete den Suchverlauf und fand den Zeitpunkt, an dem Connies Leiche entdeckt worden war. Tatsächlich hatte sie zu dieser Zeit die Seite eines Blumengroßhandels besucht. Bisher stimmte ihr Alibi.

»Wonach suchst du?« Alice spähte über meine Schulter.

»Liegt Belindas Handy auch hier?«

Alice zog es unter der Theke hervor. »Hier ist es. Warum brauchst du es?«

Ich war erleichtert darüber, dass es nicht passwortgeschützt war. Ich scrollte durch ihre Anrufliste. »Sie sagte, dass sie am Telefon war, als Connie gefunden wurde. Sieh mal! Sie hat die Wahrheit gesagt. Dieser Anruf hat über zehn Minuten gedauert und die Nummer stimmt mit der des Blumengroßhandels auf der Website überein.«

»Was ist mit der anderen Frau, Tina?«, wollte Alice wissen, als sie das Handy und den Laptop für mich weglegte.

»Campbell hat sie in Gewahrsam. Sie ist wahnsinnig sauer auf Connie, weil sie mit ihrem Mann geschlafen hat.«

Alice seufzte. »Was bedeutet, dass der Fall geklärt ist. Die Mörderin wurde gefasst.«

»Nein, Campbell ist ihr Alibi. Tina kann es nicht gewesen sein, auch wenn sie sich weigert, es zu akzeptieren. Wir müssen mit den anderen Verdächtigen sprechen. Als ich mit Belinda gesprochen habe, erwähnte sie, dass Connie früher mit einem der Weinanbieter ausgegangen ist. Anscheinend ist er leicht jähzornig und total besessen von Connie.«

»Das klingt, als wäre er der Mörder, den wir suchen. Gehen wir ihn befragen«, drängte Alice. »Oh, und bevor ich es vergesse: Eine Dame hat nach dir gefragt. Sie schien dich zu kennen. Sie war älter und sah ziemlich kultiviert aus. Und sie trug eine große Sonnenbrille, obwohl wir drinnen sind und es heute nicht besonders sonnig ist.«

Es klang, als hätte sich Granny Molly nicht an ihren Teil der Abmachung gehalten und meine Wohnung verlassen. Ich konnte es ihr nicht vorhalten – wahrscheinlich hielt sie es nicht aus, in kleinen Räumen eingesperrt zu sein. Aber ich musste sie im Auge behalten, wenn sie herumlief.

»Ich weiß nicht, wer das sein könnte. Komm, reden wir mit Bruce. Ich muss bald wieder in die Küche, sonst bekomme ich Ärger mit Küchenchef Heston.«

Wir gingen ins Essenszelt und zu Bruces Stand hinüber.

Er setzte ein breites Lächeln auf, als er uns sah. »Prinzessin Alice, wie großzügig von Ihnen, mich noch einmal zu besuchen. Darf ich Sie mit Proben von etwas Reichhaltigem und Vollmundigem verführen?«

»Es ist ein wenig früh für mich«, erklärte Alice.

»Natürlich. Eine so bezaubernde Dame muss ihre Grenzen kennen. Erlauben Sie mir wenigstens, Ihnen eine Flasche meines feinsten Merlots zu geben. Ein Geschenk vom Osman Vineyard. Vielleicht könnten Sie ihn heute Abend zum Essen trinken und an mich denken.«

»Das klingt köstlich. Sie verstehen es, jemanden in Versuchung zu führen. Sind Sie immer so kokett mit Ihren Kundinnen?«, hakte Alice nach.

»Nur mit denen, bei denen ich eine Anziehung spüre.« Sein Lächeln wurde breiter. »Und wenn ich so frei sein darf, würde ich mit Freuden Ihre Familie besuchen und ihnen eine Auswahl meiner Weine offerieren.«

Alices Augen funkelten. »Was für eine spaßige Idee. Wir könnten eine Weinverkostung machen.«

Ich stieß sie an. »Vielleicht können wir später über den Wein sprechen.«

»Oh! Ja.« Alice nickte. »Tatsächlich haben wir einige Fragen über Connie. Ich glaube, Sie kannten sie.«

Bruce seufzte. »Das tat ich. Was für ein Verlust. Ich kann nicht glauben, dass sie nicht mehr da ist.«

»Standen Sie sich nahe?«, fragte ich.

»Sehr. Was möchten Sie über sie wissen?«, sagte er.

»Wussten Sie, dass sie ermordet wurde?«, verriet Alice im lauten Flüsterton.

Bruce starrte sie mit offenem Mund an. »Ich ... ich verstehe nicht.«

»Während der Autopsie wurden einige Anzeichen dafür entdeckt«, berichtete ich. »Connies Tod war kein Unfall.«

Die Farbe wich aus Bruces Gesicht. Er schwankte von einer Seite zur anderen.

Ich eilte hinter den Stand und hielt ihn fest, bevor er in die Weinflaschen krachte. »Geht es Ihnen gut?«

»Nein, mir geht es überhaupt nicht gut.« Er schnappte keuchend nach Luft. »Sind Sie sich sicher? Wo haben Sie diese schreckliche Neuigkeit gehört?«

»Setzen wir uns doch für einen Moment. Alice, behalte den Wein im Auge.«

Sie grinste und nickte, bevor sie sich dem Stand zuwandte. »Prinzessin Alices feinste Weine und betrunkene Eskapaden ist eröffnet. Kommt und holt euch eure kostenlosen Proben.«

Ich führte einen zittrigen Bruce zu einem Stuhl hinter dem Stand und drückte ihn darauf. »Stecken Sie den Kopf zwischen die Knie, falls Ihnen schwindlig ist.«

Er tat, was ich sagte und schnappte nach Luft. »Was ist mit Connie passiert?« Er hob seinen Kopf und starrte mich mit großen Augen an.

»Connie wurde auf jeden Fall getötet. Die Polizei untersucht die Einzelheiten.«

Er schüttelte seinen Kopf. »Woher wissen Sie das? Kannten Sie Connie?«

»Nein, aber ich arbeite ... eng mit den Sicherheitskräften des Schlosses zusammen.« Bruce musste nicht erfahren, dass es unwillkommen und inoffiziell geschah.

»Oh, sind Sie die Leibwächterin von Prinzessin Alice? Es ist nicht ungewöhnlich, eine schmale und unauffällige Person einzustellen, die eine Prinzessin im Auge behält. Ich habe es gesehen, als ich Wein und Champagner für Hochzeiten von Prominenten geliefert habe. Man fällt nicht so auf, wenn man unscheinbar aussieht.«

»Unscheinbar? Na ja, das stimmt wohl. Ja, das … ist meine Aufgabe.« Ich würde ihn nicht auf seinen unverschämten Kommentar ansprechen, während wir uns unterhielten, aber ich hasste es, unscheinbar genannt zu werden. »Es ist wichtig, dass wir dafür sorgen, dass die Hochzeitsmesse für alle sicher ist, besonders für die Familie. In welchem Verhältnis standen Sie zu Connie?«

Seine Augen verengten sich. »Sie haben mit den anderen Standbesitzern gesprochen. Sie haben Ihnen von uns erzählt.«

»Ich bin eher daran interessiert, zu hören, was Sie mir zu sagen haben. Sie und Connie hatten eine Beziehung?«

»Was mich angeht, haben wir uns nie getrennt. Ich liebte diese Frau. Wir waren ein perfektes Paar, genau das, was sich andere wünschen. Wir hätten so glücklich miteinander sein können, wenn sie ihr Partyleben aufgegeben hätte. Connie hat nicht gesehen, wie gut wir zusammen waren. Aber es war nur eine Frage der Zeit, bevor sie herausgefunden hätte, dass sie niemals einen Besseren als mich gefunden hätte.«

Oder jemanden, der so bescheiden und taktvoll war. »Wohin sollte sich die Beziehung Ihrer Meinung nach entwickeln?«

»Ich hatte vor, sie zu heiraten. Mehrmals hielt ich um ihre Hand an, aber Connie konnte so schüchtern sein. Sie hat meine Anträge abgelehnt, aber damit wollte sie mich nur noch mehr reizen. Und es hat funktioniert. Ich konnte nicht aufhören, darüber nachzudenken, wie ich sie für mich gewinnen kann.«

»Sie dachten, Connies Zurückweisung sei ein Zeichen für ihr Interesse an Ihnen?«

Bruces Nasenlöcher weiteten sich. »Es war keine Zurückweisung. Sie war eine leidenschaftliche Frau voller Selbstbewusstsein. Sie tat gern so, als bräuchte sie keinen Mann in ihrem Leben, aber ich habe gemerkt, dass das nicht stimmte. Ich habe sie glücklich gemacht. Wir haben unsere gemeinsame Zeit genossen.«

»Sie glauben nicht, dass sie vielleicht einfach nicht heiraten wollte?«

Er breitete seine Hände aus und sein selbstsicheres Lächeln kehrte zurück. »Ich bin ein guter Fang. Viele Frauen haben Interesse an mir, aber ich hatte nur Augen für Connie. Ich war entschlossen, sie zu meiner Frau zu machen.«

»Bruce, es tut mir leid, dass ich unterbrechen muss.« Ein großer Kerl mit Brille erschien hinter dem Stand. »Hoffentlich störe ich nicht. Ich habe deine Stimme gehört. Ich brauche die Einzelheiten über die Kiste Chardonnay, die du mir versprochen hast. Ein Paar wartet darauf.«

»Nicht jetzt«, sagte Bruce. »Ich bin gerade beschäftigt.«

»Du solltest sie schon vor über einer Stunde bringen. Ich muss wirklich—«

»Ich habe es dir doch gesagt: Ich bin beschäftigt. Hau ab.« Bruce ballte seine Hände zu Fäusten.

Der Kerl warf ihm einen finsteren Blick zu, bevor er wegging. »Dein Pech, Arschloch.«

Bruce schüttelte seinen Kopf und seine Finger entspannten sich. »Entschuldigen Sie. Ich stehe immer noch unter Schock nach der Nachricht über Connie. Mord. Wirklich?«

»Das denke ich mir, besonders, wenn Sie vorhatten, sie zu heiraten.«

Er rollte seine Schultern nach hinten und knackte mit dem Nacken. »Wer hat das getan? Geben Sie mir einen Namen und ich lasse ihn dafür bezahlen.«

»Es läuft gerade eine Untersuchung. Die Polizei hat eine verdächtige Person, aber ich gehe allen Hinweisen nach, um sicherzugehen, dass nichts übersehen wird.«

»Die Vorstellung, dass jemand meiner Frau etwas zuleide tut ... Ich reiße ihm den Kopf ab.« Er fuhr mit einer Hand über seine Stirn. »Connie war ein tolles Mädchen. Einzigartig.«

»Können Sie mir sagen, wo Sie waren, als Connies Leiche gefunden wurde?«

Er tippte mit einem Finger gegen sein Kinn. »Sie überprüfen, ob der Freund involviert war? Das ergibt Sinn. Ich habe einige Krimis im Fernsehen gesehen. Dort fällt der Verdacht auch immer zuerst auf den Partner. Ich fürchte, Sie verschwenden Ihre Zeit, wenn Sie mich auf die Liste der Verdächtigen setzen. Ich war mit Zoe Rossini zusammen, als ich davon hörte.«

Diesen Namen hatte ich schon einmal von Leanna gehört. »Sie hat ein Geschäft auf der Hochzeitsmesse?«

»Ganz richtig. Sie hat früher mit Connie zusammengearbeitet. Heute ist sie in der Hochzeitsplanung tätig, nicht mehr bei den Blumen. Eine reizende Frau. Sehr hübsch anzusehen, aber sie hat nicht viel im Kopf.«

Wow, was für ein unsympathischer Kerl. Kein Wunder, dass Connie ihn abserviert hatte. »Was haben Sie mit Zoe gemacht? Sind Sie nur Freunde?«

Sein Lächeln wurde schmierig. »Ein Mann muss sich seine Optionen offen halten. Connie hat sich als Herausforderung erwiesen, also brauchte ich einen Ersatzplan.«

»Weiß Zoe, dass sie Ihr Ersatzplan war?«

»Vieles ist zu hoch für sie. Damit muss ich sie nicht belasten. Aber jetzt muss ich die ganze Sache überdenken. Jetzt, wo Connie nicht mehr da ist, gibt es eine Lücke in meinem Leben, die ich füllen muss.«

So viel zu ewiger Liebe. Innerhalb von fünf Minuten war Bruce von schockiert über wütend bis hin zur Suche nach einer neuen Freundin übergegangen. Dieser Kerl war ein echter Mistkerl.

»Danke, dass Sie sich die Zeit genommen haben«, sagte ich. »Ich lasse Sie jetzt weiterarbeiten. Bestimmt liegt ein stressiger Tag vor Ihnen.« Zweifellos gehörte dazu, sich an Kundinnen ranzumachen und Frauen anzugaffen.

»Halten Sie mich auf dem Laufenden. Connie war praktisch meine Ehefrau. Ich muss der Erste sein, der erfährt, wer sie umgebracht hat.«

»Sie hören ganz sicher von mir.« Besonders, wenn er etwas damit zu tun hatte, was mit Connie passiert war.

Ich ließ ihn auf dem Stuhl sitzen, um sich zu ‚erholen‘ und kehrte zu Alice zurück, die den Leuten ziemlich volle Gläser als Kostprobe einschenkte.

»Wir müssen gehen«, flüsterte ich ihr zu.

Sie stellte die Weinflasche ab. »Hat Bruce dir irgendetwas Nützliches erzählt?«

Ich sah über meine Schulter. »Ja, aber ich kann es dir hier nicht erzählen, falls uns jemand zuhört.«

»Das klingt aufregend. Ich habe einen Karottenkuchen mit Zuckerguss gesehen, den ich gerne probieren würde«, sagte Alice. »Nach all diesen Ermittlungen haben wir uns eine Belohnung verdient.«

»Was hast du für Ermittlungen angestellt? Wie schnell du die Leute betrunken machen kannst?«

Sie kicherte, während sie einem wartenden Kunden ein Glas Wein einschenkte. »Alle amüsieren sich köstlich. Ich habe zehn Flaschen verbraucht.«

Ich grinste. Das würde Bruce nicht gefallen. Er hatte nicht weniger verdient.

Wir holten uns zwei große Stücke Karottenkuchen und zwei Tassen Tee und setzten uns an einen Tisch außer Hörweite der anderen.

Alice schob sich eine Gabel voll Kuchen in den Mund. »Der ist gut. Natürlich nicht so gut wie deiner. Also, was hat Bruce dir erzählt? Ich dachte, er würde in Ohnmacht fallen, als er von Connies Mord erfuhr.«

»Vielleicht war es nicht die beste Idee, ihm das zu eröffnen.«

»Das war es. Es hat ihn aufhorchen lassen.«

»Stimmt. Und er war bereit zu reden, besonders, weil er glaubt, ich sei deine Leibwächterin.«

Alice fing an zu lachen. »Zum Totlachen. Campbell bekommt einen Anfall, wenn er erfährt, dass du vorgibst, zu seinem Team zu gehören.«

»So habe ich es nicht gesagt, aber Bruce hat es angenommen und ich habe mitgespielt. So kam es ihm nicht seltsam vor, dass ich Fragen über Connie stellte.«

»Also, was sind die Neuigkeiten?«

»Bruce plante, Connie dazu zu bringen, ihn zu heiraten, aber sie hatte andere Pläne. Sie hat mehrmals abgelehnt.«

»Manche Männer verstehen einfach kein Nein«, kommentierte Alice. Momentan habe ich einen Verehrer, einen alternden belgischen Prinzen, der sicher schon ein Dutzend Mal um meine Hand angehalten hat. Ich habe versucht, höflich abzulehnen, es ihm unhöflich ins Gesicht zu sagen, ihm einen sehr ernsten Brief zu schicken und ich habe alle seine Geschenke zurückgeschickt, aber er lässt nicht locker. Ich weiß nicht, ob er stur oder dumm ist.«

»Ich habe den Eindruck, dass Bruce stur ist. Er hat ein Ziel vor Augen und gibt nicht auf, bevor er es erreicht. Was übel für Connie hätte ausgehen können. Sie war nicht an ihm interessiert, also beschloss er, wenn er sie nicht haben konnte, sollte sie auch niemand anderes haben.«

»Das ist so eine feige Art, jemanden zu töten«, sagte Alice. »Und heimtückisch noch dazu. Wenn ich jemals jemanden ermorde, will ich ihm in die Augen sehen und ihm sagen, warum er sterben wird.«

Ich schnaubte ein schockiertes Lachen. »Hast du denn solche Pläne?«

Alice kicherte. »Keine Sorge. Dich werde ich niemals umbringen, solange du mir deine köstlichen Kuchen backst.«

»Das ist eine Erleichterung.« Ich aß einen Bissen Karottenkuchen. Alice und ihre düsteren Gedanken verwunderten mich oft. Wie konnte jemand, der so süß war, gleichzeitig so erschreckend sein? »Bruce kommt mir wie ein heimtückischer Kerl vor. Er ist nicht nur heimtückisch, sondern auch kontrollierend und jähzornig. Als wir uns unterhielten, brüllte er einen Kerl an, der nach seinem Wein gefragt hat. Ich kann mir gut vorstellen, dass er Connies Zurückweisung nicht akzeptieren konnte.«

»Was ihn auf die Liste der Verdächtigen setzt«, schloss Alice.

»Es gibt ein kleines Problem, das wir klären müssen, bevor es dazu kommt. Bruce behauptet, ein Alibi zu haben. Er war mit einer Hochzeitsplanerin zusammen, als Connies Leiche gefunden wurde.«

»Das können wir ganz einfach überprüfen«, sagte Alice. »Suchen wir diese Frau, wenn wir mit unserem Kuchen fertig sind und fragen wir, ob er die Wahrheit gesagt hat.«

Meine Gabel erstarrte auf halbem Weg zu meinem Mund. Granny Molly war in der Menge aufgetaucht. Sie trug wieder ihre dunkle Sonnenbrille und einen Schal auf ihrem Kopf, aber ich entdeckte sie sofort.

»Wir müssen die Ermittlungen kurz auf Eis legen.« Ich ließ meine Gabel fallen.

»Warum? Du hast deinen Kuchen kaum angerührt. Ist irgendwas damit?«

Ich schob meinen Teller in ihre Richtung und stand auf. »Iss du ihn. Ich muss noch wohin. Wir sehen uns später.«

»Oh! Nun gut.« Alices Stirn runzelte sich. »Ist alles in Ordnung?«

»Ja. Ich habe einfach keine Lust auf Kuchen.«

»Es sind ja nur kleine Stücke.« Sie schob mein Stück auf ihren Teller. »Ich schaffe beide.«

»Super. Wir sehen uns später.« Ich eilte davon und suchte in der Menge nach Granny Molly. Ich musste sie im Auge behalten. Wenn sie hier herumlief, war Ärger nicht weit. Und ich durfte nicht riskieren, dass sie mir Probleme bereitete. Nicht, wenn ich mich auf diesen Mord konzentrieren musste.

Kapitel 13

Obwohl ich zehn Minuten lang die Menge durchsuchte, verlor ich Granny Molly aus den Augen.

Besorgnis durchfuhr mich. Wehe, sie stahl noch mehr Geldbörsen von gut betuchten Besuchern. Ich musste sie finden und zurück in meine Wohnung bringen. Vielleicht könnte ich Meatball bei ihr lassen. Er würde sie unterhalten und sie von Ärger ablenken.

Ich wollte meine Suche gerade aufgeben, als ich sie entdeckte. Mein Magen drehte sich um und ich stöhnte. Sie sprach mit Betsy Malone. Das war gar nicht gut. Betsy würde ihr den gesamten Klatsch und Tratsch aus dem Dorf erzählen. Und vielleicht würde auch Granny Molly ein paar ihrer Geheimnisse lüften.

Ich konnte nicht verhindern, dass ich mich ein wenig schuldig dafür fühlte, mich für ihre Vergangenheit zu schämen. Immerhin hatte ich niemandem von ihr erzählt. Ich wollte nicht, dass die Leute herausfanden, dass sie eine Kriminelle war. Ich hatte sie lieb, aber sie hatte das Gesetz gebrochen. Zwar hatte sie ihre Zeit abgesessen, aber sie hatte bereits bewiesen, dass sie sich nicht geändert hatte.

Wenn der Herzog und die Herzogin das erfuhren und sie beschlossen, dass sie nicht wollten, dass die Enkelin einer Kriminellen für sie arbeitete, könnte ich alles verlieren. Manchmal waren Familienangelegenheiten wirklich vertrackt.

Mein Handy vibrierte und ich zog es heraus, um die Nachricht von Küchenchef Heston zu öffnen.

Du bist fünf Minuten zu spät. Komm sofort in die Küche, wenn du deinen Job behalten willst.

Ich sah auf die Uhr und keuchte. Ich war so damit beschäftigt gewesen, Hinweisen zu Connies Mord nachzujagen, dass ich nicht gemerkt hatte, wie spät es geworden war.

Kurz dachte ich darüber nach, Granny Molly nachzujagen, aber ich hatte keine Zeit mehr. Ich musste meine Großmutter und die Ermittlungen auf später verschieben, wenn ich meinen Job behalten wollte.

Hastig ließ ich die Menge hinter mir und eilte zur Küche, in der Hoffnung, dass Küchenchef Heston nicht allzu laut schreien würde, wenn ich dort ankam.

Der Mord musste warten. Jetzt waren Muffins meine Priorität.

***

Ich wischte mit der Hand über meine Stirn und rollte meine Schultern zurück. Küchenchef Heston hatte mich heute Nachmittag extra hart rangenommen, weil ich nach der Mittagspause zu spät gewesen war.

Ich hatte Brot geknetet, bis meine Armmuskeln brannten, aber ich war stolz auf das Dutzend frischer Laibe, die vor mir auskühlten.

»Wir sollten uns das ansehen«, sagte eine der Küchenhilfen zu ihrer Freundin, als sie an mir vorbeieilten. »Anscheinend haben sie den Pub übernommen und singen Lieder.«

Ich hob den Kopf. Von wem sprachen sie?

»Sie muss eine Freundin von Betsy sein, die zu Besuch ist.«

»Niemand weiß, wer sie ist. Aber sie hat im Pub eine Runde für alle bezahlt, also muss sie gut gelaunt sein. Komm, gehen wir rüber und sehen nach, ob sie noch da ist. Vielleicht bekommen wir auch ein kostenloses Getränk.«

Mein Magen machte einen Satz. Diese fremde Frau, die mit Betsy unterwegs war, musste Granny sein. Warum kaufte sie Getränke für alle? So hielt sie sich nicht gerade bedeckt. Wenn sie nicht aufpasste, würde sie uns beide in Schwierigkeiten bringen.

Ich prüfte meine To-do-Liste und stellte freudig fest, dass alle meine Aufgaben erledigt waren, dann räumte ich meine Ausrüstung weg, zog meine Schürze aus und trat in die kühle Abendluft hinaus.

»Komm schon, Meatball. Wir haben die Mission, Granny daran zu hindern, sich selbst und auch mich zu blamieren.«

Ich holte das Lieferfahrrad aus dem Schuppen, setzte Meatball in seinen Korb, befestigte den Helm auf seinem Kopf und stieß mich ab.

Ich sauste durch die Straßen von Audley St. Mary und trat in die Pedale, als ich an die Hügel kam, wobei mein Magen vor Nervosität ganz verknotet war. Granny Molly konnte noch nie mit Geld umgehen. Sie war großzügig zu jedem und war früher viel zu vertrauensselig für ihr eigenes Wohl gewesen. So war sie in diesen ganzen Ärger hineingeraten. Ein redegewandter Idiot hatte sie davon überzeugt, dass er sie liebte. Das Problem war, dass er nur ihr Geld geliebt hatte. Er hatte ihr alles genommen und sie auf einem Schuldenberg sitzenlassen, bevor er sich mit ihrem Geld in ein Leben im Luxus aufgemacht hatte.

Also war meine Großmutter erfinderisch geworden und hatte beschlossen, mit dem anderen Geschlecht Geld zu machen. Sie nahm an, so könnte sie ihr gebrochenes Herz heilen. Sie hatte es auf wohlhabende ältere Männer abgesehen und stahl ihnen oft nur die Brieftasche, aber manchmal nahm sie auch mehr. Eine Zeit lang war sie erfolgreich gewesen. Sie hatte ihre Schulden abbezahlt und war wieder auf die Füße gekommen. Dann war sie erwischt worden.

Ich hielt das Fahrrad vor dem Pub an und stieg ab. Schnell machte ich Meatballs Geschirr los, nahm seinen Helm ab und klemmte ihn mir unter dem Arm, bevor ich hineinging.

Eine Welle von Lärm und lautem Gesang traf mich, als ich die Tür aufzog.

In der Mitte des Pubs war eine kleine Menschenmenge versammelt.

Als ich mich hindurchschob, erkannte ich, dass sie Betsy und meine Großmutter ansahen, die eine betrunkene Version von *You Can Leave Your Hat On* von Tom Jones zum Besten gaben.

Ich verzog das Gesicht. Es gab eine Menge unappetitlicher Bewegungen zu sehen.

Granny Molly drehte sich im Kreis. Sie taumelte zur Seite, dann traf ihr Blick meinen und ein breites Lächeln legte sich auf ihr Gesicht. »Holly! Ich hoffe, du bist hier, um mit uns allen Spaß zu haben!«

Ich schob mich an ein paar Leuten vorbei und nahm ihren Arm. »Ich dachte, ich hätte dir gesagt, dass du in der Wohnung bleiben sollst.«

Sie zuckte mit den Schultern und küsste mich auf die Wange. »Mir war langweilig. Da habe ich beschlossen, mich auf der Hochzeitsmesse umzusehen.«

Ich löste mich von ihr. »Bist du sicher, dass das alles war?«

Sie hob eine Augenbraue und blickte mich düster an. »Ich habe dir doch versprochen, mich zu benehmen.«

»Molly, komm wieder her«, rief Betsy. »Wir müssen noch eine Strophe singen.«

Gran winkte Betsy zu. »Mach du weiter. Lass mich dir ein Getränk kaufen, Holly.«

»Gehen wir wieder zu mir. Ich mache Abendessen und du kannst ausnüchtern.«

»Ich will nicht nach Hause«, sagte Granny Molly. »Die Leute in diesem Dorf sind so freundlich. Ich verstehe, warum du hergezogen bist.«

Ich blickte durch den Pub. »Hast du dein Geld dafür ausgegeben, all den Leuten Drinks auszugeben?«

»Du kennst mich, ich nehme von den Reichen und gebe es an die Armen.«

»Psst! Sei vorsichtig, was du sagst.«

Sie umarmte mich. »Du bist so ein gutes Mädchen. Passt immer auf mich auf.«

Betsy beendete ihren schiefen Gesang und stolperte zu uns herüber, mit rosa Wangen und einem Glas in der Hand. »Du hast mir nie gesagt, dass du so eine spaßige Großmutter hast, Holly. Warum hast du sie noch nie eingeladen?«

»Ähm, na ja, sie war weg«, erklärte ich.

»Auf Reisen. Ich verbringe die Winter gerne an einem warmen Ort, aber du hast recht, mein Besuch bei Holly war schon lange überfällig. Ich bin froh, dass ich gekommen bin.« Granny zwinkerte mir zu.

»Wenn du einen Ort suchst, an dem du dich niederlassen kannst, ist es Audley St. Mary. Ich werde hier niemals weggehen«, verkündete Betsy. »Und wenn du nach einem Job suchst, ich brauche verlässliche Leute in meinem Reinigungsteam im Schloss. Ich würde dich liebend gerne einstellen. Wir hätten so viel Spaß zusammen.«

»Ein Job im Schloss.« Grannys Augen weiteten sich. »Das wäre ja toll. Holly, wir könnten zusammenarbeiten.«

Ich war nicht sicher, wie ich das finden sollte. Wenn Granny Molly einen Job bekam, könnte sie auf dem rechten Weg bleiben, aber was, wenn das Schloss mit all den wertvollen Antiquitäten eine zu große Versuchung darstellte?

»Sprechen wir morgen darüber, wenn ihr beide einen klaren Kopf habt«, sagte ich.

»Hast du Fortschritte bei dem Mord an diesem armen Mädchen gemacht?«, fragte Granny Molly viel zu laut, sodass mehrere Leute zu uns herübersahen.

»Ach ja! Erzähl uns davon.« Betsy kam näher. »Es ist in aller Munde. Ich konnte es nicht glauben, als ich hörte, dass sie vergiftet wurde.«

»Wo hast du das gehört?«, wollte ich wissen.

»Eins meiner Mädchen im Schloss hat ein Gespräch des Sicherheitsteams gehört.«

»Was haben sie gesagt?« Ich mochte Klatsch und Tratsch nicht, aber er konnte nützlich sein.

»Anscheinend wurde eine Pflanze namens Greiskraut dazu benutzt, sie zu töten. Meine Mitarbeiterin hat gehört, wie sie sagten, dass sie viel Pflanzengift im Körper hatte.«

»Hat sie nicht mit Blumen gearbeitet?«, erkundigte sich Granny Molly. »Sie sollte wissen, was sie vergiften könnte, um es zu vermeiden.«

»Sie wäre eine schreckliche Floristin gewesen, wenn sie nicht gewusst hätte, was ihre Kunden krank macht.« Betsy kicherte und nahm einen Schluck aus ihrem Glas. »Ich habe eine Idee. Vielleicht wurde es ihr injiziert. Das habe ich in einem Film gesehen. Sie haben die Einstichstelle versteckt, zwischen—« Sie brach in Gelächter aus. »Der arme Mann. Sie haben es ihm zwischen die Pobacken gespritzt, um das Loch zu verstecken!«

»Das ist ja schrecklich!« Granny Molly lachte mit.

»Es ist nicht ganz so witzig, wenn das auch mit Connie gemacht wurde.« Ich versuchte, ernst zu klingen, scheiterte jedoch. Ihr Lachen war ansteckend.

Betsy wischte sich über die Augen. »Nein, du hast recht. Es war schlimm, was da passiert ist.«

»Ich frage mich, ob während der Autopsie irgendwelche Einstichstellen an der Leiche gefunden wurden«, sagte ich. »Vielleicht haben sie während der Untersuchung nicht nach solchen Stellen gesucht.«

»Deine Enkelin hat wirklich eine morbide Faszination für die Toten«, äußerte Betsy. »Aber in der Vergangenheit hat es ihr geholfen. Wenn die junge

Holly nicht gewesen wäre, gäbe es im Schloss mehrere ungeklärte Mordfälle.«

Ich sah mich um. »Lass das nicht Campbell oder die Polizei hören. Es wird ihnen nicht gefallen, wenn die Leute denken, dass sie nicht wissen, wie sie ihre Arbeit machen sollen.«

»Pah! Das tun sie auch nicht. Du sagst Campbell immer, was er tun soll«, meinte Betsy.

»Das würde ich mich nie trauen. Ich mache nur vorsichtige Vorschläge, wenn ich glaube, dass er in eine falsche Richtung denkt, wenn ein Verbrechen begangen wurde.« Ich berührte Granny Molly am Arm. »Gehen wir nach Hause. Wir müssen reden.« Ich hob meine Augenbrauen und deutete auf die Tür.

»Klingt, als steckst du in Schwierigkeiten.« Betsy lachte herzlich. »Aber ich muss auch langsam zurück. Ich dachte, wir würden nur eine halbe Stunde hier bleiben. Habe gar nicht gemerkt, wie spät es geworden ist.«

Nach vielen Umarmungen und Verabschiedungen schaffte ich es, Granny Molly und Betsy aus dem Pub zu bewegen.

Ich setzte Meatball wieder in den Korb am Lenker des Fahrrads und schob es neben ihnen her, während sie die Straße entlang taumelten, einander stützten und ab und zu anfingen zu singen.

»Ich habe über die Sache mit der Vergiftung nachgedacht«, sagte Betsy. »Wenn du mehr über die Pflanze herausfinden willst, die diese Frau getötet hat, solltest du mit Ray sprechen. Unser Chefgärtner weiß alles über Pflanzen. Er sagt mir immer, was ich nicht pflücken soll, weil es den Wachstumszyklus stört. Er kommt damit durch, weil er ein gutaussehender Kerl ist und ein schelmisches Funkeln in den Augen hat. Wenn du nach Informationen über Greiskraut suchst, ist er der richtige Ansprechpartner.«

Ich nickte. Ich wusste nicht viel über giftige Pflanzen. Ein Experte wäre hilfreich. »Danke, Betsy. Ich werde morgen mit ihm sprechen.«

Wir brachten Betsy zu ihrem winzigen Cottage, dann verabschiedeten wir uns.

»Kannst du zurück zum Schloss laufen?«, fragte ich meine Großmutter. »Wir können ein Taxi rufen.«

»Natürlich. Es macht mir nichts aus, zu Fuß zu gehen. Oder ich kann mich auf den Lenker setzen und wir radeln nach Hause.« Sie lachte und schlang einen Arm um meine Schultern.

»Dann laufen wir.« Ich grinste sie an.

»Du bist doch nicht wütend auf mich, oder?«, fragte sie nach einem Moment.

»Warum denkst du das?«

»Na ja, ich habe gesagt, dass ich in deiner Wohnung bleibe. Die Sache ist: Jetzt, wo ich meine Freiheit wiederhabe, möchte ich die Welt erkunden. Ich habe groß behauptet, dass es mir nichts ausmachte, ins Gefängnis zu gehen, weil ich dort kostenloses Essen und einen sicheren Schlafplatz bekam, aber ...«

Ich nickte. »Du hast immer gesagt, dass es wie ein strenges Ferienlager sei.«

»Das war es auch meistens. Gefängnisse mit minimalen Sicherheitsmaßnahmen sind nicht besonders stressig, aber es ist nichts im Vergleich dazu, frei zu sein und eigene Entscheidungen zu treffen. Heute ist es ein bisschen mit mir durchgegangen. Ich wollte dich nicht in Verlegenheit bringen.«

»Das hast du nicht! Und ich verstehe das. Ich bin nicht wütend auf dich, ich sorge mich nur darum, dass du dich in Schwierigkeiten bringst und deine neugewonnene Freiheit wieder verlierst.«

»Du sorgst dich wohl eher darum, was die Leute von mir denken.« Granny Molly zuckte mit den Schultern und senkte den Kopf. »Betsy wusste nicht einmal, dass ich deine Großmutter bin. Hast du nie jemandem von mir erzählt?«

Ich wandte den Blick ab. »Ich wusste nicht, was ich ihnen sagen sollte.«

»Dass deine alte Granny einen dummen Fehler gemacht hat.«

»Bedeutet das, dass du andere Seiten aufziehst? Kein Diebstahl mehr?«

Sie lachte. »Nein, der Fehler war, dass ich erwischt wurde. Im Gefängnis habe ich mehr gelernt als nur Buchhaltung. Dieser Fehler wird mir ganz sicher nicht noch einmal passieren.«

Ich seufzte. Egal, was ich sagte, Granny Molly würde sich nie ändern. Sie war eine Gaunerin, aber eine liebenswerte.

»Also, ich möchte mehr über deine Fähigkeiten im Aufspüren von Mördern hören«, sagte Granny.

»Es sind keine wirklichen Fähigkeiten. Mir fallen einfach Dinge an den Leuten auf. Und ich stelle gerne Fragen und finde heraus, wie sie ticken.«

»Los, fang ganz von vorne an. Wir sind noch eine Weile unterwegs.«

Ich lächelte. Das stimmte, wenn man bedachte, wie langsam Granny Molly lief.

Während ich über meine Amateurfähigkeiten sprach, spielte ich die Idee mit dem Pflanzengift weiter durch. Ich musste mit Ray sprechen und alles über Greiskraut erfahren. Gleich morgen früh würde ich mich daran machen. Vielleicht würde ich dann herausfinden, wer Connie vergiftet hatte, wie er es getan hatte und warum.

Kapitel 14

Am nächsten Tag war ich früh wach und ging mit Meatball an der frischen Morgenluft spazieren, während die Sonne über die Baumkronen stieg.

Nach den Eskapaden des Vorabends hatte ich Granny ausschlafen lassen. Wahrscheinlich würde sie Kopfschmerzen haben, wenn sie aufwachte.

»Hier entlang, Meatball.« Ich wich von unserem üblichen Pfad ab, der in den Wald führte. Ich wollte Ray suchen und mit ihm über Greiskraut sprechen.

Wir gingen am Zierrosengarten vorbei in die Privatgärten der Familie. Dieser Bereich des Geländes war technisch gesehen für alle außer der Familie tabu, aber es machte der Herzogin nichts aus, wenn Angestellte dort herumliefen und den wunderschönen Garten genossen. Es gab eine Bio-Obstplantage, eine große Wildblumenwiese und eine riesige Fläche, die Lavendel gewidmet war. Es war atemberaubend, wenn alles in Blüte stand und nektarsammelnde Insekten durch die Luft surrten.

Meatball trottete neben mir her und erkundete den Garten, während ich den Steinweg entlangging.

»Guten Morgen«, sagte ich, als ich einen der Gärtner entdeckte, der gerade eine Schubkarre schob.

Er drehte sich um und hob eine Hand.

»Ist Ray schon da?«, fragte ich.

»Drüben beim Pflanzschuppen«, informierte mich der Mann.

Ich nickte zum Dank und ging am Gewächshaus vorbei auf drei große grüne Schuppen zu.

Meatball bellte und stellte seine Ohren auf. Er stürmte durch eine der offenen Türen.

»Komm zurück. Du darfst da nicht rein.« Ich eilte zu dem Schuppen hinüber und zog die Tür weiter auf.

Meatball saß gehorsam vor einem großen Mann, der einen Arbeitsoverall und eine Kappe trug. Ich erkannte ihn sofort. Es war Ray Smith.

Als ich eintrat, sah er von dem Hundeleckerli in seiner Hand auf. »Guten Morgen, Holly. Hört der kleine Racker nicht auf dich?«

»Es wäre nicht das erste Mal. Wenn dieses entschlossene Funkeln in seinen Augen erscheint, habe ich keine Chance mehr.« Ich betrat den Pflanzschuppen und der Geruch von Kompost schlug mir entgegen. »Sieht so aus, als wärt ihr beide Freunde.«

Ray grinste. Er war Anfang fünfzig und sein Gesicht sah aus, als hätte er den Großteil seines Lebens im Freien verbracht. »Das könnte man so sagen. Meatball kommt fast täglich vorbei und verbringt Zeit mit mir.«

»Tut er das?« Ich sah auf Meatball hinunter. Er wedelte mit dem Schwanz. »Das wusste ich gar nicht.«

»Ich habe ihn in seiner Hütte vor der Küche gesehen«, berichtete Ray. »Eines Tages kamen wir ins Gespräch und er ist mir in den Garten gefolgt.«

»Du steckst voller Überraschungen«, sagte ich zu Meatball. »Ich dachte, er schläft einfach, wenn ich in der Küche beschäftigt bin.«

»Ich nehme an, das tut er meistens auch, und im Winter kommt er nicht oft hier raus, aber er wühlt gerne in der Erde, während ich mich um die Pflanzen kümmere. Einmal hat er Ratten gejagt.«

»Und ich sehe, dass er dich dazu gebracht hat, ihn zu füttern«, erkannte ich.

Ray gab Meatball einen Hundekeks. »Er hat mich gut trainiert. Früher hatte ich einen eigenen Hund. Sie war einfach wundervoll. Liebte lange Spaziergänge und saß gerne mit mir im Pub am Feuer.«

»Sie lebt nicht mehr?«

Er streichelte Meatball. »Sie wurde krank. Ich musste sie einschläfern lassen.«

Meine Hand flog an meine Brust und ich drückte sie an mein Herz. »Das tut mir so leid.«

Er senkte den Kopf. »Es hat mich fast zerrissen, als ich sie gehen lassen musste. Ich vermisse es, sie um mich zu haben. Deshalb habe ich Meatball gerne um mich. Es erinnert mich daran, wie schön es ist, einen Hund zu haben.«

»Er scheint gerne hier zu sein«, warf ich ein.

»Das glaube ich auch.« Ray schob seine Kappe zurück. »Ich sehe dich nicht oft in diesem Teil des Gartens. Brauchst du etwas?«

»Ja. Ich habe ein paar Fragen zu einer Pflanze. Ich frage mich, ob du mir helfen kannst.«

»Warum nicht? Interessierst du dich fürs Gärtnern?«

»Nicht deshalb. Ich habe die Hände in der Küche schon voll genug. Allerdings benutze ich oft frische Produkte beim Backen.«

»Und ich verkoste gerne die Kuchen, die du mit diesen Produkten backst«, sagte Ray. »Vor nicht allzu langer Zeit hast du mal Lavendel-Scones gemacht. Ich schaue immer wieder nach, ob es sie wieder im Café gibt.«

Ich grinste. »Dann setze ich sie auf die Liste der Kundenwünsche.«

Er rieb sich die Hände. »Ich werde der Erste in der Schlange sein. Also, welche Pflanze interessiert dich?«

»Greiskraut. Kannst du mir etwas darüber sagen?«

Seine Augenbrauen schossen nach oben. »Das solltest du definitiv nicht zum Kochen benutzen. Es ist giftig.«

»Wächst es hier in der Gegend?«, erkundigte ich mich.

»Sicher. Es lässt sich leicht anbauen. Wir haben viel davon auf dem Gelände, weil es gut für Bienen und andere Bestäuber ist. Aber menschenfreundlich ist es nicht.«

»Es lässt sich leicht anbauen?«

Sein Ausdruck war voller Neugierde. »Jep. Am besten wächst es, wenn man es in Ruhe lässt. Es hasst es, gepflegt zu werden. Greiskraut ist im Grunde hübsches Unkraut. Im Sommer hat es kleine gelbe Blüten. Die meisten Leute reißen es einfach aus und werfen es weg. Das tue ich hier nicht, aber zur Sicherheit achte ich darauf, dass es nicht in den öffentlichen Bereichen wächst. Es ist kein Problem, wenn man nur ab und zu damit in Berührung kommt, aber man sollte nicht jeden Tag mit Greiskraut hantieren.«

»Ist es nur giftig, wenn man es isst?«

»Nein. Man muss Handschuhe tragen, wenn man es anfasst. Es kann durch die Haut aufgenommen werden, aber nicht so, dass es einen wirklich krank macht. Aber es ist besser, auf Nummer sicher zu gehen.«

»Muss die Pflanze frisch sein, damit sie giftig ist?«

Er rieb sich das Kinn. »Nein. Man könnte Greiskraut trocknen und es in Pulverform benutzen. Ich kann mir nicht vorstellen, warum irgendjemand das wollen sollte. Diese Pflanze schmeckt bitter. So konzentriert wäre es ekelhaft.«

Sagen wir, jemand würde regelmäßig in Kontakt mit Greiskraut kommen und es nicht merken. Könnte es sich im Körper aufbauen und denjenigen krank machen?«

Er rieb sich den Nacken. »Auf jeden Fall. Woran denkst du? Hat jemand, den du kennst, mit Greiskraut gearbeitet und ist davon krank geworden?«

»Vielleicht nicht damit gearbeitet.« Ich dachte an all die Kräuter aus dem Garten, die ich beim Backen benutzte. »Könnte derjenige es mit der Zeit in kleinen Dosen aufgenommen haben? Würde das jemanden krank machen?«

»Ja, aber es wäre schwierig anzustellen. Dieses Zeug ist widerlich. Selbst wenn man es in etwas Süßem verstecken würde, könnte man die Bitterkeit wahrscheinlich noch schmecken. Was hat es mit all den Fragen über Greiskraut auf sich?«

»Ich weiß nicht, ob du davon gehört hast, aber auf der Hochzeitsmesse ist jemand gestorben.«

»Davon habe ich gehört. Mein Team spricht von nichts anderem. Sie war eine Hochzeitsplanerin, oder?«

»Connie war Hochzeitsfloristin«, erklärte ich. »Könnte sie Greiskraut mit etwas anderem verwechselt haben? Vielleicht hat sie es in ihren Sträußen benutzt und nicht gemerkt, was es war.«

Ray schüttelte seinen Kopf. »Das kann ich mir nicht vorstellen. Jeder, der sich mit Blumen auskennt, weiß, dass man mit Greiskraut vorsichtig sein muss. Außerdem ist es nicht gerade eine schöne Blume. Man würde es nicht in einem Brautstrauß benutzen. So ein Fehler wäre ihr nicht passiert. Ist diese Frau gestorben, weil sie mit Greiskraut in Berührung kam?«

Ich nickte. »Es ist möglich. Sie hatte eine hohe Konzentration von Pflanzengift in ihrem Körper. Ich bin davon ausgegangen, dass sie mit einer großen Dosis in Kontakt kam, die sie getötet hat. Aber wenn es sich mit der Zeit aufbauen konnte, war sie vielleicht schon eine ganze Weile damit in Berührung.«

Er schnaubte. »Wenn das der Fall war, konnte sie keine erfahrene Floristin gewesen sein.«

»Connie war schon seit Jahren im Geschäft.«

»Wenn das so ist, klingt eine Vergiftung mit Greiskraut nicht nach einem Unfall.«

»Das macht mich auch stutzig. Was sind die Symptome einer Greiskraut-Vergiftung?«

»Ich weiß es nicht aus dem Kopf, aber gib mir einen Moment, ich schaue in meine Bücher.« Ray gab Meatball einen weiteren Hundekeks. Er ging in den hinteren Teil des Schuppens und zog eine dicke Enzyklopädie über Pflanzen heraus, die er auf einen sauberen, wenn auch stark abgenutzten Pflanztisch aus Eiche legte und aufschlug. »Das ist meine Bibel. Wenn ich mal Fragen zu einer Pflanze habe, schaue ich hier nach.«

Ich trat neben ihn und betrachtete die zerfledderten Seiten des Buchs.

Er blätterte durch die Seiten und fuhr mit einem Finger am Text entlang. »Hier ist es. Greiskraut. Zu den Symptomen gehören Bauchschmerzen, Übelkeit, Kopfschmerzen, manchmal eine gelbliche Färbung der Haut. Wenn es unbehandelt bleibt, kann die Person sterben, aber das ist sehr selten.«

»Ich habe Connie herumtaumeln sehen. Ich nahm an, sie hätte getrunken. Ist schlechtes Gleichgewicht ein Nebeneffekt von Greiskraut-Vergiftung?«

»Jep. Das steht hier«, sagte Ray. »Und wenn sie bereits Symptome hatte, weil so viel davon in ihrem Kreislauf war, wäre es schwierig gewesen, sie zu retten. Greiskraut kann die lebenswichtigen Organe schädigen, wenn die Vergiftung unbehandelt bleibt.«

»Das ist gut zu wissen. Danke, Ray. Diese Informationen helfen mir sehr.«

»Gern geschehen. Woher kommt das Interesse? Kanntest du die Frau, die gestorben ist?«

»Nicht gut.«

Er hob sein Kinn und sein warmer Blick wanderte über mich, dann legte sich ein Lächeln auf seine Lippen, als er Meatball ansah. »Löst deine Mama mal wieder ein Rätsel?«

»Wuff, wuff!« Meatball wedelte mit dem Schwanz.

»Wie kommst du darauf?«, fragte ich.

»Ich habe das eine oder andere über dich gehört. Du steckst deine Nase gern in Rätsel«, sagte Ray.

Meine Wangen wurden warm. »Hast du mit Campbell gesprochen?«

Er lachte leise. »Vielleicht habe ich von Campbell etwas über dich gehört.«

»Ich bezweifle, dass er etwas Gutes über mich gesagt hat.«

»Es war nicht alles schlecht. Ich habe kein Problem mit seiner Ernsthaftigkeit. Das ist sein Ding. Der Mann ist eine Maschine. Wenn er glaubt, dass du ihm auf dem

Weg zu seinem Ziel im Weg stehst, bedeutet das Ärger für dich.«

»Er sollte mich nicht so schnell abweisen. Ich habe ihm schon öfter geholfen. Und Campbell ist nicht perfekt.«

»Das sind wir alle nicht. Ich nehme an, du bringst ihn auf den richtigen Weg, wenn er falschliegt.«

»Nur, wenn er besonders stur ist.«

Ray grinste. »Das machst du gut. Jetzt sollte ich besser an die Arbeit gehen, es sei denn, du hast noch mehr Fragen über Greiskraut. Ich muss heute noch zweihundert Pflanzen in die Erde setzen.«

»Nein. Diese Infos könnten sehr hilfreich sein.« Ich dankte ihm noch einmal und lächelte geduldig, als Meatball um einen weiteren Hundekeks bettelte, bevor wir gingen.

»Holly! Was machst du in diesem Teil des Gartens?« Rupert kam lächelnd auf mich zu.

Im Gleichschritt liefen wir an den Rosen vorbei. »Ich habe mit Ray über Greiskraut gesprochen. Die Pflanze, mit der Connie vergiftet wurde.«

»Alice hat mir erzählt, dass sie umgebracht wurde. Das klingt nach einer fiesen Art zu sterben«, sagte Rupert.

»Das finde ich auch. Und ich glaube, sie hatte mit den Nebeneffekten davon zu kämpfen, über einen längeren Zeitraum langsam vergiftet zu werden. Als wir uns kennenlernten, dachte ich, sie hätte nur etwas am Magen, aber wer auch immer ihr Greiskraut verabreicht hat, wollte, dass sie leidet. Ich glaube, das Gift wurde langsam aufgebaut, um sie krankzumachen, ohne sie zu alarmieren. Die Symptome müssen mit der Zeit aufgetreten sein, bis der Mörder beschloss, zuzuschlagen und ihr eine letzte, tödliche Dosis zu geben.«

Rupert verzog das Gesicht. »Wer auch immer es war, derjenige klingt berechnend.«

Ich nickte. »Und derjenige muss regelmäßig in Connies Leben gewesen sein. Man muss ihr das Gift über Monate tröpfchenweise zugefügt haben, um sie langsam krankzumachen.«

Er berührte meinen Arm. »Holly, vielleicht solltest du dich aus diesem Rätsel raushalten. Diese Person ist gefährlich.«

»Ich muss wissen, wer Connie umgebracht hat. Campbell hat jemanden in Gewahrsam, aber ich bin nicht überzeugt, dass sie es getan hat, und er sucht nicht nach anderen Verdächtigen.«

Rupert brummte leise. »Ich habe mir schon gedacht, dass du so etwas sagen würdest. Tja, wenn du Hilfe dabei brauchst, herauszufinden, wer es getan hat, bin ich da. Ich könnte dein Watson sein, Holmes.«

Ich lachte. »Schöne Idee. Besonders, weil ich nicht weiß, was ich als Nächstes tun soll.«

»Dann bin ich der richtige Mann für den Job. Und ich brauche eine Beschäftigung. Ich gehe meinen Eltern aus dem Weg. Und neben meines kurzen Auftritts mit dir auf dem Laufsteg habe ich mich auf der Hochzeitsmesse bedeckt gehalten, damit sie nicht immer davon anfangen, mich verheiraten zu wollen. Lass mich dir bei der Lösung dieses Rätsels helfen. Dann kann ich mich auf etwas Positives konzentrieren.«

»Deine zukünftige Hochzeit ist doch etwas, auf das du dich freuen kannst, statt davor wegzurennen.«

Er brummte wieder. »Das kommt darauf an, wen ich heirate. Außerdem wäre es schön, mehr Zeit miteinander zu verbringen. Alice nimmt dich immer ein.«

Ich wollte sein Angebot gerade annehmen, als ich Campbell vor uns entdeckte, der an einem Busch herumlungerte. Obwohl er uns unmöglich gehört haben konnte, warf er mir tödliche Blicke zu. Wenn ich Rupert in dieses Rätsel hineinzog, würde Campbell mir in den Ohren liegen und mir vorwerfen, die Familie in Gefahr zu bringen.

»Wahrscheinlich ist es keine gute Idee, dass du hilfst«, sagte ich.

»Oh! Aber Alice hilft dir immer. Ich dachte, ein weiteres Paar Augen, das einen Blick auf die Beweise wirft, könnte genau das sein, was du brauchst.«

»Vielleicht ein anderes Mal, Rupert.« Ich blieb stehen und drehte mich zu ihm. »Und vielleicht solltest du auf die Hochzeitsmesse gehen. Vielleicht findest du dort Inspiration.«

Er wurde stutzig. »Inspiration? Du sagst auch, dass ich heiraten soll? Warum wollen alle so sehr, dass ich sesshaft werde?«

»Deine Eltern wollen es. Und es ist keine so schlechte Idee. Ich möchte nicht, dass du allein bist.«

Er schüttelte seinen Kopf. »Ich bin nicht allein. Ich habe meine Familie um mich, und meine Freunde, und ich habe dich.«

Und das war das Problem. Ich mochte Rupert, wir waren Freunde, aber es war nicht schwer zu erkennen, dass mehr als Freundschaft zwischen uns war. Es war einfach ein zu großes Risiko. Was, wenn wir ausgehen würden und es schieflief? Es wäre so unangenehm, im Schloss zu arbeiten und Rupert jeden Tag zu sehen. Und dann war da noch der nicht unbedeutende Aspekt unseres unterschiedlichen sozialen Status. Wir lebten zwar in einer modernen Welt, aber Küchenhilfen fingen nicht einfach etwas mit zukünftigen Besitzern von riesigen Schlössern an, egal, wie süß dieser zukünftige Schlossbesitzer auch war.

»Habe ich etwas Falsches gesagt?«, fragte Rupert. »Ich dachte, du würdest dich über meine Hilfe freuen.«

»Das tue ich, aber in dieses Rätsel solltest du dich lieber nicht einmischen. Es könnte bald sowieso alles vorbei sein, und ich mache mir keine Sorgen.«

Er nagte an seiner Unterlippe. »Da hat Alice etwas anderes gesagt. Sie hat gesagt, dass es auf keinen Fall die Frau sein kann, die die Polizei in Gewahrsam hat. Wenn du meine Hilfe nicht willst, musst du es nur sagen. Ich möchte dir nicht im Weg sein.«

»Nein! Daran liegt es nicht. Es ist nur …« Ich konnte ihm nicht sagen, dass ich keine stärkeren Gefühle für ihn entwickeln wollte. Und das würde ich, wenn wir mehr Zeit miteinander verbrachten. Rupert hatte einfach nichts Schlechtes an sich.

Er seufzte. »Du glaubst, ich wäre dir im Weg. Keine Sorge, ich verstehe schon. Wir sehen uns.« Rupert ging mit hängenden Schultern und den Händen in den Hosentaschen davon.

»Oje«, sagte ich zu Meatball. »Das hätte ich besser lösen können. Du verstehst mich doch, oder?«

»Wuff.« Das klang wie ein eindeutiges Nein.

Ich verdrängte meine Gedanken an Rupert, während ich mit Meatball zu meiner Wohnung zurücklief. Es kam mir so viel einfacher vor, mich mit einem Mord zu beschäftigen, als zu überlegen, wie ich mein Glück mit einem Lord finden konnte.

»Ich werde mich auf das konzentrieren, was ich beeinflussen kann«, murmelte ich.

»Wuff, wuff?« Meatball neigte seinen Kopf von einer Seite zur anderen.

»Wenn dieses Gift über einen längeren Zeitraum verabreicht wurde, könnten die Verdächtigen, mit denen ich gesprochen hatte, etwas damit zu tun haben. Wenn sie regelmäßig Kontakt mit Connie hatten, hätten sie ihr das Gift in kleinen Dosen einflößen können.«

Meatball wedelte zustimmend mit dem Schwanz. Na ja, es könnte Zustimmung sein, oder er dachte an die köstlichen Leckereien, die Ray ihm gegeben hatte.

»Das macht es noch unwahrscheinlicher, dass Tina Connie umgebracht hat. Sie hat sie nicht regelmäßig gesehen. Allerdings klingt es, als hätte sie sie monatelang bedrängt, damit sie zugab, dass sie mit ihrem Ehemann schlief. Aber hätte sie währenddessen die Gelegenheit gehabt, Gift in Connies Essen oder Getränk zu mischen? Das klingt nicht sehr wahrscheinlich, oder?«

»Wuff!«

›Wenn sie auf denselben Hochzeitsmessen waren, hat Belinda Connie ständig gesehen. Und dann ist da noch Bruce. Er war von Connie besessen und ist ihr auf die Hochzeitsmessen gefolgt. Und wir haben Leanna.« Ich schüttelte den Kopf. »Ich muss mir diese Verdächtigen noch einmal ansehen. Einer von ihnen hatte ein ernsthaftes Problem mit Connie, das sie dazu trieb, ihr einen grausamen Tod zuzufügen.«

»Wuff, wuff.«

»Also, konzentrieren wir uns statt komplizierter Hochzeiten lieber auf einen komplizierten Mord.«

Kapitel 15

»Beeil dich mit den Kuchen.« Küchenchef Heston marschierte an meinem Arbeitsplatz in der Küche vorbei, mit einem finsteren Blick und angespannten Schultern.

Wir waren schon den ganzen Tag im Stress. Die Bestellungen hörten einfach nicht auf, und ich musste noch immer meine mittelalterliche Hochzeitstorte fertigstellen. Heute Nachmittag würde sie im Rahmen der Feierlichkeiten im Audley Castle gezeigt werden. Die Torte musste fertig verziert und dekoriert werden. Ich wusste nicht, wie ich das alles unterkriegen sollte, und vor dem Café bildete sich eine ziemlich lange Schlange für den Nachmittagstee.

Ich überflog die nächsten Aufgaben auf meiner To-do-Liste. Kirschscones, Heidelbeertörtchen und Blaubeer-Muffins.

»Mach schon, Holly«, sagte Küchenchef Heston. »Ich brauche vier Dutzend Kirschscones und diese Ingwertörtchen müssen verziert werden.«

»Bin dabei, Chef.« Ich eilte zum Tisch hinüber und nahm mir meinen Spritzbeutel.

Da betrat Campbell die Küche. Granny Molly war bei ihm.

Mein Herz begann zu rasen, als ich sah, dass er sie am Arm festhielt und nicht gerade glücklich dreinblickte, auch wenn das sein normaler Ausdruck war. »Ich habe heute keine Zeit, dir kostenloses Essen zu geben.«

»Ich bin nicht für einen kostenlosen Muffin hier. Diese Frau behauptet, dich zu kennen.« Campbell zeigte auf Granny Molly.

Ich blickte sie an. Ich hatte keine Ahnung, was sie ihm über unsere Verbindung erzählt hatte. »Das stimmt. Gibt es ein Problem?«

»Sie hat Tombolalose auf der Hochzeitsmesse verkauft.«

»Natürlich habe ich das«, erklärte Granny Molly. »Wir haben einen Preis für den Gewinner.«

»Das haben wir noch nie gemacht«, sagte Campbell. »Über eine Tombola wurde ich nicht informiert.«

»Warum solltest du darüber informiert werden?«, fragte ich. »Eine Tombola hat nichts mit der Sicherheit zu tun.«

Er brummte. »Es steht trotzdem nicht auf der Agenda. Und auf den Werbematerialien steht auch nichts von einer Tombola.«

Ich winkte mit meinem Spritzbeutel durch die Luft. »Ist schon gut. Es gibt keinen Grund zur Sorge.«

»Du verbürgst dich für diese Frau?«, fragte Campbell.

Ich holte tief Luft. »Natürlich. Sie tut nichts Falsches. Wahrscheinlich hast du ihr Angst gemacht, indem du sie von der Hochzeitsmesse geschleift hast.«

Seine Augen verengten sich, als würde er merken, dass ich nicht komplett ehrlich war. »Man kann nie vorsichtig genug sein.«

»Da stimme ich zu. Wo du einmal hier bist, hast du Zeit, über Connie zu sprechen?«, fragte ich.

Campbell ließ Granny Mollys Arm los. »Nein, ich habe zu tun.« Er drehte sich um und ging davon.

Granny Molly schüttelte den Kopf und kicherte. »Es fehlt ihm eindeutig an Humor. Egal, was ich gesagt habe, ich konnte ihn nicht davon überzeugen, dass ich wirklich Lose für eine Tombola verkaufe. Erst als ich deinen Namen erwähnte, machte er den Weg frei.«

Ich hob eine Augenbraue. »Verkaufst du wirklich Lose?«

Sie sah über ihre Schulter und eilte dann zu dem Tisch herüber. »Du hast mir gesagt, dass ich niemandes Geldbörse stehlen darf, also dachte ich, ich werde erfinderisch, um etwas Geld zu verdienen.«

Mein Herz machte einen entsetzten Satz. »Granny! Das ist Stehlen. Du verkaufst Lose für eine Tombola, die es nicht gibt. Das ist ein Verbrechen. Wolltest du das Geld behalten, das dir die Leute für diese Lose gezahlt haben? Gibt es überhaupt einen Preis?«

Sie wandte den Blick ab und spielte mit einem Keksausstecher auf der Arbeitsplatte. »Ich kann immer noch eine Flasche Wein besorgen. Was würdest du als Preis nehmen?«

»Du betrügst die Leute. Das ist falsch.« Ich schnaubte. »Hast du Campbell gesagt, dass wir verwandt sind? Sobald er weiß, wer du bist, wird er deine Vergangenheit ausgraben.«

»Ich habe den Mund gehalten. Ich kenne Typen wie ihn. Sie ziehen immer voreilige Schlüsse.«

»Das tut er wirklich oft. Campbell nimmt gerne das Schlimmste von den Leuten an.«

»Keine Sorge. Ich werde deinen Namen nicht beschmutzen, indem ich ihm sage, dass du meine Enkelin bist.«

Ich legte meinen Spritzbeutel ab. Es fühlte sich schrecklich an, unsere Verbindung geheim zu halten. Ich wollte stolz auf meine Großmutter sein und allen von ihr erzählen, aber ... na ja, die Leute urteilten eben schnell.

Sie tätschelte meinen Handrücken. »Hör auf, die Stirn so zu runzeln, sonst bekommst du Falten. Ich wollte keinen Ärger machen. Ich wollte etwas Geld verdienen, um uns etwas Leckeres zum Abendessen zu kaufen. Du sollst mich nicht als Last empfinden.«

»Das bist du nicht! Ich habe dich gerne hier. Aber bitte hör auf, die Leute um ihr Geld zu betrügen.«

Sie stieß ein tiefes Seufzen aus. »Vielleicht sollte ich Betsys Angebot mit dem Putzjob im Schloss annehmen.«

»Nein! Ich glaube nicht, dass dir das gefallen würde.«

Ihr Blick war gerissen. »Ich weiß, was du denkst. Das Schloss ist voller Schätze, und vielleicht beschließe ich, mich mit ein paar davon aus dem Staub zu machen.«

Ich senkte den Kopf. Diesen Gedanken hatte ich tatsächlich gehabt.

»Du musst es nicht erklären. Und wenn sie meinen Hintergrund überprüfen, würden sie natürlich herausfinden, dass ich gerade erst freigekommen bin. Nicht, dass es wichtig wäre. Ich kann mir nicht vorstellen, auf Händen und Knien herumzukriechen und die Bodenfliesen zu schrubben. Ich habe mich immer in einem glamouröseren Beruf gesehen, einem, bei dem man Diamanten trägt und viel Champagner trinkt.«

»Ich möchte glauben, dass du dich geändert hast. Aber die Geldbörsen und jetzt die Tombola ...« Ich spürte, wie sich ein Gewicht auf meine Schultern legte. Ich würde ihr nicht den Rücken kehren, sie gehörte zur Familie.

»Ich bin zu alt, um mich zu ändern. Und ich will es auch nicht. Ich möchte den Putzjob nicht. Die Audleys sind vor mir sicher. Allerdings sind es einige ihrer antiken Vasen vielleicht nicht.« Sie wackelte mit den Augenbrauen.

Ich machte »Psst« und blickte mich um, um sicherzugehen, dass sie niemand gehört hatte. »Darüber darfst du nicht mal scherzen. Wenn dich ein Mitglied von Campbells Sicherheitsteam hört, bekommst du Probleme.«

»Mr. Unlustig kann von mir aus von einer Klippe springen.« Sie packte mich am Arm. »Ich hoffe, du hast kein Auge auf ihn geworfen.«

Ich ließ beinahe meinen Spritzbeutel fallen. »Campbell ist nicht mein Typ, das verspreche ich dir.«

»Du könntest seiner sein. Er sieht dich komisch an.«

»Wahrscheinlich, weil er mich am liebsten erwürgen will. Wenn ich mich in die Mysterien des Schlosses einmische, versucht er immer, mich rauszuhalten. Und meistens versagt er dabei.«

Sie kicherte. »Ich kann mir vorstellen, dass er es hasst, von so einem kleinen Ding aufgemischt zu werden. Aber bei all diesen Morden und schlimmen Taten musst du auf dich aufpassen.«

Ich hatte absichtlich nicht erwähnt, dass es vor Kurzem fast einen Zwischenfall mit meinem Arm und einem scharfen Buttermesser gegeben hatte. Granny würde sich nur sorgen. »Ich bin immer vorsichtig. Du musst dir keine Sorgen machen.«

»Du bist meine Lieblingsenkelin. Natürlich sorge ich mich.«

»Ich bin deine einzige Enkelin.«

»Was dich nur noch kostbarer macht. Mir gefällt der Gedanke nicht, dass du dich in Schwierigkeiten bringst.«

»Wie du, meinst du?« Ich biss mir auf die Lippe. Diese Worte klangen härter, als ich es beabsichtigt hatte, aber ich war wütend auf Granny.

Sie winkte ab. »Du bist hundertmal besser als ich.«

»Das ist nicht wahr. Du bist toll. Du hast eine echt schwere Zeit gehabt, mit—«

»Nein! Wir sprechen seinen Namen nicht aus. Ich trage die Verantwortung für mein eigenes Handeln.«

»Aber wenn er dein Geld nicht gestohlen hätte, würdest du nicht in dieser Situation stecken.«

Sie schürzte die Lippen. »Das steht nicht zur Debatte. Ich gehe meinen eigenen Weg. Ich war die Törichte, die sich von einem gutaussehenden Mann den Kopf verdrehen ließ. Daraus habe ich meine Lehre gezogen. Männer haben keine Macht über mich. Ich werde nicht noch einmal auf so etwas hereinfallen.«

»Da bin ich sicher. Und wenn du dich schwertust, genug Geld zu verdienen, gebe ich dir gerne etwas. Ich habe ein bisschen gespart. Damit mache ich eigentlich nichts, ich weiß nicht einmal, wofür ich es gespart habe.«

Granny Molly schüttelte den Kopf. »Ich nehme kein Geld von dir an. Ich fühle mich schon schlecht genug, weil ich bei dir wohne. Deshalb wollte ich heute Abend kochen. Ich wollte dir zeigen, wie sehr ich dich schätze. Behalte dein Geld. Ich lasse mir schon etwas einfallen.«

Ich gab ihr eine feste Umarmung. »Was machst du mit dem Geld von den Losen für die Tombola? Du weißt, dass du es nicht behalten kannst.«

Sie schlang ihre Arme um mich. »Darf ich es sicher nicht behalten? Nur dieses eine Mal? Ich habe eine Menge verdient. Wir könnten heute Abend Steak essen, wenn du möchtest.«

»Kein Steak. In der Küche bleibt immer etwas übrig. Ich bringe heute Abend etwas mit.«

Sie seufzte und küsste mich auf die Wange. »Ich habe einen Flyer von einem Tierheim in der Nähe gesehen. Dorthin könnte ich das Geld spenden. So wird meine schlechte Tat ausgeglichen, weil ich mit dem Geld etwas Gutes tue.«

»Ich weiß nicht, ob die Polizei deiner Meinung wäre. Kannst du das Geld an die Leute zurückgeben, die die Lose gekauft haben?«

»Auf keinen Fall. Dafür würde ich verhaftet werden. Nein, ich werde es so machen. Den ungeliebten Tieren etwas Gutes tun.« Sie trat zurück und ließ ihren Blick durch die Küche schweifen. »Also, wobei kann ich dir hier helfen?«

»Bei nichts. Küchenchef Heston ist streng. Tatsächlich bin ich überrascht, dass er noch nicht hier rübergekommen ist, um mich anzuschreien, weil ich einen Gast hier habe, während ich Arbeite.«

»Wenn er mich anschreit, werde ich zurückschreien. Es bringt nichts, laut zu werden.«

»Für Küchenchef Heston schon. Aber das Essen, das er zaubert, ist großartig. Ich habe eine Menge von ihm gelernt.«

»Hoffentlich hast du nicht gelernt, zu schreien, um zu bekommen, was du willst.«

Ich lachte, bevor ich mich schnell noch einmal umsah. »Definitiv nicht. Aber da er gerade im Café sein muss oder etwas für die Familie erledigt, warum hilfst du mir nicht bei der Hochzeitstorte? Ich muss ihr den letzten Schliff verleihen, bevor sie präsentiert wird. Weißt du noch, wie man Zuckerwatte macht?«

»Natürlich. Falls du es vergessen hast: Ich habe dir gezeigt, wie man das macht.«

Ich neigte den Kopf. »So habe ich das nicht in Erinnerung. Der Topf ist in Flammen aufgegangen, als du mir mal gezeigt hast, wie man Zuckerwatte macht.«

Sie schnaubte ein ungläubiges Lachen. »Dann stimmt etwas mit deinem Gedächtnis nicht.«

»Wie wäre es, wenn ich die Watte mache und du sie auf die Torte legst?«

»Nur, wenn du sicher bist, dass ich es nicht versaue.« Sie verschränkte die Arme über der Brust.

»Ich vertraue dir.« Und das tat ich. Ich wusste, dass sie niemals etwas tun würde, um mir zu schaden.

Sie zwinkerte mir zu. »Dann fangen wir mal an, zu dekorieren.«

Eine Stunde später stand ich vor meiner mittelalterlichen Hochzeitstorte und bewunderte sie. Fünf Schichten waren mit weißer Creme bestrichen und mit essbaren Strängen aus farbiger Glasur und Zucker mit einem Waldmotiv umrandet. Ich hatte essbare Beeren mit Zuckerguss überzogen, bevor ich sie zwischen das Blattwerk geklebt hatte. Auf der obersten Schicht der Torte thronte eine winzige essbare Nachbildung des Familienwappens: zwei sich kreuzende Schwerter vor einer gepanzerten Faust. Sie war mit einer dünnen Wolke aus Zuckerwatte bedeckt.

»Sieht sehr nach Game of Thrones aus«, sagte Granny.

»Ist es nicht zu viel?«

Sie legte einen Arm um meine Schultern. »Es ist perfekt. Du hast wirklich Talent. Du hast so hart gearbeitet, um deine Zertifizierungen zu bekommen. Ich freue mich, dass du sie so gut einsetzt.«

»Wer ist diese Frau?« Küchenchef Heston stampfte auf uns zu und musterte Granny Molly.

Ich sah sie an. Ich hatte es satt, unsere Verwandtschaft geheim zu halten. »Das ist meine Großmutter. Sie wohnt für eine Weile bei mir. Sie kam, um sich die Torte anzusehen, die ich kreiert habe. Tatsächlich hat sie mir mit der Zuckerwatte geholfen. Als Kind habe ich einige meiner Backtechniken von ihr gelernt.«

Küchenchef Hestons Augen verengten sich. »Sie sollte nicht hier sein.«

»So heißt man niemanden willkommen.« Granny Molly streckte ihre Hand aus, und Küchenchef Heston schüttelte sie widerwillig. »So ist es besser. Manieren machen einen Mann aus.«

Er brummte und richtete seine Aufmerksamkeit auf die Torte. »Wird es nicht Zeit, sie ins Zelt zu bringen?«

»Das wollte ich gerade tun. Granny, würdest du mir helfen?«

Küchenchef Heston öffnete seinen Mund, dann klappte er ihn wieder zu und schüttelte den Kopf. »Beeilt euch einfach. Der Herzog und die Herzogin werden bald kommen, um sich ein letztes Mal auf der Messe umzusehen. Sie werden eine Torte erwarten.«

Granny Molly atmete scharf ein, als wollte sie Küchenchef Heston Beleidigungen an den Kopf werfen wollen. Ich packte ihren Arm und drückte ihn, wobei ich ihr einen warnenden Blick zuwarf.

Sie presste ihre Lippen aufeinander, funkelte jedoch Küchenchef Hestons Rücken an, während er davonging. »Dem muss man mal ordentlich den Hintern versohlen.«

Ich unterdrückte ein Lachen. »Ich werde es ihm vorschlagen, wenn er mich das nächste Mal anschreit, was meinst du?«

»Es ist mir egal, wie gut er als Küchenchef ist. Deine Torte ist unglaublich und er hat dir kein einziges Kompliment gemacht.«

»Er hat viel zu tun. Und er lässt sich schnell stressen. Er drückt seine Wertschätzung auf andere Weise aus.«

»Hoffentlich, indem er dir eine dicke, fette Gehaltserhöhung gibt.«

Ich nickte. Es war nicht unüblich, am Ende des Monats einen Bonus in meiner Lohntüte zu finden, wenn ich hart an einem Projekt gearbeitet hatte. »Laden wir die Torte auf einen Wagen und fahren wir in ins Zelt.«

Granny half mir dabei, die Torte hochzuheben, und wir fuhren sie langsam nach draußen. Sie stand im Mittelpunkt der Auslage von Audley Castle ein, und es dauerte nicht lange, bis sich eine kleine Menschenmenge gebildet hatte, die die Gestaltung und die Schönheit kommentierte.

Ich genoss ihr Lob. All die harte Arbeit hatte sich gelohnt.

»Was haben wir denn hier?« Bruce Osman schlenderte zu uns herüber und beäugte die Torte. »Das ist ein ungewöhnliches Design. Ich hatte fast erwartet, dass ein Drache seinen Kopf in der Mitte herausstreckt.«

»Holly hat ihn gemacht«, sagte Granny Molly mit einem stolzen Ausdruck auf dem Gesicht. »Sie ist so clever.«

Bruce zuckte mit den Achseln. »Ich verstehe nicht viel von Torten, aber ich weiß einiges über Wein.«

»Ich mag sowohl Wein als auch Torte«, kommentierte Granny Molly mit funkelnden Augen.

Er schenkte ihr ein breites Lächeln. »Eine so schöne Frau wie Sie muss schon eine Fülle reifer Köstlichkeiten probiert haben.«

Sie grinste. »Natürlich. Haben Sie mir etwas anzubieten?«

Ich unterdrückte ein Stöhnen. Wie konnte Granny Bruce für charmant halten?

»Lassen Sie mich Sie zu einem Glas Claret verführen, als Geschenk von Osman Vineyard«, säuselte Bruce.

Granny klimperte mit ihren Wimpern. »Dazu würde ich nicht Nein sagen. Was meinst du, Holly? Du brauchst nach all deiner harten Arbeit sicher eine Erfrischung.«

»Für mich nichts.« Meine Aufmerksamkeit wurde auf einen Stand gelenkt, auf dem *Zoe Rossini, Hochzeitsplanerin der Stars* stand.

Meine Arbeit in der Küche hatte mich abgelenkt, aber ich musste weitere Verdächtige befragen. Wer auch immer Connie vergiftet hatte, hielt sich wahrscheinlich immer noch auf der Hochzeitsmesse auf.

»Ich werde den Wein dieses attraktiven Mannes probieren«, sagte Granny.

»Das ist zu liebenswürdig von Ihnen, Mrs. ...«

»Ms. Ich bin nicht verheiratet. Sie können mich Molly nennen.«

»Nun, charmante Molly, lassen Sie mich Ihnen meine Ware zeigen.«

»Benimm dich«, murmelte ich ihr zu.

Sie kicherte. »Das tue ich doch immer. Wir sehen uns später in der Wohnung.« Granny stolzierte davon, wobei ihre Hand Bruces Arm umklammerte.

Ich schüttelte meinen Kopf. Sie hatte noch immer eine Schwäche für Schwätzer, egal, was sie mir sagte.

Ich kontrollierte noch einmal die Torte, dann ging ich zum Stand von Zoe Rossini, um mich mit ihr zu unterhalten. Vielleicht konnte sie aufklären, was mit Connie passiert war und wer ihren Tod gewollt hatte.

Kapitel 16

»Wann findet Ihr großer Tag statt?« Zoe war schlank, hübsch und hatte lange blonde Locken, die um ihr herzförmiges Gesicht frisiert waren.

»Mein großer Tag?« Ich starrte sie an.

»Ihr Hochzeitstag.« Sie kicherte, während sie das Tablett abstellte. »Einige Bräute planen ihn drei Jahre im Voraus.«

»Oh! Nein, ich heirate nicht.«

Sie neigte den Kopf zur Seite. »Sind Sie Brautjungfer? Ein wenig Recherche für die Braut?«

»Nicht ganz. Ich bin wegen Connie Barber hier. Wissen Sie, was mit ihr passiert ist?«

Zoes Miene verfinsterte sich und ihre Augen glänzten. »Natürlich. Waren Sie Freundinnen? Ich glaube, wir kennen uns noch nicht. Connie und ich verloren vor einer Weile den Kontakt.«

»Ich traf Connie kurz vor ihrem Tod. Ich arbeite quasi für das Sicherheitsteam des Schlosses. Wir haben ernsthafte Bedenken darüber, was mit ihr passiert ist.«

Ihre volle Unterlippe schob sich nach vorne. »Ich habe das Gerücht gehört, dass ihr Tod kein Unfall war. Wie schrecklich. Wir hatten unsere Probleme, aber ich dachte, wir würden uns irgendwann wieder vertragen. Wir waren jahrelang Freundinnen. Florally Forever gründeten wir zusammen, als wir kaum aus dem Teenageralter raus waren.«

»Sie sind zusammen zur Schule gegangen?«

Sie seufzte und rückte die Broschüren zurecht, die am Stand auslagen. »Ganz richtig. Connie hat mich eines Tages gerettet, als ich gehänselt wurde. Das gemeine Mädchen zog mir an den Haaren und hätte mich beinahe umgeworfen. Connie hielt sie auf, indem sie ihr Pausenbrot in einen Busch warf. Ich dachte, wir würden für immer Freundinnen sein.«

»Was hat sich verändert?«

»Das Geschäft begann zu florieren.«

Ich nickte. »Von einer der anderen Floristinnen weiß ich, dass Sie ein paar Probleme hatten. Darf ich fragen, was für welche?«

Zoe wuschelte sich durch das Haar. »Ich versuche, nicht verbittert darüber zu sein. Connie war der Kopf des Ganzen. Ich war definitiv die Optik.«

»Das kann nicht stimmen.«

Ihre blauen Augen verengten sich. »Wollen Sie sagen, dass ich nicht hübsch bin?«

»Ich, ähm, nein. Ich meine, Sie sind sehr hübsch.«

»Danke. Es ist wichtig, sich von seiner besten Seite zu zeigen.« Ihr Blick wanderte über mich. »Ist das Mehl auf Ihrer Hose?«

Ich sah an mir herunter und wischte mir das weiße Mehl von den Beinen. »Berufsrisiko.«

»Warum sind Sie voller Mehl, wenn Sie beim Sicherheitsdienst arbeiten?«

»Oh! Das ist kein Mehl. Es ist ... Fingerabdruckpulver. Ja, das benutzen wir, um Fingerabdrücke zu nehmen.«

»Das habe ich im Fernsehen gesehen. Ich dachte, das würden sie nur zeigen, um es spannend zu machen. Sie benutzen es wirklich?«

»Wir alle haben einzigartige Fingerabdrücke. Wenn die Fingerabdrücke am Tatort einen Treffer in der Datenbank ergeben, kann man einen Kriminellen auf diese Weise schnappen.«

Ihre Augen weiteten sich. »Wissenschaft ist großartig und ich verstehe nichts davon. Ich bleibe bei Hochzeitsplanung. Außerdem mache ich meine eigenen

Pralinen. Nicht zum Verkaufen, ich verschenke sie nur an meine Kunden. So konnte ich einen Stand im Zelt für Speisen und Getränke ergattern. Hier drin ist es viel spaßiger und ich habe weniger Konkurrenz von den anderen Hochzeitsplanern. Einige dieser Frauen sind skrupellos, wenn es darum geht, einander Kunden zu stehlen.«

»Das habe ich schon gehört. Als Sie und Connie getrennte Wege gegangen seid, warum wollten Sie da kein neues Geschäft für Blumen aufbauen?«

»Die Blumen sind so hübsch, aber ich bin allergisch. Und ich liebe es zwar, Blumen zu bekommen, aber ich mag die laufende Nase und die roten Augen nicht. Als ich mit Connie zusammengearbeitet habe, hat sie sich um die Blumen, die Bücher, die Administration und den größten Teil des Geschäftlichen gekümmert. Ich habe die Vermarktung gemacht. Connie hatte wirklich ein Auge dafür, tolle Blumensträuße zu binden.«

»Das klingt, als hätte sie viel zu tun gehabt.«

»Connie hat nie stillgestanden. Ich habe ihr immer gesagt, dass sie sich nicht so stressen soll. Am Ende klären sich die Dinge immer von selbst.« Sie lächelte und inspizierte ihre perfekten pinkfarbenen Nägel.

Ich konnte verstehen, warum Connie beschlossen hatte, nicht mehr mit Zoe zusammenzuarbeiten. »Warum hat der Erfolg von Florally Forever Ihre Beziehung verändert?«

Zoe seufzte. »Ich sage das nur, weil es die Wahrheit ist. Meine Mutter hat mir immer gesagt, dass ich nicht lügen soll. Connie hat mich betrogen.«

»Was hat sie getan?«

Sie sah sich um. »Das sollte ich nicht sagen. Es ist nicht nett, schlecht über eine Tote zu sprechen.«

»Wenn es die Wahrheit ist, ist nichts dabei, darüber zu sprechen.«

»Da haben Sie wohl recht.« Sie zwirbelte eine Haarsträhne um einen Finger. »Ich habe meine Hälfte des Geschäfts an sie verloren.«

»Verloren?«

»Connie hat mich ausgetrickst.«

»Das muss sie sehr wütend gemacht haben.«

»Für eine Weile war ich fuchsteufelswild. Ich wollte sie ohrfeigen. Nein. Ich wollte ihr die Haarverlängerung herausreißen, auch wenn sie keine hatte. Ich wollte ihren liebsten Designer-Anzug zerschneiden. Sie hat alles zwischen uns ruiniert.«

Zoe hatte eine bitterböse Seite an sich. Eine Seite, die möglicherweise herausgekommen war, als sie beschlossen hatte, Connie zu vergiften. »Ich würde gerne wissen, wie sie Sie ausgetrickst hat.«

»Ich habe das Geschäft auf sie überschrieben, ohne zu wissen, was ich tat. Eines Abends haben wir etwas getrunken und über die nächsten Schritte geplaudert. Sie hat ein paar Dokumente hervorgezogen und gesagt, dass ich sie unterschreiben muss. Das habe ich nicht in Frage gestellt. Wie gesagt, sie war die Schlaue. Ich habe unterzeichnet, ohne nachzudenken. Im nächsten Moment hatte Connie Geld auf mein Konto überwiesen und mir eine Notiz hinterlassen, dass ich bis zum Ende der Woche raus sein sollte. Sie hat mich gefeuert!«

»Sie hat Sie ausgezahlt?«

»Für einen Bruchteil von dem, was das Unternehmen aufgrund des zukünftigen Einkommens wert war.«

»Ich kann lesen, wie viele Nullen am Ende einer großen Zahl stehen. Und sie hat auch den Namen behalten. Ich liebte diesen Namen. Florally Forever war meine Idee, aber Connie sagte, dass man eine Idee nicht urheberrechtlich schützen kann.«

»Verbinden die Kunden Florally Forever mit Exzellenz?«

»Es hat einen hervorragenden Ruf, wenn es um umwerfende Gestecke geht. Und so gemein Connie auch war, ich kann nicht bestreiten, dass sie ein Talent dafür hatte, einzigartige Sträuße zu kreieren. Florally Forever lief wirklich gut. Connie wurde gierig. Sie sagte, ich sei nicht kosteneffizient und eine Last. Sie sagte mir, ich hätte keine Rolle im Unternehmen und hat Werbung und PR an eine Firma in Übersee ausgelagert. Wie kann man Freundschaft nur einen Preis geben?«

Connies Verhalten war schonungslos, selbst wenn Zoe nur eine Last gewesen war. Und es gab Zoe einen guten Grund, Connie tot sehen zu wollen.

»Haben Sie auch mal mit den Pflanzen und Blumen gearbeitet?«, fragte ich.

»Nur, wenn ich keine andere Wahl hatte. Manchmal hatten wir so viel zu tun, dass ich aushelfen musste.«

»Sie müssen bei der Arbeit mit Connie viel über Pflanzen gelernt haben.«

»Ich weiß ein bisschen. Manchmal habe ich die Blumenbestellungen abgeholt. Bis ich den Lieferwagen zu Schrott gefahren habe. Connie hat mir immer gesagt, dass ich nicht in meinen High Heels fahren soll, aber was sollte ich denn machen? In hohen Schuhen sehen meine Beine dünner aus. Da der Wagen kaputt war, sagte sie mir, ich sollte mich nur noch auf das Design der Poster konzentrieren.«

»Hat Sie Ihnen mal etwas über gefährliche Pflanzen beigebracht?«

»Gefährliche Pflanzen? Venusfliegenfallen und so etwas?«

»Nein, ich dachte an Pflanzen, die giftig für Menschen sind. Die Art von Blumen, die man nicht in Sträußen verwendet.«

»Davon habe ich keine Ahnung. Warum fragen Sie?«

»Die Polizei untersucht die Möglichkeit, dass Connie vergiftet wurde.«

Zoe machte große Augen. »Womit?«

»Mit einem Giftstoff, der in Pflanzen vorkommt.«

Sie keuchte. »Nein, das kann ich nicht glauben. Wurde sie wirklich vergiftet?«

»So scheint es.«

»Oh mein Gott! Warum? Wissen sie, wer es getan hat?«

»Noch nicht. Fällt Ihnen irgendjemand ein, der sie tot sehen wollte?«

»Sie meinen, abgesehen von mir?« Sie kicherte. »Tut mir leid, ich sage immer die dümmsten Dinge, wenn ich nervös bin. Ist die Polizei absolut sicher, dass es kein Unfall war?«

»Es war Mord.«

»Davon bekomme ich Gänsehaut.« Sie rieb ihre Hände über die Arme. »Haben Sie schon mit Leanna gesprochen?«

»Mit Connies Assistentin? Das habe ich.«

Zoe zog ihre Augenbrauen hoch. »Wenn ich diesen Fall als Mord untersuchen würde, würde ich mir sie vornehmen.«

»Leanna hatte ein Problem mit Connie?«

»Das muss sie. Connie hat Leanna schikaniert. Ich habe es gesehen. Sie schnauzte sie immer an und kommandierte sie herum. Das hat sie auch mit mir gemacht, als wir zusammenarbeiteten. Das gefiel mir gar nicht. Ich machte mir Sorgen um Leanna und fragte sie danach. Sie tat es ab und sagte, es sei nichts, aber ich war mir da nicht so sicher. Sie ist so jung. Sicher ist sie leicht zu manipulieren. Und ich glaube nicht, dass Connie sie gut bezahlt hat.«

»Sie glauben, sie hat Leannas Lernbereitschaft ausgenutzt?«

»Connie war eine gewiefte Geschäftsfrau. Sie war immer auf der Suche nach Möglichkeiten, Ballast loszuwerden. Das hat sie immer gesagt. Als sie es zum ersten Mal sagte, dachte ich, sie wolle andeuten, dass ich abnehmen müsste.«

Ich hielt meinen Gesichtsausdruck neutral. »Wissen Sie noch, wo Sie waren, als Connies Leiche gefunden wurde?«

Zoes Blick richtete sich auf Bruce, der unverhohlen mit meiner Großmutter flirtete. »Ich war bei einem ... Freund.«

»Hat Ihr Freund einen Namen?«

Sie kicherte wieder. »Das tut er. Bruce. Er ist so attraktiv, älter als ich und er führt sein eigenes Unternehmen. Er ist der perfekte Mann.«

»Bruce hatte auch Interesse an Connie, oder nicht?«

Das Lächeln wich von Zoes Gesicht. »Nicht mehr. Wir haben seinen Sekt probiert, als wir von Connies Tod hörten.«

Das bestätigte, was Bruce mir gesagt hatte. »Haben Sie und Connie immer auf denselben Hochzeitsmessen ausgestellt?«

»Ja, meistens schon. Warum fragen Sie?«

»Nach allem, was zwischen Ihnen passiert ist, muss schwierig gewesen sein, sie zu sehen. Haben Sie sie mal kontaktiert? Um zu versuchen, sich zu vertragen?« Mein Blick richtete sich auf ihre selbstgemachten Pralinen. »Vielleicht haben Sie ihr etwas von ihren Süßigkeiten gegeben?«

»Nein. Sie war nicht daran interessiert, sich zu vertragen.« Zoe trat von einem Fuß auf den anderen. »Ich habe mich oft unwohl gefühlt, aber wir waren schon seit Jahren auf denselben Messen unterwegs. Ich wollte nicht aufhören, an lukrativen Messen teilzunehmen, nur weil sie auch dort war und mich von der Seite angrinste und versuchte, die Konkurrenz zu unterbieten.«

Ein erstickter, hoher Schrei einer Frau ließ mich herumwirbeln. Campbell und ein Mitglied seines Sicherheitsteams, Kace, rannten durch das Zelt.

Meine Augen weiteten sich. Sie jagten Tina. Wie war sie überhaupt hergekommen?

Tina schrie noch einmal und hob ihren Arm.

Mein Magen machte einen Salto und alles verblasste. Alles, was ich sehen konnte, war der Benzinkanister in Tinas Hand. Sie goss ihn hinter sich aus.

Zoe kreischte und duckte sich hinter die Theke. »Ich dachte, sie sei der Hochzeitsmesse verwiesen worden.«

Ich zuckte zusammen, als Campbell Tina zu Boden warf. Sie kam mit dem Gesicht auf und der Benzinkanister flog ihr aus der Hand.

Kace hob ihn auf und stellte sich neben sie, während Campbell sie fixierte.

»Sie kennen Tina?«, fragte ich Zoe.

Langsam stand sie auf, die geweiteten Augen auf das Geschehen gerichtet. »Leider ja. Sie hat Connie ständig belästigt. Connie hat mit ihrem Mann geschlafen, also kann ich es ihr nicht verübeln.«

Tina kreischte und lenkte meine Aufmerksamkeit wieder auf sich. »Lassen Sie mich gehen!«

»Beruhigen Sie sich«, sagte Campbell.

Tina wand sich in seinem Griff, kam aber nicht frei.

»Bleiben Sie hier«, wies ich Zoe an. Ich eilte zu Campbell hinüber. »Was ist passiert? Ich dachte, Tina sei in Gewahrsam.«

Er sah zu mir hoch und verdrehte die Augen. »Du hast doch Augen.«

»Du hast sie gehenlassen?«

»So sieht es aus. Ohne Beweise konnte ich sie nicht weiter festhalten.« Campbell umfasste ihren Arm fester. »Ich habe einen Fehler gemacht, als ich sie freigelassen habe.«

»Ich bin es, die einen Fehler gemacht hat«, sagte Tina. »Ich bin froh, dass Connie tot ist. Sie war eine männerstehlende Hexe. Ich möchte ihrem Mörder die Hand schütteln.«

»Sie waren es nicht?«, fragte ich.

»Holly! Nicht jetzt«, blaffte Campbell.

»Ich wünschte, ich wäre es gewesen.« Tina drehte den Kopf und starrte zu mir hinauf. »Wahrscheinlich war es eine weitere betrogene Ehefrau, die es nicht mehr aushielt.«

»Tina Kennon, ich verhafte sie erneut wegen versuchter Zerstörung von öffentlichem Eigentum, versuchter Brandstiftung und versuchtem Totschlag.«

Tina rutschte auf dem Bauch herum. »Runter von mir! Connie hatte keine Moral. Sie ging über Leichen, um zu bekommen, was sie wollte. Ich habe der Welt einen Gefallen getan, indem ich ihr nachging.«

»Das klingt wie ein Geständnis«, sagte Campbell.

»Klappe«, zischte Tina. »Sie sind nicht die Polizei. Sie können mich nicht festhalten. Das ist Körperverletzung.«

»Falsch. Das kann ich. Sie unterliegen den Vorschriften von Audley Castle.«

»Das ist doch ein Scherz. Lassen. Sie. Mich. Los!«

Campbell rührte sich nicht, während Tina sich weiter wand und Beleidigungen brüllte.

»Es gehören immer zwei dazu.« Zoe erschien neben mir und blickte auf Tina hinunter. »Dein Ehemann hätte auch Nein sagen können, als Connie sich an ihn heranmachte.«

Tina kreischte wieder. »Zieh ab, Barbie. Ich weiß nicht, wieso du Connie immer verteidigst. Sie hat dich weggeworfen wie einen schimmligen Schwamm, als du ihr im Weg warst. Und ich wette, du hast sie gedeckt, als sie sich mit meinem Mann vergnügt hat. Du hast immer nach ihrer Pfeife getanzt und dich ihren Forderungen gebeugt, als sei sie die verdammte Königin von England.«

Zoes Kopf zuckte zurück. »Das habe ich nicht! Wenn du deinen Mann nicht halten konntest, ist das dein Problem. Du solltest dir mal ein Umstyling verpassen lassen, deine krausen Haare in den Griff kriegen und diese grässlichen Augenbrauen zupfen. Damit siehst du aus wie ein Mann:«

»Holly, das kann ich wirklich nicht gebrauchen.« Campbell deutete auf Zoe. »Ich versuche, diese Sache unter Kontrolle zu bringen, bevor das Zelt in Flammen aufgeht.«

Ich hatte Dutzende Fragen, aber es versammelte sich eine wachsende Menschenmenge im Zelt, die sehen wollte, was vor sich ging.

Ich packte Zoes Ellbogen. »Wir sollten hier verschwinden und das Sicherheitsteam ihren Job machen lassen.«

Zoe warf Tina noch einen bösen Blick zu, bevor sie sich umdrehte und mit mir davonging. »Vergessen Sie, was ich über Leanna gesagt habe, Tina ist das echte Problem. Ich war zwar kein Teil von Florally Forever mehr, als sie anfing, aufzutauchen, aber ich wusste, dass sie Probleme machte. Ich habe mehrmals gesehen, wie Connie und Tina aneinandergerieten. Einmal habe ich Connie gefragt, was los ist, aber sie wollte sich mir nicht anvertrauen. Aber das musste sie auch nicht. Tina hat so laut geschrien, dass wir alle von der Untreue erfuhren.«

»Und es sieht so aus, als sei sie trotz Connies Tod noch immer nicht fertig mit ihrem Rachefeldzug. Sie muss alles zerstören wollen, was sie hatte.« Der strenge Geruch von Benzin lag in der Luft.

Zoe blickte sich um. »Sie hat den Verstand verloren. Connies Stand ist nicht einmal hier. Tina ist ins falsche Zelt gekommen. Ich hoffe, die Polizei sperrt sie ein und wirft den Schlüssel weg.«

Wir sahen zu, wie Campbell Tina abführte. Kace kümmerte sich um das Benzin auf dem Boden und sperrte es ab, damit niemand hindurchlief.

Meine Gedanken überschlugen sich, während ich die Ereignisse noch einmal durchging. Tina hatte es sich zum Ziel gesetzt, alles zu zerstören, was Connie hatte. Hätte sie einen Weg finden können, sie zu vergiften? Vielleicht hatte sie ihr mit Greiskraut versetztes Essen geschickt. Das wäre schwierig, aber nicht unmöglich gewesen. Sie war wild entschlossen, alles zu ruinieren, was Connie aufgebaut hatte, ungeachtet der Konsequenzen.

»Alles in Ordnung?«, fragte Zoe. »Sie sehen aus, als hätten Sie ... Verstopfungen.«

Ich fing an zu lachen. »Das ist mein nachdenkliches Gesicht. Mir geht's gut.«

»Das war wirklich eine ereignisreiche Hochzeitsmesse«, kommentierte Zoe. »Ich bin froh, wenn sie vorbei ist. Werden Sie Tina befragen, jetzt, wo sie verhaftet wurde? Ist das auch Teil Ihres Jobs?«

Ich wünschte es. »Das überlasse ich Campbell. Er hat seine Wege, um die Leute zum Reden zu bringen.«

»Vielleicht kann jetzt wieder Normalität einkehren, wo Tina wieder in Gewahrsam ist. Connie konnte eine echte Kuh sein, aber sie verdiente es nicht, mit ihren eigenen Blumen vergiftet zu werden.« Zoe sah zu ihrem Stand hinüber. »Wenn Sie mich jetzt entschuldigen, ich habe Kunden, die auf mich warten.« Sie eilte davon.

Ich ging zu der Benzinspur hinüber und starrte sie an. Hatte ich die Sache zu sehr verkompliziert? Tina hatte allen Grund, auf Connie loszugehen. Vielleicht hatte mir nur ein Puzzleteil gefehlt, was Tina anging. Es war ein Rachemord wegen ihrer kaputten Ehe.

Seufzend verließ ich das Zelt. Ich musste herausfinden, wie Tina es getan hatte, dann konnte wirklich wieder Normalität im Audley Castle einkehren.

Kapitel 17

»Ich selbst wäre vor Angst erstarrt, wenn ich mit einer verrückten Frau in einem Zelt festgesessen hätte, die mit Benzin herumfuchtelt. Du kannst von Glück reden, dass sie kein Streichholz angezündet hat.« Alice lief neben mir her, während ich mit Meatball seinen üblichen Morgenspaziergang antrat.

»Ich schätze, das wäre ihr nächster Schritt gewesen«, mutmaßte ich.

»Und anscheinend war Campbell unglaublich mutig, als er sie überwältigt hat.«

»Er war ein wahrer Held«, bestätigte ich.

Sie seufzte. »Ja, das ist er wirklich.«

Ich schmunzelte und schüttelte den Kopf. Ich hatte Alice gerade auf den neuesten Stand gebracht, was meine Ermittlungen zu Connies Mord betraf. »Eigentlich hatte ich geplant, alle Verdächtigen ein weiteres Mal zu befragen, aber Tina hatte auf jeden Fall damit zu tun. Alle Spuren führen zu ihr.« Obwohl ich es aussprach, mochte ich es nicht glauben.

»Hmmm, so sicher wäre ich mir da nicht. Ich habe mit meiner Großmutter über die Verdächtigen gesprochen. Sie hatte einige Einfälle.«

»Bitte sag, dass es eine brauchbare Vorahnung war. Oder ein Anhaltspunkt, um rauszukriegen, wie Tina Connie getötet hat.«

»Keine Hinweise oder Visionen über einen Mord. Und bei ihren Prophezeiungen geht es immer noch nur um deine Hochzeit. Das ist so frustrierend. Ich hoffe, dass sie herausbekommt, wer mein zukünftiger Märchenprinz ist, dann kann ich mich von ihm verzaubern lassen.« Alice kicherte. »Wäre das nicht herrlich? Wir sind jedenfalls beide nicht davon überzeugt, dass es Tina war, die Connie vergiftet hat.«

»Die Spur führt zwar zu ihr, aber ich bin auch nicht sicher.«

»Vielleicht war sie in einem Café beschäftigt, in dem Connie oft gegessen hat«, sagte Alice. »Sie hätte ihren morgendlichen Kaffee vergiften können.«

Ich schüttelte den Kopf. »Nein, das kann nicht sein. Connie reiste den Großteil des Jahres für die Hochzeitsmessen durch das Land. Tina konnte ihr nicht einfach hinterherfahren. Vielleicht ist sie gerissener, als ich dachte. Tina konfrontierte Connie dauernd auf diesen Messen. Sie kannte also ihre Gewohnheiten. Eventuell hat sie bei den anderen Hochzeitsmessen das Essen mit Greiskraut vermischt. Immerhin geben die Hersteller jede Menge Gratisproben aus.«

»Wenn sie das getan hätte, müssten dann nicht noch mehr Leute krank geworden sein?«, fragte Alice.

»Nicht unbedingt. Ich habe mehr über Greiskraut herausgefunden. Geringe Dosen sind ungefährlich. Und der Geschmack der Pflanze ist so bitter, dass man sie wahrscheinlich sofort wieder ausspucken würde, sollte man sie essen.«

»Warum hat Connie das nicht gemacht? Wenn das Zeug so eklig schmeckt, hätte sie doch sicher nichts davon gegessen, geschweige denn jeden Tag eine bestimmte Dosierung.«

Ich legte meinen Kopf in den Nacken und seufzte. »Ich verstehe das nicht. Möglicherweise kann man die Bitterkeit mit genug Zucker oder Gewürzen überdecken. So machten es die Köche früher mit verfaultem Fleisch, sie würzten es so stark, dass man die Fäule nicht mehr wahrnehmen konnte.«

Alices Blick wurde ernst. »Ich hoffe, ihr nutzt diese Kochmethode nicht in der Küche.«

»Ich garantiere dir, dass ihr nur die frischesten Produkte bekommt.«

»Ich muss sagen, ich bin erleichtert, das zu hören. Vor nicht allzu langer Zeit beschäftigte meine Familie einen Vorkoster, der die Lebensmittel prüfte, bevor sie die Produkte aus der Küche aßen.«

»Weil es keine gute Qualität war?«

»Nein. Weil es bei uns immer wieder Leute gab, die uns vergiften wollten.«

»Ich kann mir nicht vorstellen, dass dich jemand vergiften wollte.«

»Oh, nein. Mich lieben alle. Aber vor dreihundert Jahren wurde ein Familienmitglied in demselben Speisesaal, in dem wir bis heute essen, mit Schierlingssaft vergiftet. Höchstwahrscheinlich war es jemand vom Küchenpersonal.«

»Heutzutage arbeiten keine dubiosen Personen mehr in der Küche.«

Sie stupste mich mit ihrem Ellbogen an. »Küchenchef Heston kann ziemlich launisch sein.«

»Alice! Er ist wirklich sehr gut zu dir, vor allem, wenn du im letzten Moment noch einen Nachmittagstee bestellst.«

»Dafür bin ich ihm unendlich dankbar. Also, Tina. Wie gehen wir mit ihr vor? Ich bin immer noch nicht überzeugt, dass sie eine Giftmörderin ist.«

»Ich auch nicht. Nach meinen Informationen ist sie eine Frau, die sich eher aus einem Impuls heraus entscheidet, als etwas so Heimtückisches zu planen.«

»Sie wurde außerdem verschmäht und hat ein gebrochenes Herz. Tina hat Gerechtigkeit verdient«, stellte Alice fest.

»Daher hat sie ein ausgezeichnetes Motiv für einen Mord. Und Campbell ist fest davon überzeugt, dass Tina dahintersteckt. Er ist gestern mit ihr aus dem Zelt marschiert, und ich konnte noch nicht herausbekommen, was mit ihr passiert ist.«

»So sehr ich Campbell auch schätze, du weißt, dass er bei solchen Dingen manchmal daneben liegt. Tina wirkt auf mich wie eine zu offensichtliche Tatverdächtige.«

»Und eine wenig überzeugende Verdächtige, wenn man ihr unüberlegtes Verhalten bedenkt. Wer weiß, vielleicht hat der wahre Mörder angenommen, dass wir uns alle auf Tina konzentrieren würden, weil sie so leidenschaftlich Rache verübt hat. Tina wurde die Schuld in die Schuhe geschoben.«

»Nach dem, was du mir erzählt hast, hatte sie durchaus Pläne, Connie zu ermorden. Sie ist nicht komplett unschuldig.«

»Ja, aber nicht durch Gift. Die Person, die Connie tot sehen wollte, hat ihr über einen langen Zeitraum Greiskraut eingeflößt. Derjenige wusste, was er tat und war bereit, abzuwarten, um sicherzugehen, dass sie litt.«

Alice erschauderte und rieb sich die Arme. »Tina ist nicht so kalt und berechnend. Sie wollte, dass Connies gesamter Besitz in einem dramatischen Feuerwerk explodiert, um ihren Standpunkt klarzumachen. Ich halte es für richtig, dass du noch einmal mit den übrigen Verdächtigen sprichst.«

»Ich möchte besonders mit einer Person sprechen. Leanna, Connies Assistentin. Bei meinem gestrigen Gespräch mit Zoe sagte sie, dass Connie sie ziemlich schlecht behandelt hat. Sie schikanierte sie und nutze die Tatsache aus, dass sie so unerfahren im Hochzeitsgeschäft war.«

»Da hast du's. Wir suchen weiter und versuchen, den wahren Mörder zu finden. Campbell kümmert sich lieber um die Verrückte mit dem Benzin.«

»Ich will auch mit Campbell sprechen und fragen, was Tina ihm erzählt hat.«

»Ich traf ihn heute Morgen kurz, aber er wollte gerade los. Er ist wahrscheinlich gerade bei der Polizei. Wenn du mit ihm reden willst, musst du wohl warten.«

Mein Bauch knurrte. »Macht nichts. Ich will erst den Spaziergang mit Meatball hinter mich bringen und anschließend noch frühstücken.«

Alice grinste. »Das hört sich nach einer guten Idee an. Ich schließe mich dir für mein zweites Frühstück an.«

Ich zögerte. Granny Molly wohnte immer noch bei mir und ich hatte Alice noch nicht verraten, wer sie war. »Ein anderes Mal. Ich hatte nur vor, mir schnell etwas zu kaufen und dann zur Arbeit zu gehen.«

»Ich hatte schon auf deine Scones gehofft. Da hast du mich jetzt aber sehr enttäuscht.« Ihre Augen wurden schmal und sie grinste schelmisch. »Ich könnte dir jederzeit befehlen, mit mir zu frühstücken.«

»Lieber nicht. Küchenchef Heston grummelt mich immer noch an, weil ich meine—« Ich hielt inne, bevor ich damit herausplatzen konnte, dass Großmutter in der Küche gewesen war. »Ich habe Blaubeer-Muffins anbrennen lassen.«

»Das klingt gar nicht nach dir. Was für eine schreckliche Verschwendung. Na ja, ich möchte natürlich nicht, dass du Ärger bekommst. Wir gehen auf jeden Fall bald zusammen frühstücken. Ich wollte mit dir über das Plogging-Event sprechen. Ich habe ein paar Ideen, um es zu etwas ganz Besonderem zu machen.«

»Sag es mir jetzt.« Ich hatte mich kaum um meine Veranstaltung gekümmert, da ich so in Connies Mord vertieft war.

»Ein Dresscode. Wir verkleiden uns, damit es mehr Spaß macht.« Alice breitete ihre Arme aus. »Ich finde, wir sollten ein episches, historisches Thema wählen, das zum Schloss passt.«

»Klar findest du das. Du möchtest nur erreichen, dass Campbell sich als Ritter in glänzender Rüstung verkleidet, damit du ihn anhimmeln kannst.«

»Daran habe ich noch gar nicht gedacht.« Sie grinste mich an. »Er würde als edler Ritter gut aussehen. Und er weiß, wie man reitet. Ich war schon ein paar Mal mit ihm unterwegs. Er reitet den Hengst.«

»Natürlich tut er das.« Ich warf ihr einen Seitenblick zu. »Alice, wirst du jemals über deine Besessenheit für ihn hinwegkommen? Wie sollst du einen anderen Mann heiraten, wenn du so auf Campbell fixiert bist?«

»Ich bin nicht auf ihn fixiert. Ich ... schätze lediglich seine harte Arbeit und die Hingabe, die er mir entgegenbringt.«

»Als dein Sicherheitschef sollte er das auch tun. Aber glaubst du, dass er dich auf die ‚Ich möchte mit diesem süßen Mädel in einer sternenklaren Nacht spazieren gehen und ihr romantische Dinge ins Ohr flüstern‘-Art mag?«

»Ooh! Wäre das nicht toll?«

»Alice! Campbell ist ein ernsthafter, eigensinniger Alpha-Mann. Und manchmal kann er ein ziemlicher Idiot sein.«

»Er hat auch eine weiche Seite. Er mag mich, da bin ich mir sicher.«

Ich schüttelte den Kopf. »Er mag seinen dicken Gehaltsscheck und die Tatsache, dass er hier herumstolziert, als würde ihm das Schloss gehören.«

»Oh! Glaubst du wirklich, dass das schon alles ist?« Sie kickte einen Stein über den Weg.

Ich hasste es, ihre Seifenblase platzen zu lassen, aber sie konnte doch nicht glauben, dass zwischen den beiden jemals etwas laufen würde. »Hat er jemals etwas gesagt, das darauf schließen lässt, dass er auf dich steht?«

»Eine ganze Menge. Er sagte mir immer, dass er auf mich aufpasst und dass er mich beschützen will.«

»Weil das sein Job ist.« Ich milderte meine Worte, so gut ich konnte.

»Wenn das so ist, werde ich ihn entlassen. Dann könnte er seine Gefühle frei äußern. Würde das funktionieren?«

»Einem Mann den Job wegzunehmen ist wahrscheinlich das Schlimmste, was du tun kannst, um zu erreichen, dass er sich in dich verliebt«, sagte ich. »Wie wäre es, wenn du mit anderen Männern ausgehst?

So kriegst du ihn aus dem Kopf. Ich bin mir sicher, dass es da draußen viele tolle Männer für dich gibt.«

»Die gibt es nicht. Zumindest nicht solche, die meine Eltern für geeignet halten. Nein, das Plogging-Event ist eine perfekte Gelegenheit, um Campbell besser kennenzulernen. Da ist er nicht bei der Arbeit, also können wir gemeinsam etwas Schönes unternehmen.«

Auch wenn er offiziell nicht arbeitete, würde Campbell in höchster Alarmbereitschaft sein, wenn Alice beim Plogging dabei wäre, aber sie würde sich nicht davon abbringen lassen.

»Ich kündige das mit den Kostümen an«, sagte Alice, die freudig schien, da sie jetzt einen Weg gefunden hatte, um Zeit mit Campbell zu verbringen. »Als was gehst du?«

»Ich habe keine Zeit, mir ein Outfit zu überlegen«, gab ich zu. »Ich konzentriere mich auf den Mord an Connie und werde heute einen Berg von Backwaren zubereiten müssen.« Außerdem sollte ich ein Auge auf meine Granny haben.

»Ist schon gut. Ich finde schon etwas zum Anziehen für dich.«

»Neeeeein! Ich ziehe meine üblichen Trainingssachen an. Da ich die Organisatorin bin, muss ich bei Fragen leicht zu erkennen sein. Es könnte ein Problem für die Teilnehmer sein, wenn ich in einem Kostüm stecke. Was, wenn sich jemand verletzt?«

»Blödsinn. Wir müssen uns alle Mühe geben, vor allem du, schließlich bist du die Veranstalterin.«

Ein Schauer der Sorge durchzuckte mich. Alice war für ihre pompösen Auftritte bekannt. Und bei der Auswahl von Kostümen legte sie sich mächtig ins Zeug. Ich würde als Marie Antoinette enden und versuchen, mit einer riesigen Perücke auf dem Kopf und einem riesigen Rock zu laufen.

Ich sah auf die Uhr. »Ich muss jetzt zur Arbeit. Wir können uns später treffen, wenn ich mit Leanna gesprochen habe.«

»Gut. Und ich kümmere mich schon mal um unsere Kostüme.«

Ich packte ihren Arm. »Übertreib es nicht. Ich möchte nur etwas Schlichtes, in dem ich gut laufen kann.«

Sie kicherte. »Du kennst mich doch, ich lasse mich nicht lumpen.«

Ich verkniff mir eine Grimasse. Wir verabschiedeten uns, und ich eilte mit Meatball davon. Vielleicht sollte ich das Plogging absagen. Ich war mir nicht sicher, worauf ich mich einließ, jetzt, wo Alice dabei war, aber ich wusste, dass ich dumm dastehen würde, wenn sie mich erst mal verkleidet hatte.

Meatball bellte mich an und wedelte mit dem Schwanz.

»Glaub ja nicht, dass du aus dem Verkleiden herauskommst. Alice wird dir wahrscheinlich ein Tigerkostüm bestellen. Oder vielleicht ein rosa Tutu und ein Diadem.«

»Wuff!« Er schüttelte sich.

»Ja, da bin ich ganz deiner Meinung.«

»Ich mache nur kurz meine Mittagspause, Chef.« Ich streifte meine Schürze ab und steuerte auf die Tür zu.

»Die Blaubeer-Muffins werden langsam knapp«, sagte er und starrte auf die Bakewell Tart, die vor ihm stand.

Ich zeigte auf die Arbeitsplatte, auf der zwei Dutzend Muffins abkühlten. »Ich arbeite schon daran. In 10 Minuten sind sie fertig.«

Er betrachtete die Muffins und zuckte mit dem Kopf in Richtung Tür. »Verschwinde.«

Selbst etwas zu essen würde noch etwas warten müssen. Ich hatte eine Mission. Schnell hastete ich hinüber zum Zelt und geradewegs zu Connies Blumenstand.

Ich wurde langsamer und runzelte die Stirn. Granny Molly stand hinter der Auslage und plapperte mit einem Paar. Bevor ich zu ihnen hinüberging, wartete ich, bis sie fertig waren. »Was machst du denn hier?«

Sie grinste. »Ich kümmere mich um den Stand. Das junge Mädchen, das hier gewesen ist, meinte, sie bräuchte eine Pause und ich solle mich darum kümmern. Ich bin ein paar Stunden lang über die Hochzeitsmesse geschlendert und wir haben uns vorhin unterhalten. Sie scheint nett zu sein und ich hatte nichts Besseres zu tun, also wollte ich gerne helfen.«

»Was springt für dich dabei heraus?«

»Leanna hat versprochen, mir etwas zu essen zu holen. Ich dachte mir, das ist ein guter Deal. Allerdings ist sie schon eine Weile weg. Die Schlangen im Essenszelt sind sicher ziemlich lang.«

Ich unterhielt mich noch ein paar Minuten mit Granny und wir warteten gemeinsam darauf, dass Leanna zurückkam.

»Ich wünschte, sie würde sich beeilen«, meinte Granny Molly. »Ich bekomme langsam Hunger. Wenn mein Magen weiter so knurrt, vergraule ich potenzielle Kunden.«

»Wie lange ist sie schon weg?«

»Eine halbe Stunde«, stellte Granny fest.

Mein Blick schweifte über den Stand. »Hat sie etwas mitgenommen?«

»Sie trug eine Tasche und ihren Mantel. Ihren Laptop hat sie allerdings hiergelassen.«

»Wie wirkte sie? War sie irgendwie aufgeregt?« Ich wurde nervös. Wollte Leanna fliehen?

»Es schien ihr gutzugehen. Vielleicht war sie ein bisschen nervös. Sie konnte nicht stillstehen, lief herum und redete zu schnell. Ich dachte, sie stünde noch unter Schock, nachdem, was mit ihrer Chefin passiert ist.«

Ich entfernte mich einen Schritt vom Stand. »Hat Leanna mit jemandem gesprochen, bevor sie ging?«

»Nicht, dass ich wüsste. Warum fragst du nach ihr?« Grannys Augen weiteten sich. »Du glaubst doch nicht, dass sie etwas mit dem zu tun hat, was mit Connie passiert ist?«

»Genau darüber wollte ich mit ihr reden. Hast du gesehen, in welche Richtung sie gegangen ist?« Ich suchte bereits die Menge ab, in der Hoffnung, Leanna zurückkommen zu sehen.

»Sie ist Richtung Parkplatz gelaufen.« Granny Molly schüttelte den Kopf. »Sie ist doch noch ein Kind. Sie würde keinen verletzen.«

»Vielleicht aber schon, wenn man ihr etwas zuleide tut. Du bleibst hier, Granny. Ich versuche, sie zu finden.« Ich rannte aus dem Zelt und war gerade auf dem Weg zum Parkplatz, als ein weißer Lieferwagen an mir vorbeifuhr. Auf der Seite war das Logo von Connies Firma zu sehen. Leanna saß auf dem Fahrersitz.

Mein Herz machte einen Satz. Sie machte sich aus dem Staub. Warum sollte sie das tun, wenn sie unschuldig war?

Ich rannte neben dem Wagen her und klopfte gegen die Seite. Er hielt an, und ich rannte zum Fahrerfenster.

Leanna starrte mich an. Sie kurbelte das Fenster einen Zentimeter herunter. »Holly? Was wollen Sie? Ich bin in Eile.«

»Ich muss mit Ihnen reden. Wo wollen Sie hin?«

»Ich … na ja. Ich muss dringend wohin.«

»Kommen Sie zurück? Sie können meine Großmutter doch nicht den ganzen Tag an Ihrem Stand lassen.«

»Ich muss los.« Sie schloss das Fenster, trat auf das Gaspedal und der Wagen schoss vorwärts.

Zwar versuchte ich, mit ihr Schritt zu halten, aber sie entfernte sich schnell.

Ich entdeckte ein Lieferfahrrad, das an der Schlossmauer lehnte. Kurzerhand schnappte ich es mir, sprang auf und trat kräftig in die Pedale, um mit Leanna mitzuhalten. Wenn sie Connie getötet hatte, musste sie die Tat gestehen.

Die Privatstraße, die aus dem Schloss herausführte, machte eine große Schleife um die Vorderseite des Gebäudes. Am Ende des Weges hatte man die Möglichkeit, nach links abzubiegen, um zu einem Lieferbereich zu gelangen, oder nach rechts, um das Schlossgelände zu verlassen. Doch ich wusste genau, in welche Richtung Leanna fahren würde.

Ich konnte sie einholen, wenn ich eine Abkürzung durch das Wäldchen zu meiner Rechten nahm.

Ich hob meinen Hintern vom Sattel, als ich die ebene Straße verließ und über das holprige Gras radelte. So schnell ich konnte, trat ich in die Pedalen. Indem ich durch die Bäume fuhr, konnte ich einen großen Teil der Strecke umgehen und mit ein bisschen Glück würde ich direkt vor Leanna wieder herauskommen.

Mein Atem rasselte und meine Muskeln brannten, während ich über das Gras und zwischen den Bäumen hindurch sauste.

Leanna durfte nicht entkommen. Jetzt, wo ich wusste, dass Connie sie schikaniert hatte, hatte sie auch ein gutes Motiv dafür, ihr den Tod zu wünschen. Darüber hinaus hatte sie genügend Möglichkeiten gehabt, Connie das Greiskraut ins Essen zu mischen. Sie hatten schließlich täglich eng zusammengearbeitet und Connie hätte ihr vertraut, weshalb es ein Leichtes gewesen wäre.

Ich raste zwischen den Bäumen hervor und jubelte fast vor Freude, als der Lieferwagen eine Rechtskurve machte und sich vom Schloss entfernte. Dann schoss ich wieder auf die Straße und radelte auf den Lieferwagen zu.

Leanna winkte, um mich aus dem Weg zu scheuchen, als sie näher kam.

Ich schüttelte den Kopf und hielt an. Sie würde stoppen. Sie würde mich nicht überfahren. Ganz so verzweifelt konnte sie doch nicht sein, oder?

Je näher sie kam, desto lauter surrte es in meinem Kopf. Schrie mich mein Unterbewusstsein an, ich sollte doch bitte nicht so dumm sein und dem entgegenkommenden Fahrzeug aus dem Weg gehen, bevor es mich überfahren würde?

Nein, Leanna kannte mich. Auf keinen Fall würde sie mich verletzen. Sie würde nicht noch einen Tod auf ihrem Gewissen haben wollen. Darauf musste ich vertrauen. Noch sah es aber nicht so aus, als wollte sie bremsen, und meine Beine zitterten.

Ich warf ein Bein über den Sattel, balancierte auf einem Pedal und im letzten Moment ließ ich das Fahrrad los und sprang zur Seite. Ich landete im Gras und überschlug mich ein paar Mal, bevor ich auf dem Rücken liegenblieb.

Das Knirschen von Metall auf Metall und das Quietschen von Reifen ertönte.

Ich richtete mich auf und schnappte nach Luft. Mein Fahrrad lag zerquetscht unter den Vorderreifen des Lieferwagens. Wenn ich es falsch eingeschätzt hätte, wäre ich selbst zerquetscht worden.

Leanna sprang aus dem Auto und rannte um den Wagen herum. »Warum haben Sie das gemacht?«

Ich zwang mich auf die Füße und eilte hinüber. »Ich wollte Sie stoppen. Wieso sind Sie abgehauen?«

Ihr panischer Blick glitt zurück zu dem Fahrrad. »Ich bin nicht abgehauen.«

»Leanna, Sie haben gerade versucht, mich zu überfahren. Es muss schon etwas Ernstes sein, um so was zu tun.«

»Ich ... Ich musste einfach weg.« An ihrer Oberlippe bildeten sich Schweißperlen und sie atmete flach. »Sie verstehen das nicht. Ich hatte keine Wahl.«

»Man hat immer eine Wahl.«

Sie deutete auf den Wagen. »Dank Ihnen habe ich jetzt keine mehr.«

»Sie hätten anhalten sollen, um mit mir zu reden.« Ich atmete noch einmal tief durch. Es fiel mir schwer, nicht daran zu denken, wie nahe ich dem Tod gewesen war.

»Leanna, ich weiß, dass Connie Sie nicht besonders gut behandelt hat.«

Ihr Kopf wirbelte herum. »Wer hat das gesagt?«

»Das ist unwichtig. Stimmt es denn?«

»Ich habe Ihnen schon gesagt, dass ich dankbar war, dass sie mich eingestellt hat. Bevor ich in Connies Unternehmen angefangen habe, hatte ich überhaupt keine Erfahrung. Ich habe eine Menge gelernt.« Ihre Worte überschlugen sich förmlich. »Jetzt sollte ich wirklich gehen.«

»Ich schätze, Sie haben gelernt, dass es keinen Spaß macht, von seiner Chefin fertig gemacht zu werden.«

Sie verstummte für einige hämmernde, lange Herzschläge. »Connie hat mich nicht fertig gemacht.«

»Sind Sie sicher? Schrie sie Sie an? Hat Sie sie dumm genannt? Oder Ihnen ein schlechtes Gewissen eingeredet, weil Sie etwas nicht zu ihrer Zufriedenheit gemacht haben?«

Leanna sah sich um. Sie verschränkte ihre Hände vor der Brust. »Manchmal. Für sie musste immer alles genau richtig gemacht werden. Ich gab mein Bestes, aber es war nicht immer gut genug. Ich musste lernen, es besser zu machen.«

»Es war falsch von Connie, Sie so zu behandeln. Das ist Mobbing.«

Leanna entfuhr ein zittriges Seufzen. »Ich hatte angenommen, dass solche Dinge auf dem Spielplatz bleiben. In der Schule wurde ich auch oft schikaniert. Es rief schlimme Erinnerungen wach, zu erleben, wie sie mich anschnauzte.«

»Das ist doch kein Wunder. So etwas ist furchtbar.«

Sie schluckte. »Connie war eine grauenhafte Chefin. Teilweise hat sie mich wie eine Sklavin behandelt. Ständig musste ich hinter ihr herlaufen. Außerdem rief sie mich zu jeder Tages- und Nachtzeit an und bestand darauf, dass ich bestimmte Dinge sofort erledigte. Ich musste allem zustimmen, um meinen Job nicht zu verlieren und einen schlechten Ruf davonzutragen, aber ich war todunglücklich. Sind alle Vorgesetzten so?«

»Nicht alle. Es gibt auch gute.« Ich musste kurz an Küchenchef Heston denken. Er hatte die schlechte Angewohnheit zu brüllen, aber unter seinem mürrischen Wesen schlummerte ein gutes Herz, und ich hatte noch nicht ein einziges Mal erlebt, wie er jemanden schikanierte.

Leanna sackte gegen den Transporter. »Bis zu Connies Tod war mir gar nicht bewusst, wie sehr ich unter Stress stand. Eine Last fiel von meinen Schultern. Ich fürchtete mich, den Mund aufzumachen, aus Angst, zurechtgewiesen zu werden. An ihre Ausbrüche hatte ich mich so sehr gewöhnt, dass sie zur Normalität wurden. Ich wünschte, ich könnte traurig über ihren Tod sein, aber das bin ich nicht. Auch wenn ich keinen Job mehr habe und für die Arbeit auf der Messe kein Geld mehr bekomme, ist mir das egal. Ich fühle mich frei.«

»Leanna, Sie wissen, dass ich das fragen muss: Haben Sie Connie umgebracht, weil sie Sie so behandelt hat?«

Sie schüttelte energisch den Kopf. »Auf keinen Fall. Das ist der Grund, warum ich geflüchtet bin. Einige Leute haben angefangen zu tuscheln. Es hieß, sie sei vergiftet worden. Ich war dauernd mit Connie zusammen und besorgte ihr immer Mittagessen und Kaffee. Da hätte ich sie problemlos vergiften können. Genau das denken Sie doch, oder? Deshalb sind Sie mir gefolgt.«

Ich nickte. »Ich könnte es nachvollziehen, wenn Sie es mit ihr nicht mehr ausgehalten hätten. Nicht, dass es richtig gewesen wäre, Connie zu töten, aber Sie standen unter großem Druck, gerade weil sie Sie so schlecht behandelt hat. Bei einem Geständnis wird der Richter nachsichtig mit Ihnen sein. Sie standen unter psychischem Stress.«

»Aber ich war es nicht! Ich merke, wie entsetzlich das Ganze wirkt. Aber ich habe die Leiche gefunden. Wer weiß, ob ich ihr nicht eine Dosis Gift verabreicht und sie auf der Toilette liegen gelassen habe?«

»Kann niemand bezeugen, wo Sie sich kurz vor Connies Tod aufgehalten haben?«

»Nein, ich glaube nicht, dass mich jemand gesehen hat. Ich war beim Lieferwagen, um die Vorräte zu kontrollieren. Ich war etwa fünf Minuten lang im hinteren Teil des Wagens und habe versucht, ein Bild von einem Blumenstrauß für einen Kunden zu finden. Dann wollte ich kurz auf die Toilette gehen. Da fand ich dann gleichzeitig mit der Reinigungskraft Connie.«

»Was haben die Leute gesagt, um Ihnen das Gefühl zu geben, dass Sie verdächtigt werden?«

»Zoe hat mich schon den ganzen Morgen seltsam angeguckt. Sie hat irgendwas davon gefaselt, dass es immer die stillen Leute sind. Ich wollte wissen, was sie meint, aber sie hat nur gekichert und ist weggegangen.«

»Und Sie vermuten, dass sie über den Mord an Connie gesprochen hat?«

»Natürlich! Ich wusste, was sie meinte. Und dass es nur eine Frage der Zeit sein würde, bis die Polizei kommen und mich mitnehmen würde.«

»Vielleicht nicht. Sie haben Tina schon wieder verhaftet.«

Sie schüttelte den Kopf. »Ich habe gehört, was sie vorhatte, aber ich habe darüber nachgedacht. Sie kann es nicht gewesen sein. Wenn das Gift so langsam wirkt, hätte Tina monatelang in Connies unmittelbarer Nähe sein müssen, und die beiden haben sich gehasst. Connie ging ihr aktiv aus dem Weg.«

Ich biss mir auf die Innenseite der Wange. Leanna wirkte schuldig. Sie hatte ausreichend Zeit für die Tat gehabt, und sie hatte ein gutes Motiv.

Das Geräusch eines aufheulenden Motors ließ mich aufblicken. Ein schwarzer Geländewagen stoppte hinter dem Lieferwagen. Campbell sprang heraus und kam auf uns zu.

Sein Blick fiel auf das zerstörte Fahrrad. »Ist jemand verletzt?«

»Uns geht es gut. Woher hast du gewusst, dass ich hier bin?«, fragte ich.

»Du wurdest bei der Verfolgung von jemandem gesehen«, antwortete er.

»Wer hat mich gesehen?«

Er zuckte mit den Schultern. »Ich habe überall Augen. Das solltest du dir merken. Erklär mir das.« Er deutete auf den beschädigten Lieferwagen und Leanna.

Ich warf Leanna einen entschuldigenden Blick zu. Das konnte ich vor Campbell nicht geheim halten. »Ich habe erfahren, dass Connie Leanna schikaniert hat.«

»Das hat sie, aber ich habe sie nicht umgebracht.« Leanna starrte mich mit einem entsetzten Blick an. »Connie konnte ein schrecklicher Mensch sein, und sie war zu fast jedem gemein, aber ich war daran gewöhnt. Mein Plan war es, noch sechs Monate für sie zu arbeiten und dann zu kündigen.«

Leanna machte einen wirklich verängstigten Eindruck, ihr Körper zitterte und ihr Gesicht war schweißnass.

Ein Schauer des Zweifels durchfuhr mich. Ob sie die Wahrheit wirklich so gut verbergen konnte?

»Warum wollten Sie von der Hochzeitsmesse verschwinden?«, fragte Campbell sie.

»Wie ich Holly schon erzählt habe, ich habe Angst bekommen. Zoe machte immer wieder Bemerkungen über die Ermittlungen der Polizei zu Connies Mord. Ich habe kein Alibi. Es liegt nahe anzunehmen, dass ich sie nicht mochte, so wie sie mich behandelt hat.«

»Was können Sie mir über Greiskraut sagen?«, fragte ich Leanna.

»Warum fragst du danach?«, wollte Campbell wissen.

Ich schaute ihn an. »Das war das Gift, mit dem Connie getötet wurde.«

Er sah mich an, als wäre ich geisteskrank. »Nein, das war es nicht.«

»Doch, war es! Connie wurde mit Pflanzengift vergiftet. Betsy erzählte mir, es sei Greiskraut.«

»Und du glaubst alles, was Betsy dir erzählt? Sie hatte doch sicher einen Drink in der Hand, als sie diese entscheidende Information preisgab, über die sie einfach so gestolpert ist?«

Mir fiel die Kinnlade herunter und ich stöhnte auf. »Sie behauptet, sie hätte zufällig mitgehört ...« Es war wohl das Beste, wenn ich nicht auch noch verriet, dass Betsy Campbells Team belauscht hatte.

»Sie hat etwas mitgehört? Sag mir nicht, dass sie private Gespräche belauscht. Wenn sie das tut, ist sie ihren Job los. Das ist eine Sicherheitslücke.« Campbell sah mich böse an.

»Es spielt keine Rolle, woher sie die Informationen hat. Die Quelle war zuverlässig«, erklärte ich.

»Nein, war sie nicht.« Campbell blickte zu Leanna. »Ich habe ein paar Fragen an Sie. Wir können zur örtlichen Polizeiwache fahren.«

Leannas Unterlippe zitterte. »Ich kann Ihnen nicht helfen. Ich war es nicht.«

»Wollen wir doch mal sehen, ob das stimmt.« Er führte sie zur Hintertür des SUVs.

»Bitte, ich habe nichts damit zu tun. Ich will einfach mit meinem Leben weitermachen.« Leanna drehte sich mit einem entsetzten Blick zu mir um.

Ich war noch ganz erschüttert von der Erkenntnis, dass ich bei der Vorgehensweise so sehr danebengelegen hatte. »Warte! Aber Connie wurde mit einer Giftpflanze vergiftet, nicht wahr?« Ich hastete neben Campbell und Leanna her.

Campbell bedachte mich mit einem scharfen Blick, als er Leanna in den Geländewagen verfrachtet und die Tür geschlossen hatte. »Nein.«

»Aber du hast gesagt, dass bei der Autopsie Pflanzengift in ihrem Körper nachgewiesen wurde.«

»Ja.«

Ich schüttelte den Kopf. »Also, woran ist sie gestorben, wenn nicht daran?«

Er saugte scharf Luft durch seine Zähne ein. Ein Grinsen breitete sich auf seinem Gesicht aus.

»Campbell! Ich will nicht damit drohen müssen, Prinzessin Alice auf dich anzusetzen.«

Er lachte leise. »Das sieht dir ähnlich.«

»Ich bin verzweifelt.«

Er hob eine Hand. »Es ist im Labor etwas verwechselt worden. Wegen Personalmangels haben sie die Ergebnisse nicht richtig ausgewertet.«

»Was war es also? War es Gift?«

»In gewisser Weise. Sie hatte pflanzliche Gifte in ihrem Körper, aber das hat sie nicht getötet.«

»Ein anderes Gift hat sie getötet?«

Die Muskeln in seinem Kiefer verkrampften sich. »Warum musst du das wissen?«

»Weil ...« Ich musste es nicht wissen, aber ich verabscheute ungelöste Fragen. »Sag mir wenigstens, auf welche Weise Connie das Gift aufgenommen hat. Hat man ihr eine so hohe Dosis verabreicht, dass sie daran gestorben ist?«

Er zuckte mit den Schultern. »Du bist doch diejenige, die ständig Rätsel löst. Versuch doch mal, es selbst herauszufinden.« Er ging zur Fahrertür.

Ich sah zu Leanna. Ihr liefen Tränen über die Wangen und ließ die Schultern hängen.

Wenn ich bei der Mordwaffe so falsch gelegen hatte, was hatte ich dann noch falsch eingeschätzt? Wer war wirklich der Mörder?

Kapitel 18

»Das hier wird dich aufmuntern.« Alice ergriff meine Hand, um mich die Stufen des Ostturms hinaufzuführen, während Meatball vor uns herrannte.

»Das Einzige, was mich aufmuntern dürfte, ist, mich eine Woche lang unter einer Bettdecke zu verstecken und dabei mein Körpergewicht in Form von Cupcakes zu essen.« Mir schien alles verloren. Seit Campbell Leanna mitgenommen und mir verraten hatte, dass ich mit dem Gift danebengelegen hatte, wusste ich nicht mehr, wie es weitergehen sollte.

»Großmutter hat ein Festmahl für alle in der Küche bestellt. Wir werden sechs Gänge serviert bekommen. Da muss man einfach lächeln.«

Ich konnte mir ein kleines Lächeln nicht verkneifen. Denn ich wusste genau, was man in der Küche für Lady Philippa zubereitet hatte. Es war bestimmt köstlich.

Wir gingen durch eine Tür in Richtung der Gemächer von Lady Philippa.

»Oh! Ich hatte keine Ahnung, dass du auch kommst.« Meine Granny saß zusammen mit Lady Philippa am Tisch, ein großes Glas Rotwein in der einen Hand.

»Ich dachte, deine ... Freundin soll sich nicht ausgeschlossen fühlen.« Alice warf mir einen strafenden Blick zu. »Sie wäre heute Abend sonst ganz allein gewesen, schließlich isst du mit uns. Es war nur richtig, dass sie ebenfalls kommt.«

Ich verzog den Mund. Alices Tonfall nach zu urteilen, wusste sie, dass Granny mehr als eine Freundin war.

Granny Molly stellte ihr Glas ab. Sie stand auf und schlenderte zu mir hinüber. »Es macht dir doch nichts aus, dass ich hier bin, oder? Ich schwöre, ich zeige mich von meiner besten Seite.«

»Natürlich nicht!« Ich schlang den Arm um sie. »Ich bin froh, dass du hier bist.«

Ich konnte die neugierigen Blicke von Alice und Lady Philippa sehen. Es war an der Zeit, die Wahrheit zu sagen. »Ich möchte euch beiden meine Großmutter vorstellen.«

Alice schnappte nach Luft. »Holly! Du hast nie gesagt, wer sie ist. Allerdings erkenne ich jetzt, wo ihr nebeneinander steht, die familiäre Ähnlichkeit. Warum hast du sie vor uns verheimlicht?«

Ich schaute meine Granny an. »Ich habe sie nicht verheimlichen wollen. Es ist—«

»Meine Schuld«, erklärte Granny Molly. »Ich bin bei neuen Leuten eher schüchtern. Deshalb wollte ich ein paar Tage Zeit haben, um mich einzuleben und mich zurechtzufinden, bevor Holly mich vorstellt.«

Lady Philippa stieß ein leises Schnauben aus, das darauf hindeutete, dass sie ihr kein Wort davon glaubte. »Nun, jetzt seid ihr alle hier. Und da kommt auch schon das Essen. Setzen wir uns an den Tisch. Ich möchte alles über diesen Mord erfahren.«

Meine schlechte Laune kehrte zurück.

Sobald ich über Connies Schicksal nachdachte, bekam ich eine miese Stimmung. Ich war mir sicher gewesen, dass ich die Täterin gefunden hatte, als Leanna die Flucht ergriff. Verlor ich etwa mein Talent?

Die Kellner servierten den ersten Gang, bevor sie uns wieder allein ließen. Es war ein Salat mit Wassermelone, Chevin-Käse und rosa Pfeffer, garniert mit lila Basilikum und eingelegtem Ingwer.

»Ihre Enkelin hat eine wunderbare Art, das Unmögliche möglich zu machen«, sagte Lady Philippa zu Granny Molly. »Mit ihr haben Sie ein Ass im Ärmel.«

»Das finde ich auch«, stellte Granny Molly mit einem breiten Lächeln fest. »Auch wenn die ganzen Geschichten über die Morde, die sie aufgeklärt hat, mir schon zu denken geben.«

»Hat sie Ihnen nie von ihren Abenteuern erzählt?«, fragte Alice.

»Nein, kein Wort, bis ich hier auftauchte und persönlich herausfand, was sie erreicht hat.«

»Ich habe es nur verschwiegen, damit du dir keine Sorgen machen musst«, warf ich ein. »Der Alltag hier verläuft die meiste Zeit ganz normal.«

»Wenn man ein Schloss als normal bezeichnen kann«, bemerkte Granny Molly und ließ dabei ihren Blick durch den beeindruckenden runden Turm und über die mit schweren Brokatvorhängen geschmückten Fenster und die Wandteppiche schweifen.

»Das ist wahr. Aber für uns ist es ganz normal«, stellte Lady Philippa fest. »Wo wohnen Sie?«

Granny starrte mich an. »Ich ziehe gerade um. Vielleicht ist ein Tapetenwechsel nicht schlecht.«

»Wenn es Ihnen nichts ausmacht, ab und zu einen kleinen Mord in Kauf zu nehmen, ist Audley St. Mary sehr zu empfehlen«, erklärte Alice. »Und außerdem könnten Sie in Hollys Nähe sein, sollten Sie hier in der Gegend wohnen. Dann könnten Sie sich jeden Tag sehen.«

»Ich setze es auf die Liste.« Granny zwinkerte mir zu. »Es wäre toll, wenn wir uns öfter sehen könnten.«

Ich lächelte sie an. »Ja, das wäre es.« Ich hatte nur eine kleine Familie. Deshalb sollte ich mir mehr Mühe geben, sie öfter zu sehen.

»Ein herrlicher Salat«, stellte Lady Philippa fest.

»Ich freue mich besonders auf das Dessert«, sagte Alice. »Es gibt Lavendel-Pfirsich-Tarte Tatin mit Honigwaben-Eis.«

»Haben Sie das Dessert gemacht, Holly?«, fragte Lady Philippa.

»Das habe ich. Küchenchef Heston bestand darauf«, sagte ich.

Sie nickte anerkennend. »Ausgezeichnet. Sie machen einfach immer die leckersten Speisen.«

Ich probierte ein paar Bissen von meinem Salat. Er war gut, doch ich war mit meinen Gedanken bei einem weitaus düsteren Thema.

»Warum sitzt du so bedröppelt da?« Granny Molly tätschelte mir den Handrücken.

»Ich stecke in einem Schlamassel mit diesem neuesten Rätsel«, begann ich. »Erst zog ich voreilige Schlüsse über Tina und anschließend über Leanna, aber mittlerweile bin ich mir bei keiner von beiden mehr so sicher.«

»Leanna war die Frau, auf deren Stand ich aufpassen sollte«, sagte Granny Molly. »Die du verfolgt hast.«

»Sie haben einer Mörderin geholfen?« Lady Philippa richtete ihren Blick auf Granny Molly.

»Das war nur Zufall«, beteuerte Granny. »Und sie wirkte auf mich wie ein sehr nettes Mädchen. Nur etwas nervös. Und jetzt weiß ich auch, warum.«

»Und sie hat wirklich versucht zu fliehen?«, fragte Alice.

»Das hat sie. Ich konnte sie noch einholen. Dann erwischte uns Campbell und hat sie mitgenommen«, erzählte ich. »Ich habe keine Ahnung, was danach passiert ist.«

»Warum glauben Sie nicht, dass Leanna schuldig ist? Ihr Verhalten deutet darauf hin, dass sie in die Sache verwickelt war«, behauptete Lady Philippa.

»Sie war vollkommen verzweifelt, als ich sie auf den Mord an Connie angesprochen habe.«

»Weil sie überführt wurde«, schloss Alice.

»Da wäre ich mir nicht so sicher«, sagte ich.

»Was ist mit der verrückten Frau mit dem Benzinkanister?«, warf Granny Molly ein.

»Tina. Sie war ursprünglich meine Hauptverdächtige«, erklärte ich. »Aber sie ist einfach zu offensichtlich. Als habe der Mörder bedacht, dass man sie für die Täterin halten würde, um unbemerkt an Connie heranzukommen.«

»Nach den Berichten, die ich über diese Frau gehört habe, ist sie psychisch labil«, stellte Lady Philippa fest.

»Stimmt, aber wir bezweifeln beide, dass Tina Connies Mörderin ist, seit wir mehr über sie erfahren haben«, sagte Alice.

Ich nickte. »Sie ist zu impulsiv. Sie hätte nicht damit warten können, Connie das Gift langsam zu verabreichen. Ihre Rücksichtslosigkeit hat sie bereits bewiesen, als sie das Zelt niederbrennen wollte. Und sie hatte außerdem nicht die Möglichkeit, sich Connie zu nähern und ihr das Gift einzuflößen.«

Wir alle schwiegen einen Moment lang, während wir weiter aßen.

»Gibt es sonst noch jemanden auf eurer Verdächtigenliste?«, fragte Granny.

»Da ist Belinda Adler«, sagte ich. »Sie hasste Connie. Aber als Connie starb, hat sie an ihrem Computer Blumen bestellt und sie wirkte aufrichtig traurig über den Mord an ihr.«

»Kann es sein, dass sie ihr Alibi erfunden hat?«, fragte Lady Philippa.

»Nein, ich habe ihr Handy und ihren Laptop überprüft«, erklärte ich. »Sie hat zur Tatzeit definitiv mit dem Blumengroßhändler telefoniert.«

»Was ist mit ihrem Liebhaber?«, fragte Alice.

»Bruce Osman?«, fragte ich.

»Ist das der reizende Mann, der mir den ganzen Wein spendiert hat?«, wunderte sich Granny.

»Er ist charmant, aber er ist von den Frauen, mit denen er ausgeht, geradezu besessen«, sagte ich. »Zumindest war das bei Connie so.«

Sie runzelte die Stirn. »Oh! Und ich dachte schon, ich könnte mir einen Spielgefährten angeln.«

Ich hob meine Augenbrauen, woraufhin sie kicherte und mit Lady Philippa anstieß.

»Was ist mit Zoe?«, fragte Alice.

»Zoe und Bruce geben sich gegenseitig ein Alibi«, sagte ich. »Als ich mit Zoe gesprochen habe, war sie ziemlich traurig darüber, was mit ihrer Freundin passiert ist. Sie dachte, sie könnte die Freundschaft wieder aufleben lassen, aber das wollte Connie nicht. Sie hat offen ihre Wut darüber geäußert, dass Connie sie betrogen hat, aber sie hat ihr nicht den Tod gewünscht.«

»Ich weiß, dass du deine Zweifel an Leanna hast, aber sie hatte die Gelegenheit, Connie zu vergiften«, sagte Alice. »Sie waren an den meisten Tagen zusammen.«

»Ich gebe dir recht, dass es ein Leichtes für sie gewesen wäre, Connie Gift ins Essen zu mischen, aber als Campbell sie aufgegriffen hat, hatte sie schreckliche Angst. Meiner Meinung nach hat sie die Wahrheit gesagt, als sie behauptete, sie sei unschuldig. Und Leanna hatte Zukunftspläne. Warum diese Pläne zunichtemachen, wenn sie sich darauf eingestellt hat, ihr Leben zu ändern und Connie hinter sich zu lassen?«

»Sie wirkt schuldig, weil sie die Flucht ergriffen hat«, sagte Lady Philippa. »Das war eine dumme Idee.«

»Sie war panisch. Zoe hat Kommentare darüber gemacht, was mit Connie passiert ist, und Leanna ist klar geworden, dass sie möglicherweise in Schwierigkeiten steckt. Ich bezweifle, dass sie das wirklich gründlich durchdacht hat. Sie versuchte, sich zu retten.«

Die Kellner räumten die Teller ab und servierten den zweiten Gang. In Butter gebratener Wolfsbarsch mit geschmorten Karotten, Tomatenmarmelade und Babyspinat.

Ich wartete, bis sie weg waren, bevor ich fortfuhr. »Das ist nicht das größte Problem. Ich habe mich bei der Mordwaffe getäuscht.«

»Es war kein Pflanzengift?«, fragte Alice.

»Es war kein Greiskraut. Und Campbell hat nicht gesagt, was es stattdessen war. Daran bin ich selbst schuld. Ich habe nicht weiter nachgeforscht, nachdem Betsy an dem Abend im Pub davon berichtet hatte. Sie belauschte, wie das Sicherheitsteam über Greiskraut sprach, aber möglicherweise sprachen sie über verschiedene Pflanzengifte, die zum Einsatz gekommen sein könnten, und nicht über das konkrete Gift.«

»Aber Connie wurde mit Sicherheit vergiftet?«, hakte Lady Philippa nach.

»Ja, allerdings ist unklar, was benutzt wurde.«

»Es ist völlig egal, was für ein Gift es war. Am Ende bringt es einen um«, stellte Lady Philippa fest.

»Vielleicht macht es aber doch einen Unterschied. Es kann auch ein seltenes Pflanzengift gewesen sein«, sagte ich. »Dann gäbe es nicht so viele Leute, die wissen, was es ist und wie man daran kommt.«

»Es gibt einen einfachen Weg, das zu klären.« Lady Philippa gestikulierte in Richtung der Tür. »Alice, weise einen der Kellner an, Mr. Smith aus seiner Wohnung zu holen.«

»Sie kennen Ray?«, fragte ich.

»Ich kenne alle Mitarbeiter des Schlosses. Er ist ein reizender Mann und spricht oft mit mir über die Rosen, wenn ich sie betrachte.«

»Ich habe schon mit Ray über Pflanzengift gesprochen«, sagte ich. »Er war sehr hilfreich. Wenn irgendjemand weiß, was das Gift sein könnte, dann ist er es. Zumindest könnte er uns andere Möglichkeiten nennen.«

Alice beeilte sich, ein Mitglied des Küchenteams aufzufordern, Ray aufzusuchen, und wir widmeten uns wieder unserem leckeren Abendessen.

»Ich habe auch etwas, das uns bei diesem Rätsel helfen könnte.« Granny legte ihr Messer und ihre Gabel ab. »Es ist in der Wohnung. Ich könnte es holen gehen.«

»Was ist es?«, fragte ich und dachte an die Handtasche, die sie Tina gestohlen hatte. Hatte sie sich auch Leannas Tasche geschnappt?

»Jeder Hinweis ist hilfreich«, sagte Lady Philippa. »Gehen Sie es sofort holen. Der dritte Gang wird erst später serviert.«

Sie lächelte mir zu, bevor sie den Raum verließ.

»Geht es Ihnen gut?«, fragte Lady Philippa. »Sie sehen beunruhigt aus.«

Ich war besorgt. Hatte Granny Molly wieder gestohlen? »Es ist nichts.«

Sie wölbte eine Augenbraue. »Doch, es ist etwas. Und es geht nicht nur um diese seltsame Vergiftung.«

Ich wollte schon etwas sagen, als Alice zurückkam. »Ich habe das Personal angewiesen, Ray sofort zu holen. Es handelt sich um einen Notfall.«

»Der arme Mann wird wahrscheinlich hergesprintet kommen«, tadelte Lady Philippa.

»Es ist aber wichtig. Wir haben einen Täter zu fassen.« Alice nahm am Tisch Platz. »Ich mag deine Großmutter, Holly. Sie ist sehr nett.«

»Soweit ich gehört habe, hat sie ein sehr bewegtes Leben geführt«, bemerkte Lady Philippa.

Ich richtete mich ruckartig auf, wobei sich alle meine Muskeln anspannten. »Was hat sie dir erzählt?«

Ihr Gesicht verriet nichts. »Nicht viel. Aber ich habe den Eindruck, dass sie eine kluge und einfallsreiche Frau ist. Sie müssen Ihren Verstand von ihr geerbt haben.«

Erleichtert stellte ich fest, dass Granny das Geheimnis ihres Lebens hinter Gittern nicht ausgeplaudert hatte. »Ich bin froh, sie wieder in meinem Leben zu haben.«

»Wo war sie denn die ganze Zeit?«, fragte Alice.

»Oh! An keinem besonderen Ort. Sie hatte einfach zu viel um die Ohren, das ist alles. Manchmal höre ich ewig nichts von ihr.«

Lady Philippa zog wieder eine Augenbraue hoch, sagte aber nichts.

Mir drehte sich der Magen um. Was genau hatte Granny Molly ihr erzählt?

Wir aßen weiter, aber mein Appetit war verschwunden. Ich hasste es, Grannys Geheimnis zu bewahren. Vielleicht sollte ich es nicht tun.

Ein Klopfen an der Tür bewahrte mich vor einem weiteren Verhör über Granny und ihre mysteriöse Vergangenheit.

»Herein«, sagte Lady Philippa.

Ray trat ein, seine Mütze in der Hand und die Wangen rosa, als wäre er die Treppe hinaufgerannt. »Lady Philippa, Prinzessin Alice.« Er nickte mir zu. »Holly. Ich bin so schnell gekommen, wie ich konnte. Gibt es etwas, wobei ich helfen kann?«

»Ja.« Lady Philippa deutete auf einen Stuhl. »Setzen Sie sich. Möchten Sie etwas Wein?«

»Nein, danke. Ich war gerade dabei, mir einen heißen Kakao zu machen, als ich die Nachricht erhielt, dass Sie mich sprechen wollen.« Er hockte sich auf die Stuhlkante und sah aus, als sei er bereit, jeden Moment aufzuspringen.

Meatball rannte mit wedelndem Schwanz auf ihn zu.

»Hallo, Junge. Schön, dich zu sehen.« Ray zog einen Hundekeks aus der Tasche und fütterte ihn damit.

Horatio rappelte sich auf, trampelte zu Ray und stupste ihn mit seiner Nase an.

»Du auch? Du hast wahrscheinlich schon genug gegessen.« Er sah Lady Philippa an. »Das war nicht böse gemeint.«

»Blödsinn. Das ist ein fetter, gieriger Hund. Trotzdem hätte er sicher gerne einen Keks, wenn Sie einen übrig haben.«

Ray fütterte Horatio schnell mit einem Leckerli.

»Wir brauchen mehr Informationen über Pflanzengifte«, sagte Lady Philippa.

Ray warf einen Blick auf mich. »Natürlich. Konntest du bei unserem Gespräch nicht herausfinden, was du wissen wolltest?«

»Doch, das habe ich. Es war eine große Hilfe. Aber ich bin an einem anderen Gift interessiert. Es muss langsam wirken, sodass sich jemand unwohl fühlt, aber immer noch in der Lage ist, zu funktionieren. Außerdem sollte es Magenprobleme und Gleichgewichtsstörungen verursachen.«

Er rieb sich mit einer Hand über das Kinn. »Es gibt eine Menge giftige Pflanzen, die das auslösen können.«

»Sind irgendwelche davon selten oder exotisch?«, fragte ich.

»Die giftigsten Pflanzen sind für gewöhnlich die, die man im eigenen Garten findet«, sagte Ray. »Da ist der Fingerhut. Wenn man seine Blätter zu sich nimmt, wird einem schlecht, und man bekommt Herzbeschwerden und Brustschmerzen.«

»Was ist mit Magenschmerzen? Connie hatte definitiv Magenprobleme.«

»Das nehme ich an«, sagte Ray. »Die meisten giftigen Pflanzen sind kein Problem, es sei denn, man verzehrt große Mengen der Früchte oder Stängel oder schmiert sich den Beerensaft auf die Haut. Diese Pflanze, über die wir neulich gesprochen haben, das Greiskraut, ist eigentlich eher problematisch bei Pferden als bei Menschen. Gelegentlich fressen sie es, weil es auf den Koppeln der Pferde wächst. Ich war schon sehr überrascht, als du nach dem Greiskraut gefragt hast, da es ja bekanntlich besonders bitter ist. Viele dieser Pflanzen sind es. Wer sie fälschlicherweise isst, kann den bitteren Geschmack herausschmecken und merkt sofort, dass sie nicht besonders genießbar ist.«

»So ähnlich wie Grünkohl«, erklärte Alice. »Der schmeckt einfach immer bitter, egal, wie er zubereitet wird.«

»Grünkohl ist sehr gesund. Du bist nur sehr wählerisch, wenn es um Grünzeug geht«, erwiderte ich.

Sie streckte mir die Zunge heraus. »Wenn jemand also Greiskraut in Connies Essen gemischt hat, hätte sie es also schmecken können.«

»Es ließe sich nur schwer überdecken«, erklärte Ray. »Eine scharfe Chilisauce könnte den bitteren Geschmack wahrscheinlich übertünchen.«

»Und wir sind ganz sicher, dass es sich um ein Pflanzengift handelt?«, fragte mich Alice.

»Ich ... na ja, ich schätze schon. Campbell erzählte mir, dass Greiskraut nicht das richtige Gift ist. Es kann sein, dass ich das ebenfalls missverstanden habe.«

»Ihr Frauen habt einen richtigen Detektivclub gegründet?«, fragte Ray mit einem Schmunzeln auf den Lippen. »Ihr nehmt diesen Tod ziemlich ernst.«

»Ich bin wieder da.« Granny Molly stürmte durch die Tür, eine Laptoptasche in der Hand. »Oh! Wir haben Besuch.«

Ray erhob sich und nickte. »Schön, Sie kennenzulernen. Ich bin Ray Smith. Der leitende Gärtner des Schlosses.«

»Ich bin Molly.« Ihre Wangen färbten sich rosig.

»Gehören Sie zur Familie Audley?«, fragte Ray. »Sollte ich mich verbeugen oder Sie Prinzessin nennen?«

Granny Molly kicherte. »Um Himmels willen, nein. Ich bin niemand Außergewöhnliches.«

»Wenn ich das so sagen darf, für mich sehen Sie ziemlich außergewöhnlich aus. Sie haben so eine elegante Art an sich. Daher vermutete ich, dass Sie ein Familienmitglied sind.«

Granny Mollys Wangen erröteten weiter und ich unterdrückte ein Lächeln. Sie mochte es immer, wenn ein Mann ihr schmeichelte.

»Das ist vorerst alles, Ray«, verkündete Lady Philippa. »Es sei denn, Sie möchten noch weitere Fragen stellen, Holly.«

»Nein, im Augenblick nicht. Aber vielen Dank, Ray. Aber wenn du nichts dagegen hast, werde ich vielleicht morgen noch einmal vorbeikommen und mit dir über Pflanzengift sprechen.«

»Unbedingt. Ich helfe, wo ich kann.« Er nickte und bedachte meine Großmutter mit einem strahlenden Lächeln, bevor er den Raum verließ.

»Was hast du denn da?«, fragte ich, als Granny sich auf ihrem Platz zurücklehnte.

»Ray macht einen netten Eindruck.« Sie ignorierte meine Frage.

»Er ist sehr nett.« Ich deutete mit dem Kopf auf den Laptop.

»Ist er Single?«

»Das habe ich nie gefragt. Warum?« Ich warf ihr einen strengen Blick zu.

»Oh! Ich frage nur für eine Freundin.« Sie glättete sich mit ihren Händen das Haar.

»Also ...« Ich deutete auf den Laptop.

Granny lächelte verschmitzt. »Leanna hatte einen eigenen Laptop, auf dem sie gearbeitet hat. Sie hatte es so eilig, wegzukommen, dass sie ihn vergessen hat.« Sie zog ihn aus der Tasche und klappte ihn auf. »Ich hatte das Gefühl, dass er uns helfen könnte, ihre Unschuld zu beweisen oder eben das Gegenteil.«

»Wie kommt es, dass du ihn hast?« Mein Magen verkrampfte sich und mein Mund wurde trocken. Ihre Antwort wollte ich beinahe gar nicht hören.

»Ich habe ihn mir geliehen. Einen eigenen habe ich im Moment nicht und Leanna benutzt ihn in ihrer jetzigen Situation nicht. Ich dachte, es wäre sinnvoll.« Sie sah mich nicht an, während sie antwortete.

Ich murrte leise vor mich hin. Ich musste mit ihr darüber sprechen, dass sie sich Sachen von anderen *auslieh*, aber nicht in Gegenwart von Lady Philippa und Alice. »Werfen wir einen Blick darauf.«

Sie stellte den Laptop in die Mitte des Tisches, damit alle daraufschauen konnten. »Ich habe vorhin schon einen Blick riskiert. Leanna hat eine Menge Fotos gemacht. Sie hat mehrere Ordner voll.«

»Sie sprach von ihrem Interesse für Fotografie.« Ich schob meinen Teller beiseite und überflog die Dateien auf dem Laptop. Dann öffnete ich eine Datei mit der Bezeichnung Audley Messe und scrollte durch einige Bilder.

»Sie hat dich mit Rupert fotografiert.« Alice beugte sich vor und starrte auf den Bildschirm. »Ihr seht so süß zusammen aus.«

Granny Molly nickte. »Ihr seid ein tolles Paar. Es sieht aus wie auf einer richtigen Hochzeit.«

Ich lächelte und gab mich für kurze Zeit der Fantasie hin, dass es eine echte Hochzeit gewesen war.

»Davon brauche ich Abzüge«, verkündete Granny. »Du ziehst so selten schöne Kleider an, Holly.«

»Doch. Nur zu besonderen Anlässen.«

»Ich hätte auch gern Abzüge«, warf Lady Philippa ein. »Auch wenn das Ganze keine richtige Hochzeit war, ist es doch schön, eines meiner Enkelkinder vor dem Altar stehen zu sehen. Wie es scheint, ist Alice fest entschlossen, niemals die große Liebe zu finden.«

»Ich wünschte, ich fände sie«, erwiderte Alice knapp.

»Schau nur dieser süße Hund«, sagte Granny. »Wer ist der Kleine?«

»Das ist Connies Hund, Saffron. Sie ist eigentlich ganz süß, aber ein kleines Biest.« Ich klickte mich durch weitere Bilder. Auf mehreren war Saffron zu sehen, die nicht gerade begeistert davon aussah, dass ein Foto von ihr gemacht wurde. Ihre Ohren waren angelegt und ihr Schwanz klemmte zwischen ihren Beinen.

Ich wechselte zu einigen Bildern, auf denen Connie Saffron hielt. Misty stand neben ihr und konzentrierte sich mit verkniffenem Gesichtsausdruck auf Saffron. Mit stockendem Atem beugte ich mich näher an den Bildschirm heran. Auf einem der Fotos reichte Misty Connie einen Becher.

»Ich habe sie überhaupt nicht in Erwägung gezogen«, flüsterte ich.

»Von wem redest du?« Alice betrachtete den Bildschirm. »Ist das nicht die Hundefrau?«

Ich nickte. »Sie kann doch nicht ... Ich meine, Misty war doch bei mir, als Connies Leiche gefunden wurde.«

Alices Stirn legte sich in Falten. »Du vermutest, dass sie etwas damit zu tun hat? Aber warum sollte die Hundesitterin Connie töten? Sie hat sie bezahlt. Und jetzt hat sie keinen Job mehr und sucht ein neues Zuhause für den Hund.«

Mein Herz hämmerte, als würde ich gerade feststellen, dass ein Güterzug direkt auf mich zuraste und ich mitten auf dem Gleis festsaß. »Sie hatte Zugriff auf Connies Getränke und Speisen. Dieses Foto ist der Beweis. Und sie hat seit fast einem Jahr mit Connie zusammengearbeitet. Hat sie diesen Job nur angenommen, damit sie Connie vergiften kann?«

»Ist sie vielleicht eine weitere betrogene Ehefrau, die auf Rache aus ist?«, mutmaßte Alice.

»Nein, Misty ist nicht verheiratet«, erwiderte ich.

»Ich erkenne ihr Motiv nicht«, sagte Alice. »Sie hat mit dem Mord an Connie nichts gewonnen, aber jede Menge verloren.«

Ich blickte in drei gespannte Gesichter. »Deshalb sollten wir Misty finden und sie fragen, ob sie einen Grund dafür hatte, Connie tot sehen zu wollen.«

Kapitel 19

Ich rieb mir die Augen und goss starken Kaffee in eine Tasse.

»Wuff, wuff.« Meatball hüpfte vor meinen Füßen herum. Er rannte zu seinem leeren Napf, dann kam er wieder und ließ ihn vor mir fallen.

»Tut mir leid, Junge. Ich bin heute ein bisschen langsam. Zu wenig Schlaf und zu viel Nachdenken.« Die ganze Nacht hatte ich überlegt, ob Misty hinter Connies Mord stecken konnte. Ich hatte sie so schnell ausgeschlossen. Sie war freundlich. Sie hatte sich einen Freigeist genannt, der Tiere liebte. Misty war ein guter Mensch.

Und der größte Knackpunkt war, dass wir zusammen gewesen waren, als Connie die tödliche Dosis Gift verabreicht worden war. Wie konnte sie sie ermordet haben? Hatte sie es so gut geplant? Sie hatte Connie getötet, war dann mit Saffron Gassi gegangen und konnte so entspannt und glücklich tun? Wenn ich gerade jemanden ermordet hätte, wäre ich ein zitterndes, verschwitztes, adrenalingeladenes Wrack. Wahrscheinlich würde ich keinen zusammenhängenden Satz herausbekommen. Misty war lustig und charmant gewesen, als wir uns getroffen hatten.

Ich füllte Trockenfutter in Meatballs Napf und stellte ihn ihm hin.

Er wedelte freudig mit dem Schwanz und schien es mir nicht übelzunehmen, dass ich mich heute Morgen im Schneckentempo bewegte.

Ich war immer noch nicht überzeugt davon, dass Misty etwas mit dem Mord an Connie zu tun hatte, weshalb ich mir eine Ausrede überlegt hatte, um heute mit ihr zu sprechen. Es war das Einzige, was mir einfiel, das Misty wütend machen könnte. Sie liebte Tiere, und Connie, na ja, Saffron war ihr bestenfalls gleichgültig. Aber war das Grund genug für Misty, um Connie zu töten?

Ich war nicht sicher, aber ich musste mich beeilen. Die Hochzeitsmesse wurde heute Morgen abgebaut und einige der Aussteller waren bereits gegangen.

Es klopfte an meiner Wohnungstür. Ich stürzte meinen Kaffee für den willkommenen Koffeinschub hinunter, eilte zur Tür und öffnete sie.

Alice stand mit einem aufgeregten Funkeln in den Augen davor. »Bereit für unsere große Enthüllung?«

Ich rieb mir noch einmal die Augen. »Fast.«

»Glaubst du, Misty wird dir die Story abkaufen?« Alice sah zu Meatball hinunter, der neben mir stand und sich die Reste seines Frühstücks von der Schnauze leckte, wobei er auf das saftig grüne Gras draußen blickte.

»Ich kann eine Show abziehen. Es überzeugend rüberbringen.«

Sie neigte ihren Kopf. »Alle wissen, wie sehr du Meatball liebst.«

»Misty kennt mich nicht so gut. Und ich brauchte einen Grund, um mit ihr zu reden. Es sollte einfach sein, sie davon zu überzeugen, dass ich ein neues Zuhause für ihn suche.« Ich tätschelte ihm den Kopf. »Was ich natürlich nicht tue. Nimm dir nichts von dem, was ich sage, zu Herzen. Du bleibst bei mir.«

»Wuff, wuff!« Er wedelte mit dem Schwanz, als wüsste er, dass ich die Wahrheit im Herzen trug, und dann lief er um Alices Beine herum, um das Gras zu beschnüffeln.

»Ich hoffe, es macht dir nichts aus, aber wir haben Verstärkung«, sagte Alice.

Ich schnappte mir meine Jacke, trat nach draußen und schloss die Wohnungstür ab. »Wovon sprichst du?«

Mit einem schuldigen Ausdruck auf dem Gesicht faltete sie ihre Hände. »Ich wollte nichts sagen, aber ich war so aufgeregt und es ist mir einfach rausgerutscht.«

Besorgnis ergriff mich. »Alice, was hast du getan?«

»Ich war bei Campbell. Ich habe ihn gefragt, wie es mit Leanna läuft. Er sagte, er habe sie für weitere Befragungen in Gewahrsam. Die Polizei hält sie für schuldig.«

»Das verstehe ich«, sagte ich. »Ich dachte auch, sie sei schuldig, als ich sie flüchten sah.«

»Aber wir wissen, dass sie unschuldig ist.«

»Wahrscheinlich unschuldig. Ich bin immer noch nicht überzeugt, dass Misty die Mörderin ist. Aber—«

»Sie hätte Connie Gift verabreichen können, genau wie Leanna. Wir müssen sichergehen. Und deshalb ...« Sie wandte den Blick ab und zwirbelte eine Haarsträhne um ihren Finger.

»Ich weiß, dass du das Schlimmste noch nicht erwähnt hast. Spuck es aus, langsam tut es weh.«

»Als ich mit Campbell sprach, erwähnte ich deine Theorie, dass Misty Connie getötet hat.«

Ich stöhnte auf. »Ich wette, er war begeistert, zu erfahren, dass ich noch ermittle.«

»Nicht ganz. Er sagte mir, dass der Fall fast gelöst ist und dass ich mich nicht sorgen muss. Ich habe ihm gesagt, dass ich mir Sorgen mache. Und ... nun ja, ich habe darauf bestanden, dass er Mistys Wohnwagen durchsucht.«

Ich packte sie am Arm und drehte sie zu mir um. »Du hast was? Wenn sie das herausfindet, fliegt unser Spiel auf. Wenn Misty Campbell vor ihrer Tür entdeckt—«

»Nein! Ich habe ihm erzählt, was wir vorhaben. Ich sagte, wir würden mit Misty sprechen und ihr Motiv für den Mord an Connie herausfinden. Dann habe ich ihm aufgetragen, einen Blick in den Wohnwagen zu werfen, wenn Misty mit den Hunden draußen ist.«

»Er wird mich umbringen.« Ich versteckte mein Gesicht einen Moment lang in meinen Händen. »Er wird denken, dass ich dich dazu angestiftet habe.«

Alice kicherte. »Campbell hat deinen Namen mehrmals erwähnt. Aber ich habe kein Wort gesagt. Außerdem stehe ich vollkommen hinter dieser Idee. Es ist wichtig, dass wir alle Möglichkeiten abdecken. Vielleicht versteckt Misty Gift in ihrem Wohnwagen. Das könnte der Beweis sein, den wir brauchen, um ihre Schuld zu beweisen.«

»Oder es könnte bedeuten, dass Campbell mir eine riesige Zielscheibe auf den Rücken setzt und mich bei der nächsten Gelegenheit zu Fall bringt.«

»Keine Panik. Wir brauchten einen Plan B«, sagte Alice. »Was, wenn wir nichts Nützliches aus Misty herausholen können? Dann sind wir aufgeschmissen. Sie verschwindet Richtung im Sonnenuntergang und Leanna badet ihre Tat aus.«

Ich versuchte, das Kribbeln zu ignorieren, das mir den Rücken hinunterlief und mir sagte, ich sollte meine Tasche packen und das Land verlassen, bevor Campbell mich erwischte. »Es ist keine schlechte Idee, einen Ersatzplan zu haben.«

»Manchmal habe ich gute Ideen«, kommentierte Alice. »Campbell wartet, bis Misty mit den Hunden rausgeht. Dann führt er eine Durchsuchung durch. Die Polizei ist in Alarmbereitschaft und es wurde ein Durchsuchungsbefehl ausgestellt. Wenn also Beweise gefunden werden, haben sie vor Gericht Bestand.«

Ich starrte sie an. »Du bist wirklich gut darin. Vielleicht sollte ich aufhören, die Neugierige in dieser Partnerschaft zu sein.«

»Wage es dich nicht! Und ich habe so viel von dir gelernt. Oh, und aus den Folgen dieser Tatort-Ermittlungssendung, die ich mir alle nacheinander angeschaut habe. Sie sind so nützlich, wenn auch ein wenig blutig. Und einige der männlichen Schauspieler sind zum Anbeißen.«

»Wenn das nicht funktioniert, wird Campbell nie wieder mit mir sprechen. Und mit dir vielleicht auch nicht.«

»Mit mir muss er sprechen. Im Prinzip bin ich seine Chefin. Und er wird sich schon einkriegen. Er wird ein paar Tage mürrisch sein, dann normalisiert es sich wieder, wenn er merkt, wie brillant wir sind. So ist er eben.«

»Hoffen wir es. Komm jetzt. Wir müssen uns beeilen, wenn wir Misty mit den Hunden erwischen wollen.«

Sie hüpfte neben mir her. »Hoffentlich können wir die Sache schnell aufklären und es mit einem Frühstück feiern. Du kannst Waffeln machen.«

»Es wäre mir eine Freude, Euch zu dienen, Mylady.« Ich tippte mir an meinen imaginären Hut.

Sie stieß mir gegen den Arm. »Ich bevorzuge Eure Hoheit.«

Ich lachte, aber trotz Alices Beteuerungen war ich angespannt. Campbell wäre unglaublich wütend auf mich sein, aber wenn wir dieses Verbrechen aufklärten, musste er darüber hinwegkommen.

Wir gingen auf die Bäume zu, an denen ich Misty schon mehrmals beim Gassigehen getroffen hatte.

Es dauerte nicht lange, bis Meatball die Ohren aufstellte und losrannte, als er andere Hunde witterte.

Scharfes Bellen ertönte, dann hörte ich Mistys Stimme in der Ferne.

»Da ist unser Ziel«, sagte ich.

»Ich halte mich zurück. Du redest«, bestimmte Alice.

Wir liefen schneller und entdeckten Misty mit Saffron auf einer Lichtung.

Sie hob eine Hand, als sie mich und Alice sah. »Ich dachte mir schon, dass Sie in der Nähe sein müssen, wenn dieser kleine Kerl hier herumrennt.«

»Hi. Wir gehen nur unsere Morgenrunde.« Ich ging auf sie zu, wobei ich versuchte, trotz meines hämmernden

Herzens ruhig auszusehen. »Wie läuft es mit dem neuen Familienmitglied?«

»Ich habe immer noch ein paar Probleme mit Saffron.« Sie hielt den kleinen Hund in ihren Armen. Saffron knurrte und fletschte die Zähne nach Meatball, der zu ihr hochsah und mit dem Schwanz wedelte.

»Es wird eine Weile dauern, die schlechten Angewohnheiten aus ihr rauszukriegen«, kommentierte ich.

»Das schaffen wir schon. Sie macht wunderbare Fortschritte«, berichtete Misty.

»Haben Sie gehört, was mit Leanna passiert ist?«, fragte ich. »Sie wurde zur Befragung wegen des Mordes an Connie verhaftet.«

Misty konzentrierte sich auf Saffron und richtete ihr Halsband. »Das habe ich. Ich war überrascht. Ich dachte, wenn irgendjemand Connie umgebracht hat, dann war es Belinda. Das zeigt, was ich weiß.«

»Belinda hat ein Alibi«, erklärte ich. »Leanna nicht. Es sieht aus, als würde sie wegen Mord angeklagt werden.«

Misty schüttelte ihren Kopf. »Was für eine Schande. Aber Connie konnte eine schwierige Frau sein. Und sie hatte keinen Mutterinstinkt, keine Veranlagung, sich zu kümmern oder jemanden zu unterstützen. Sie hatte nie eigene Kinder.«

»Sie hatte Saffron«, warf ich ein. »Vielleicht zog Connie Fellnasen echten Babys vor.«

Misty sah mich noch immer nicht an, während sie Saffron an ihre Brust drückte. »Sie behandelte Saffron nicht wie ein Baby. Sie liebte sie nicht so, wie ich es tue. Sie schaffte sie an, wie andere Leute eine Halskette aussuchen. Mehr ein Accessoire als ein geliebtes Familienmitglied. Sie trug Saffron in diesen lächerlichen Outfits herum, damit sie anderen gefiel und Kommentare erntete. Hunde sind keine Schmuckstücke, die man sich um den Hals hängen kann, um andere zu beeindrucken.«

Ich nickte. Misty hatte die gleichen Ansichten über Tiere wie ich. Das würde das, was ich vorhatte, nicht gerade erleichtern. »Was bin ich froh, Sie erwischt zu haben! Ich brauche Ihren Rat. Ich denke darüber nach, Meatball abzugeben.«

Mistys Kopf schoss hoch und sie starrte mich an. »Das würden Sie tun? Sie passen perfekt zusammen.«

»Meatball stinkt ein wenig, wenn er zu viel gefressen hat«, warf Alice ein. »Er gibt wirklich fürchterliche Gerüche ab. Ich verstehe, warum Holly überlegt, ihn nicht zu behalten.«

Meatball blickte sie mit schief gelegtem Kopf an.

Ich zuckte mit den Schultern und versuchte, lässig und unbetrübt auszusehen, während ich erzählte, dass ich meinen besten Freund abgeben wollte. »Das stimmt. Ich habe zu viel zu tun, um ihn spezielles Futter zu besorgen. Und das ganze Spazierengehen und Häufchenaufheben geht mir auf den Geist. Außerdem sind die Tierarztrechnungen so teuer.«

Mistys Mund öffnete und schloss sich mehrmals. »Das können Sie nicht tun. Sehen Sie ihn an, er liebt sie. Es würde ihm das Herz brechen, wenn Sie ihn abgeben würden.«

Als hätte ich ihn darauf trainiert, stellte sich Meatball auf die Hinterläufe und wackelte in der Luft mit den Vorderpfoten, wobei er wie der süßeste, liebenswerteste Hund auf der Welt aussah.

Ich ignorierte ihn, obwohl ich mich auf die Knie werfen und ihm den Bauch kraulen wollte. »Sie wissen ja, dass Hunde viel Arbeit machen. Fast so schlimm, als hätte man ein Kind.« Ich blickte Meatball an und zwang mich, einen skeptischen Ausdruck aufzusetzen. »Er ist süß, aber ich muss mich auf meine Karriere konzentrieren. Er ist mir im Weg.«

Misty schürzte die Lippen und verengte die Augen. »Sie klingen wie Connie. Sie glaubte, einen Hund zu haben, würde Spaß machen und ihr eine Menge Aufmerksamkeit verschaffen. Sie dachte nicht an die ganze Arbeit, die es kostet, ein Tier zu erziehen. Sobald Saffron sie gelangweilt hat, warf sie sie weg wie einen alten Pullover.«

»Und hat Sie angeheuert, damit Sie sich um sie kümmern?«, hakte ich nach.

»Wenn ich könnte, hätte ich es umsonst getan«, sagte Misty. »So behandelt man einen Hund nicht. Natürlich müssen sie trainiert, gepflegt, gefüttert und ausgeführt werden. Sie hat die Kleine schlecht behandelt. Das war falsch.«

Ich warf Alice einen Blick zu. Wir hatten gerade ein Motiv gefunden. »Wahrscheinlich macht es Sie krank zu sehen, dass jemand ein Tier schlecht behandelt, genau wie Alice und mich.«

»Natürlich! Welches Monster würde einem Tier etwas zuleide tun?«

»Leute, die ich nicht gerne um mich habe. Haben Sie Connie deshalb vergiftet?«, fragte ich.

Alice stieß ein kleines Keuchen aus.

Mistys Blick wanderte langsam von mir zu Alice und wieder zurück. »Warum glauben Sie, ich hätte sie vergiftet?«

»Connie hat Saffron schlecht behandelt. Das konnten Sie nicht mitansehen, also haben Sie etwas dagegen unternommen«, erklärte ich.

Misty schüttelte den Kopf. »Leanna hat es getan. Die Polizei hätte sie nicht mitgenommen, wenn sie nicht glauben würden, dass sie schuldig ist.«

»Leanna plante ihre Zukunft. Sie wollte nicht mehr lange bei Connie bleiben. Warum sollte sie sie umbringen, wenn sie bereits Pläne hatte, auszusteigen?«

Misty zuckte mit den Schultern. »Keine Ahnung. Vielleicht hat Connie etwas so Schlimmes getan, dass sie es nicht mehr aushielt. Sie hatte eine grausame Seite an sich.«

»Oder vielleicht hat Leanna sie nicht vergiftet.« Ich machte einen Schritt auf sie zu. »Sie sagten mir, Sie seien mit Connie befreundet. Warum waren Sie mit jemandem befreundet, der sein Tier schlecht behandelt?«

Sie seufzte. »Okay, ich bin nicht traurig darüber, dass Connie tot ist. Sie hatte es verdient. Sie war schrecklich zu allen. Zu Leanna war sie unglaublich gemein und mich hat sie manchmal wie eine Sklavin behandelt. Wenn ich diesen kleinen Hund nicht so sehr geliebt hätte, hätte ich schon lange gekündigt und sie zum Teufel geschickt. Sie wusste, wie wichtig mir Saffron war und nutze es aus.«

»Connie scheint keine besonders tolle Person gewesen zu sein, aber sie hätte nicht vergiftet werden sollen. Was haben Sie benutzt?«, fragte ich.

»Nichts! Ich habe nichts damit zu tun. Holly, ich habe Sie als Freundin betrachtet. Nun, bis Sie erwähnten, dass Sie den Hund loswerden wollen. Ich habe Sie ganz falsch eingeschätzt. Ich dachte, wir würden uns verstehen.«

»Da kommt Campbell«, flüsterte Alice mir ins Ohr. Sie drehte sich um und eilte zu ihm.

Misty machte einen Schritt zurück, ihre Hände umschlossen Saffron fester. »Was ist hier los? Was haben Sie getan?«

»Misty, ich würde es verstehen, wenn Sie Connie tot sehen wollten. Tierquälerei ist falsch und macht mich sehr wütend. Jedes Tier möchte nur geliebt und gut behandelt werden. Sie schenken uns ihr Vertrauen, aber manchmal läuft es falsch.«

»Bei Connie ist es definitiv falsch gelaufen. Diese Frau hatte kein Herz. Sie interessierte sich nur dafür, wie viel Geld sie verdienen konnte. Es war widerlich.«

»Und Sie haben etwas dagegen unternommen. Wann hat es angefangen?«

Wieder schüttelte sie ihren Kopf. »Ich sage gar nichts.«

Campbell kam mit Alice an seiner Seite und finsterer Miene zu uns herüber.

»Hast du etwas gefunden?«, fragte ich ihn.

»Wovon sprechen Sie?« Mistys weit aufgerissene Augen richteten sich auf Campbell.

»Das haben wir. Durch den Durchsuchungsbefehl haben wir bekommen, was wir brauchten«, berichtete Campbell.

»Moment mal! Sie haben meine Sachen durchsucht, während ich nicht in meinem Wohnwagen war. Das ist illegal. Sie hatten kein Recht dazu.«

»Wir hatten jedes Recht dazu«, versicherte Campbell.

Misty schnaubte. »Ich kümmere mich in diesem Wohnwagen um die Tiere. Ich würde niemals das Risiko eingehen, dort etwas Giftiges aufzubewahren. Ich schließe sogar die Reinigungsmittel in einem Schrank ein, damit sie nicht damit in Berührung kommen.«

»Sie haben recht. In Ihrem Wohnwagen haben wir nichts gefunden«, sagte Campbell.

Misty zeigte mit dem Finger auf mich. »Sehen Sie? Ich hatte nichts damit zu tun, was mit Connie passiert ist.«

»Allerdings haben wir mehrere Flaschen Frostschutzmittel in Ihrer Wohnung sichergestellt«, fuhr Campbell fort.

Alice quietschte vergnügt und hopste herum.

»Du hast Mistys Wohnung durchsucht?«, fragte ich.

»Nicht ich, sondern die Polizei vor Ort, nachdem ich sie kontaktiert und die Situation erklärt habe. Wir haben einen Durchsuchungsbefehl für die Wohnung und den Wohnwagen besorgt, damit nichts übersehen wird«, erklärte Campbell.

»Das beweist gar nichts.« Misty verlagerte Saffron in ihren Armen. »Die meisten Leute haben Frostschutzmittel zu Hause oder in ihrer Garage. Es ist nützlich, wenn es kalt wird.«

»Wie haben Sie Connie das Frostschutzmittel eingeflößt? Mit ihrem Tee?«, fragte ich. »Ich habe ein Bild von ihnen gesehen, auf dem Sie ihr eine Tasse reichen.«

Misty wandte den Blick ab und ihre Finger verkrampften sich um Saffron. »Das kann ich nicht beantworten, denn ich war es nicht.«

»Diese Methode wäre nicht zuverlässig«, sagte Campbell. »Wenn Connie nur wenig von der vergifteten Flüssigkeit zu sich genommen hat, hätte es ihr nicht geschadet.«

»Also haben Sie es ihr ins Essen gemischt?«, fragte ich Misty.

»Nein, da wäre es dasselbe Problem«, sagte Campbell. »Man braucht etwa achtzig Milliliter Frostschutzmittel, um jemanden zu töten.«

»Und man könnte nicht garantieren, dass das Frostschutzmittel gleichmäßig verteilt ist, wenn man einen Kuchen damit backt. Connie hätte vielleicht gar nichts von dem Gift abbekommen. Es sei denn ...« Ich tippte mit dem Finger gegen mein Kinn. »Wenn Misty Connie einzelne Cupcakes oder Muffins gegeben hat—«

»Wie die, die ihr im Café serviert«, warf Alice ein.

Ich nickte. »Das ist eine sichere Art, um dafür zu sorgen, dass Connie die richtige Dosis bekam. Das Frostschutzmittel könnte nach dem Backen in jedes Küchlein gespritzt worden sein. Gerade genug, um Connie krankzumachen. Sie sagten, dass Sie sich oft mit ihr zu Tee und Kuchen trafen«, sagte ich zu Misty. »Haben Sie es so angestellt? Haben Sie das Gift in den Kuchen gespritzt, um sicherzugehen, dass sie die richtige Dosis bekommt?«

Misty schluckte hörbar. »Ich habe gern für Connie gebacken. Das ist doch kein Verbrechen.«

Ein Schauer durchfuhr mich. »Lady Diana hat vor ein paar Tagen diesen Brownie gegessen, den Connie ihr gab, als wir uns auf der Hochzeitsmesse umsahen. Danach wurde sie krank.«

Alices Augen weiteten sich, und sie blickte zum Schloss. »Ich dachte, sie hätte sich diesen Magen-Darm-Virus eingefangen, an denen die anderen Leute litten. Du glaubst doch nicht—«

»Nein!« Mistys Unterlippe bebte. »Es sollte niemand sonst zu Schaden kommen.«

Alices Augen füllten sich mit Tränen. »Campbell, Hilfe! Diana wurde vergiftet. Sie wird sterben, genau wie Connie.«

»Misty, haben Sie Frostschutzmittel in Connies Brownies gemischt? Ist Lady Diana noch immer in Gefahr?«

Sie blickte zu Saffron hinunter und streichelte sanft ihren Kopf. »Ja. Connie verdiente es nicht zu leben, aber ich wollte nur sie vergiften. Sie hätte die Brownies nicht weitergeben sollen.«

Campbell trat einen Schritt zurück, wobei er bereits über den Knopf in seinem Ohr mit jemandem sprach.

Mein Blick fiel auf Saffron, die sich mit halb geschlossenen Augen an Mistys Brust kuschelte. »Sie haben es getan, um den Hund zu beschützen. Sie dachten, sie wird misshandelt.«

»Ich dachte es nicht, ich habe es mit eigenen Augen gesehen. Connie hat sie misshandelt. Sie hat sie nicht nur als Accessoire benutzt, sie verkleidet und sie in diese übergroßen Taschen gesteckt, in denen sie sie herumtrug. Sie schlug sie. Saffron hatte solche Angst, dass sie auf den Boden gepinkelt hat, und das machte Connie noch wütender. Ich musste etwas dagegen tun.«

»Sie hätten vorschlagen können, dass sie ihr Tier besser behandeln sollte«, sagte Campbell, als er wieder zu unserer Gruppe stieß.

Alice packte seinen Arm. »Was passiert mit Diana? Sie war in letzter Zeit wirklich mürrisch drauf, aber ich möchte sie nicht verlieren. Sie ist meine drittliebste Cousine.«

»Einer meiner Kollegen ist jetzt bei ihr. Und es wurde ein Krankenwagen gerufen.« Campbell hielt kurz Alices Hand. »Sie wird sicher wieder gesund.«

»Sie wird wieder gesund. Eine Dosis wird sie nicht umbringen«, sagte Misty. »Und es wird keine Langzeitschäden geben, solange sie behandelt wird.«

Alice zog an Campbells Arm. »Ist das wahr?«

»Wahrscheinlich. Für Organversagen ist eine große Dosis nötig.«

»Und Misty sollte sich damit auskennen, denn sie hat Connie seit Monaten damit vergiftet«, sagte ich.

Misty senkte ihren Kopf. »Ich wusste nicht, wie viel ich benutzen muss, also fing ich klein an. Anfangs waren es nur ein paar Tropfen. Ich verspreche Ihnen, ich habe alles getan, um sie dazu zu bringen, Saffron besser zu behandeln. Sie hatte jede Chance, eine bessere Hundemutter zu werden. Ich schlug positive Bestärkung vor, Leckerlis und Lob. Connie lehnte die Vorschläge ab. Sie sagte, ihre Eltern nutzten körperliche Bestrafungen, als sie ein Kind war, und es habe ihr nicht geschadet.« Mit angespannter Miene schnaubte sie. »Alle konnten sehen, dass das nicht wahr war. Connie war unfreundlich zu jedem. Ich glaube, sie wusste nicht, wie man liebt. Männer benutzte sie und warf sie weg. Sie war unverschämt zu jedem, der mit ihr gearbeitet hat, einschließlich mir, aber vor allem hat sie dieses unschuldige Baby verletzt.« Sie küsste Saffrons Kopf.

Ich spürte einen Hauch von Mitleid für Misty. »Warum haben Sie ihr Saffron nicht wegnehmen lassen?«

»Sie hätte sich einfach einen anderen Hund gekauft und ihn genauso schlecht behandelt. Ich habe sogar angeboten, Saffron zu nehmen und mich um sie zu kümmern. Sie behauptete, sie habe sie gern um sich, aber sie hat Saffron kaum beachtet, und wenn, dann nur, um sie anzuschreien. Es hätte ihr verboten werden sollen, Tiere zu besitzen.«

»Was hat das Fass zum Überlaufen gebracht?«, fragte ich. »Sie haben versucht, sie dazu zu bringen, sich zu ändern, aber irgendetwas muss passiert sein, das Sie schließlich dazu brachte, sie umzubringen.«

Misty sah mich an und ihre Augen waren voller Reue. »Connie begann davon zu reden, dass sie mehr Hunde wollte. Ich versuchte, sie davon abzubringen, aber sie stand bereits in Kontakt mit mehreren Züchtern und suchte nach einem Welpen. Das arme Ding hätte ein schreckliches Leben gehabt, genau wie Saffron. Vor zwei Wochen sagte sie mir, dass sie einen Züchter besuchen wollte, um sich Welpen anzusehen. Sie wollte, dass ich nach der Hochzeitsmesse mit ihr hingehe.«

»Und Sie konnten es nicht ertragen, ein weiteres Tier leiden zu sehen«, sagte ich.

»Deshalb war es trotzdem nicht richtig«, murmelte Campbell.

Das stimmte, aber es wurde verständlicher. »Warum haben Sie gerade dieses Gift benutzt?«, fragte ich.

»Ich wollte, dass Connie Schmerz, Angst und Kontrollverlust spürt, genau wie Saffron.« Misty hob ihr Kinn. »Aber wenn sie sich nicht gut fühlte, hatte sie noch schlechtere Laune. Sie ging auf alle los.«

»Also litt Saffron noch mehr«, sagte ich.

Mistys Lippen verzogen sich zu einer dünnen Linie. »Connie trug immer diese schrecklichen spitzen High Heels. Saffron war ihr im Weg und die trat nach ihr. Der arme Hund jaulte auf und rannte weg. Das war's. Ich hielt es nicht mehr aus. Bei der Misshandlung und der Aussicht auf einen zweiten Hund musste ich handeln. Ich hatte nicht vor, Connie umzubringen, ich wollte sie nur leiden lassen. Ich hoffte, sie würde verstehen, wie schrecklich es ist, verängstigt zu sein oder niemanden zu haben, der sich kümmert. Aber ich habe es versaut. Sie wurde zu einem noch schlimmeren Monster.«

»Sie versetzten ihr Essen mit der tödlichen Dosis?«, fragte ich. »Es reichte, um sie schnell zu töten, aber es gab Ihnen genügend Zeit, um sich zu entfernen, sodass Sie nicht in der Nähe waren, als sie gefunden wurde.«

»Ja, das war ganz einfach. Connie nannte mich immer einen Hippie, weil ich gerne Pflanzen und Kräuter aus der Gegend zum Kochen und Backen verwendete. Ich sammelte sie, wenn ich mit den Hunden ging. Sie war immer auf Diät und hat selten Schokolade gegessen, aber sie mochte Süßes. Connie hat die Muffins oder Brownies, die ich gebacken habe, immer gern gegessen. Ich sagte ihr, dass sie aus natürlichen Zutaten bestanden und nicht dick machten. Und Frostschutzmittel schmeckt süß, also hat sie nichts gemerkt. Am Tag ihres Todes nutzte ich die vierfache Menge. Ich mischte es in ihren Tee und ihren Brownie, um sicherzugehen, dass sie nicht überleben würde.«

»Und dann haben Sie sie sterben lassen«, sagte ich.

»Was passiert ist, tut mir nicht leid. Die Welt ist ohne sie ein besserer Ort«, bestätigte Misty.

»Reden wir auf der Polizeiwache weiter.« Campbell ging auf Misty zu und packte sie am Arm.

»Was ist mit den Hunden, um die ich mich kümmere?«, fragte Misty. »Ich kann sie nicht allein lassen. Und Saffron hat niemanden. Ich lasse nicht zu, dass sie ins Tierheim kommt. Das wäre schrecklich für sie.«

»Lassen Sie sie bei mir.« Ich streckte die Hände aus. »Bei mir ist sie sicher.«

»Woher wissen Sie das? Gerade haben Sie davon gesprochen, dass Sie Ihren eigenen Hund abgeben wollen, weil er so viel Arbeit macht. Und dass ...« Ihre Augen weiteten sich. »Oh! Sie haben mich ausgetrickst.«

Ich ließ meine Hände sinken. »Ich musste herausfinden, was Ihr Motiv für den Mord an Connie war. Als ich Ihre Reaktion darauf sah, dass ich Meatball abgeben wollte, wurde mir alles klar. Sie würden alles tun, um die Hunde zu schützen, die Sie lieben. Das verstehe ich. Und ich würde Meatball niemals abgeben. Er ist mein bester Freund.«

Misty ließ ihre Schultern hängen. Sie kuschelte noch ein paar Sekunden mit Saffron, bevor sie ihr noch einen Kuss auf den Kopf drückte. »Geh mit dieser netten Dame. Sie wird auf dich aufpassen.« Sie reichte sie mir.

Saffron knurrte ein paar Sekunden lang. Schließlich entspannte sie sich auf meinem Arm und blinzelte zu mir hinauf.

»Ich werde dafür sorgen, dass dich niemand mehr verletzt«, sagte ich zu Saffron. »Das verspreche ich.«

»Gehen wir«, forderte Campbell.

»Holly, sagen Sie den Hundebesitzern Bescheid, dass ich heute nicht verfügbar bin«, sagte Misty. »Ich hasse es, sie zu enttäuschen.«

»Natürlich. Machen Sie sich keine Sorgen um die Hunde.«

Ihr Blick lag auf Saffron. »Ich tue nichts anderes. Hunde sind mein Leben. Und wie Sie herausgefunden haben, würde ich töten, um sie zu beschützen.«

Ich stellte mich neben Alice und Meatball, während sie von Campbell abgeführt wurde.

Alice wollte Saffron streicheln, wurde jedoch von ihr angeknurrt. »Hmmm, ich weiß nicht, ob ich töten würde, um diese Kleine zu retten. Sie ist ein wenig mürrisch.«

»Du wärst auch mürrisch, wenn du von deiner Besitzerin misshandelt worden wärst.« Ich kitzelte Saffron unter dem Kinn. »Du willst sie wohl nicht nehmen?«

Alice rümpfte die Nase. »Nein, sie ist kein Hund für mich. Sie erinnert mich zu sehr an Diana. Und eine kranke, mürrische Cousine aushalten zu müssen, reicht mir. Ich brauche nicht auch noch einen mürrischen Hund.«

»Sorgst du dich um Lady Diana?«

»Ein wenig, aber Campbell kümmert sich um alles. Und Misty sagte, dass Diana durch eine Dosis Frostschutzmittel nicht sterben wird.« Alice stöhnte. »Sie wird noch missmutiger sein, wenn sie herausfindet, dass sie vergiftet wurde. Sie wird mir die Schuld dafür geben.«

Ich schmunzelte und schüttelte den Kopf. »Es ist schön zu sehen, dass dir das Wohlergehen deiner Familie am Herzen liegt.«

»Das tut es! Ich meine, ich wäre besorgter, wenn sie ein wenig netter zu mir wäre. Sie kann so grässlich sein.«

»Alice!«

»Na schön. Ich schicke ihr Blumen und höre mir an, wie sie sich darüber ausweint, fast gestorben zu sein und bla, bla, bla.«

»Du solltest Percy erzählen, was passiert ist.«

Sie stieß mich an. »Geniale Idee. Vielleicht wird ihm klar, wie sehr er sie noch liebt und dann nimmt er sie mir ab.«

»Du hast so ein großes Herz.«

»Ja, für die Leute, die ich wirklich liebe.« Sie stieß mich noch einmal mit ihrer Hüfte an. »Was wirst du mit Saffron machen?«

»Bestimmt ist sie das perfekte Hündchen für jemanden. Ich muss nur jemanden finden, zu dem sie passt.«

»Vielleicht kann sie bei dir und Meatball bleiben.«

Meatball winselte und senkte seine Ohren.

Ich grinste. »Keine Sorge. Ich glaube nicht, dass du und Saffron jemals Freunde werdet. Ich zwinge dich nicht, dein Bett mit ihr zu teilen.«

»Morden für einen Hund«, sagte Alice, während wir langsam zum Schloss zurückliegen. »Ich bewundere Mistys Wesen. Sie beschützt die Schwachen.«

»Und sie ist eine Mörderin. Komm schon, gehen wir zurück zur Hochzeitsmesse und reden wir mit den anderen Hundebesitzern, damit sie wissen, dass Misty nicht mehr aktiv ist. Und du musst zu Lady Diana, während ich mir überlege, was ich mit Saffron mache.«

Kapitel 20

»Granny, hast du Saffron gesehen?« Ich betrat die Lounge und ein Lächeln legte sich auf mein Gesicht, als ich den Hund zusammengerollt auf ihrem Schoß sah.

Seit Mistys Festnahme waren drei Tage vergangen, und das Leben war beinahe wieder zur Normalität zurückgekehrt.

Granny grinste zu mir herauf. »Kleine Hunde mochte ich nie, aber mit dem hier kann ich mich anfreunden.«

Ich setzte mich neben sie und streichelte Saffrons Kopf. »Sie ist wirklich eine Süße, obwohl sie immer noch nicht mit Meatball klarkommt.«

Meatball saß auf der anderen Seite der Lounge in seinem flauschigen Hundebett, wobei ein unglücklicher Ausdruck auf seinem Gesicht lag und vielleicht auch ein Hauch von Eifersucht in seinen Augen schimmerte, während er uns beobachtete.

»Ich bin sicher, dass er sie mit der Zeit für dich gewinnen wird«, sagte Granny. Sie tätschelte meine Hand. »Ich bin so beeindruckt von deinen Detektivfähigkeiten. Du hast einen Mord aufgeklärt.«

»Du kennst mich, ich löse gerne Rätsel. Daran bist du schuld.«

»Ich nehme gerne die Schuld auf mich, wenn das bedeutet, dass du die gefährlichen Leute wegsperrst«, sagte Granny. »Wie viel verdient man damit?«

»Verdient! Granny, ich mache das nicht für Geld. Ich tue es, damit die Kriminellen bekommen, was sie verdienen.«

Einen Moment lang war sie still und fuhr mit ihren Fingern über Saffrons Fell. »Was verdiene ich deiner Meinung nach?«

»Was meinst du?«

»Na ja, ich habe Tinas Tasche gestohlen, eine falsche Tombola inszeniert und Leannas Laptop genommen. Macht mich das nicht zu einer Kriminellen?«

Ich stieß ein sanftes Seufzen aus. Das war eine Grauzone. Wenn ich wirklich sehen wollte, wie Kriminelle bekamen, was sie verdienten, sollte ich Granny an die Polizei ausliefern und ihnen alles erzählen.

»Bei deinen Verbrechen gelten mildernde Umstände«, sagte ich schließlich.

Ein langsames Lächeln breitete sich auf ihrem Gesicht aus. »Und welche?«

»Du hast dabei geholfen, diesen Mord aufzuklären. Ich hätte vielleicht nicht herausgefunden, wer Tina ist, wenn du ihr nicht die Tasche gestohlen hättest, und ganz sicher hätte ich die Vergiftungen nicht auf Misty zurückgeführt, wenn ich nicht die Bilder gesehen hätte, die Leanna auf ihrem Laptop hatte. Du hast die Beweise geliefert, die den Fall gelöst haben.«

Sie setzte sich gerader hin und nickte. »Das stimmt wohl. Ich sollte eine vollständige Begnadigung und eine weiße Weste für meinen Beitrag zur Gerechtigkeit bekommen. Ein Gehalt und eine Bleibe wären auch nicht schlecht.«

Ich kicherte. »So weit würde ich nicht gehen.«

»Und vergessen wir nicht, dass das hiesige Tierheim dank meiner großzügigen Tombolateilnehmer eine schöne Spende bekommen. Ich bin praktisch eine Heilige.« Mit einer Hand auf Saffron lehnte sich Granny zurück. »Ich bin froh, dass ich dir helfen konnte, Holly. Wenn auch nur ein wenig.«

»Ich auch. Es ist schön, dich hierzuhaben«, sagte ich.

Ein Klopfen unterbrach uns.

»Das ist wahrscheinlich Alice.« Ich biss mir auf die Unterlippe. »Ich habe fast schon Angst, die Tür zu öffnen. Sie hat die Kostüme für das Plogging organisiert.«

»Ich kann es nicht abwarten, euch alle als Feen, oder was auch immer sie geplant hat, durch das Dorf laufen zu sehen.«

»Ich sollte dich zwingen, mitzumachen«, kommentierte ich.

»Vielleicht tue ich das. Allerdings habe ich kein Kostüm. Ich schätze, ich werde dieses Mal aussetzen.«

Ich eilte zur Tür und öffnete sie. Dann trat ich einen Schritt zurück, wobei mir ein erschrecktes Lachen entwich. »Du siehst ...«

»Sag es ruhig. Ich sehe unglaublich aus.« Alice drehte sich langsam. Sie trug ein ausladendes, grau und grün gesprenkeltes T-Rex-Kostüm. Es hatte einen Wackelkopf, winzige Arme und einen langen Schwanz.

Rupert stand in genau demselben Kostüm neben ihr. Er warf mir ein schüchternes Lächeln zu. »Das war alles die Idee meiner Schwester.«

»Ich ... wow! Ich dachte, du würdest als eine Art Märchenprinzessin kommen. Warum Dinosaurier?« Ich trat zurück, um sie hereinzulassen.

Alice quetschte sich durch die Tür, wobei sie mit ihrem langen Schwanz beinahe einen Beistelltisch um warf. »Ich möchte, dass wir auffallen. Unser Team muss furchteinflößend aussehen. Was passt da besser als ein erschreckender Dinosaurier, der einen Menschen mit einem Happen verschlingen könnte?«

»Warte, du hast Team gesagt. Hast du mir auch ein T-Rex-Kostüm besorgt?«

»Natürlich. Rupert, bring es herein.« Alice gab ihm ein Zeichen.

Meatball sprang von seinem Bett. Er beschnupperte Alices Kostüm mit großem Interesse, bevor er zaghaft in den Schwanz biss.

›Lass die Pfoten von meinem Schwanz.« Alice schob ihn aus seiner Reichweite. »Ich bin ein Raubtier und du siehst aus wie ein leckerer Snack.« Sie wackelte mit ihrem T-Rex-Kopf.

Meatball wedelte mit dem Schwanz, dann drehte er sich zu mir um und sein Blick ließ darauf schließen, dass er verwirrt von Alices Verwandlung war.

»Was haben wir denn hier?« Granny kam mit Saffron auf dem Arm aus der Lounge.

»Hi, Hollys Granny«, sagte Alice. »Machen Sie bei dem Plogging-Event mit?«

»Wenn ich mein eigenes Dinosaurierkostüm bekomme, dann ja.«

Ich drehte mich um und starrte sie an. »Granny! Im Ernst?«

»Natürlich. Das wird eine spaßige Beschäftigung für mein erstes Date mit Ray.«

Mein Mund klappte auf. »Du hast ein Date?«

Sie schenkte mir ein schelmisches Lächeln. »Nachdem er uns mit den verschiedenen Giften geholfen hat, kamen wir uns Gespräch. Er ist so ein cleverer Mann und sehr attraktiv. Ich habe ihn gefragt, ob er zu dem Event geht und er antwortete, er sei nicht sicher. Ich überzeugte ihn davon, dass er mit mir hinkommen sollte.«

»Das ist noch besser.« Alice klatschte in ihre kleinen Dinosaurierhände. »Je mehr, desto besser für unser Team, vor allem, weil wir gegen die Flugsaurier antreten.«

»Es ist kein Wettkampf.« Ich trat aus dem Weg, als Rupert mit einem riesigen Kostüm hereinkam.

»Das ist es doch«, erklärte Alice. »Rupert, hol eins der Extrakostüme, die ich gekauft habe. Hollys Großmutter macht auch mit. Juhu! Die T-Rex werden gewinnen!«

Er seufzte, bevor er aus der Tür schlurfte und leiser murmelte, dass er der Sklave seiner gemeinen Schwester war.

»Wer genau sind die Flugsaurier?«, erkundigte ich mich.

»Campbell und sein Sicherheitsteam, natürlich«, sagte Alice. »Ich habe ihnen allen Kostüme besorgt. Gestern habe ich ihm erzählt, was er tragen wird.«

Ich drückte meine Hand gegen meine Stirn, denn ich war mir nicht sicher, ob ich lachen oder wieder ins Bett gehen sollte. »Diese Idee hat ihm bestimmt sehr gefallen.«

»Es brauchte etwas Überredungskunst, aber ich sagte ihm, es sei für einen guten Zweck und eine tolle Werbung für das Schloss. Außerdem sagte ich, dass ich mit Rupert teilnehmen werde, also muss er dabei sein und sich einfügen. Ich musste ein wenig streng mit ihm werden, als er sagte, er sei sich nicht sicher, ob er in ein Kostüm passen würde. Obwohl sie schon eher klein ausfallen.«

Ich kicherte. »Ich muss sein Kostüm sehen. Gib mir eine Minute, um mich umzuziehen, dann können wir los. Granny, bist du sicher, dass du mitmachen möchtest?«

»Absolut. Her mit meinem Kostüm. Ich ziehe mich um und rufe Ray an, bevor wir losgehen, und frage, zu welchem Team er gehört. Prinzessin Alice, kann man nur ein T-Rex oder Flugsaurier sein?«

»Nein, Ray kann als was auch immer er möchte kommen«, sagte Alice. »Solange er sich verkleidet.«

Granny nahm Rupert das Kostüm ab und ging in die Lounge.

Ich trug bereits meine Joggingsachen, also war es nicht allzu schwer, in das Dinosaurierkostüm zu schlüpfen und den Schwanz und Kopf zurechtzurücken.

»Du siehst toll aus«, kommentierte Alice. »Fast so gut wie ich. Aber ich bin die Königin der Dinos.«

»Gab es in der Kreidezeit Dinosaurierköniginnen?«, fragte ich.

»Das ist fraglich. Schließlich sind sie ausgestorben, also hatten wahrscheinlich die Jungs das Sagen, die Unfug getrieben und sich wie Idioten verhalten haben«, stellte Alice fest.

»Nicht alle von uns sind Idioten«, verteidigte sich Rupert.

»Du auf jeden Fall. Du hast dein Kostüm falsch herum angezogen, als du es bekommen hast«, sagte Alice.

»Das könnte jedem passieren. Die Löcher sind verwirrend.« Rupert stampfte mit seinem riesigen, klauenbesetzen Fuß auf dem Boden auf.

Seit dem unangenehmen Vorfall im Rosengarten hatte ich nicht mehr mit ihm gesprochen. Ich hasste es, dass Distanz zwischen uns herrschte. »Rupert, ich habe etwas für dich.«

Er hob ruckartig seinen Kopf. »Wirklich?«

»Ich war gestern bei Artfully Homewares und habe unsere Töpfe abgeholt. Möchtest du das Endergebnis sehen?«

Sein breites Lächeln hob meine Stimmung. »Natürlich. Die habe ich ganz vergessen.«

»Ihr wart ohne mich bei Artfully Homewares?« Alice hob ihren Dinosaurierkopf und sah mich finster an. »Warum wurde ich nicht eingeladen?«

»Es kam in letzter Minute zustande.« Ich teilte ein Grinsen mit Rupert. »Wir trafen uns zufällig und beschlossen, es auszuprobieren.«

»Hmmm. Nun ja, fragt mich das nächste Mal. Ein Fahrer kann mich hinbringen«, sagte sie.

»Beim nächsten Mal ganz sicher. Warte hier.« Ich schlurfte in meinem T-Rex-Kostüm davon und kam mit den Töpfen zurück, was gar nicht so einfach war, da ich winzige Arme und ziemlich erbärmliche Klauen hatte. Auf meinen hatte ich kleine Muffins mit einer Kirsche gemalt. Rupert hatte sich für ein Buchthema entschieden, um seine Liebe für Poesie auszudrücken.

Er nahm seinen Topf und drehte ihn mehrmals. »Sie sehen toll aus. Danke, dass du sie abgeholt hast.«

»Gern geschehen.«

Sein Blick fiel auf meinen Topf. »Vielleicht können wir tauschen.«

»Klar. Sieh dir meinen an. Ein paar der Muffins sind allerdings etwas schief.«

Mit brennenden Wangen nahm er ihn, wobei sein Blick an dem Topf klebte. »Ich meinte für immer. Ich behalte deinen Topf und du meinen. Es wird eine schöne Erinnerung an unsere ... gemeinsame Zeit sein.«

»Oh! Also ...« Ich sah Alice an. Sie grinste und inspizierte ihre Klauen. »Klar. Sehr gerne.«

Er reichte mir seinen Topf und verzauberte mich mit einem weiteren Lächeln. »Ich stelle ihn stolz in meinem Zimmer auf.«

Plötzlich war mir warm in meinem Kostüm. Ich stellte seinen Topf ab und rückte meinen riesigen Kopf zurecht. »Mit diesem Schwanz werde ich beim Plogging viel langsamer sein.«

»Du kannst mit diesem Schwanz jede Menge Müll aufkehren«, sagte Alice. »Er ist ein Pluspunkt.«

Meatball trottete zu uns herüber, legte seinen Kopf schief und starrte mich ungläubig an.

»Glaub ja nicht, dass du aus der Sache rauskommst.« Alice zog einen leicht gesprenkelten grünen Anzug aus ihrem Kostüm und hielt ihn ihm hin.

»Ich, ähm ... Meatball trägt nicht gern Outfits.« Ich betrachtete den Anzug genauso skeptisch wie er.

»Das weiß ich! Man befestigt ihn am Halsband und es liegt auf dem Rücken auf. Man muss seine Beine nicht auf unwürdige Weise in irgendetwas hineinstecken. Er wird so süß aussehen. Und wenn er es wirklich hasst, nehme ich ihn ab.« Alice kniete sich unbeholfen vor Meatball. Ihr T-Rex-Kopf verschluckte ihn fast, als sie sich vorbeugte und ihm das Dinosaurieroutfit anzog.

Er schüttelte sich ein paar Mal und beschnüffelte das Outfit, dann wedelte er jedoch mit dem Schwanz.

»Er liebt es!« Alice hüpfte auf und ab und das Kostüm wackelte wie schimmliger Wackelpudding. »Er muss in unserem Team sein.«

»Was meint ihr?« Granny erschien in ihrem T-Rex-Outfit. Saffron trottete hinter ihr her, blickte sie an und knurrte immer wieder.

»Ein einzigartiges Outfit für ein erstes Date«, sagte Alice. »Wir müssen jetzt los, damit wir nicht zu spät kommen.«

Wir quetschten uns durch die Tür und die Hunde liefen uns nach.

»Ich bin so froh, dass diese schreckliche Sache auf der Hochzeitsmesse geklärt ist«, sagte Alice. »Es sind alle weg. Es ist wieder Normalität eingekehrt und wir haben das Gelände für uns, ohne Unruhestifter, Vergifter und hochnäsige Hochzeitsplaner.«

Ich nickte und konzentrierte mich darauf, mit meinen neuen Riesenfüßen zu laufen.

»Die anderen Verdächtigen müssen schockiert gewesen sein, als sie herausfanden, dass es Misty war«, sagte Granny.

»Ich war es jedenfalls. Ich hätte nie gedacht, dass sie es war. Holly ist darauf gekommen«, erklärte Alice. Sie sah zu Saffron hinunter, die mit einem vernarrten Gesichtsausdruck neben Granny hertrottete. »Was passiert nun mit Connies Hund?«

»Dazu habe ich eine Entscheidung getroffen«, verkündete Granny. »Ich behalte sie. Es wird mir guttun, mich um jemanden zu kümmern. Es macht mich verantwortungsvoller.« Sie sah mich an und zwinkerte.

»Das ist die perfekte Lösung«, sagte Alice. »Saffron mag Sie.«

»Tolle Idee«, sagte ich. »Bist du sicher, dass du mit ihr klarkommst?«

»Ich muss mich um ein paar Dinge kümmern«, sagte Granny, »aber das wird schon. Ich muss mir eine Bleibe suchen, in der ich Hunde halten darf, aber sie ist so winzig, dass man sie gar nicht entdecken wird, wenn ich sie hineinschmuggeln muss.«

Ich grinste und drückte ihren Ellbogen durch das Kostüm. Saffron war genau das, was Granny brauchte – etwas Beständigkeit in ihrem Leben und ein wenig Verantwortung. Und Saffron würde von Oma so richtig verwöhnt werden. Wir waren beide große Tierliebhaber. Jetzt, wo sie ein neues Zuhause hatte, würde sie nie wieder Angst haben müssen.

»Es dauert zu lange, in diesen Kostümen ins Dorf zu laufen, also habe ich ein Auto für uns organisiert«, sagte Alice.

Ich war so froh, das zu hören, dass ich sie hätte umarmen können. Wir stiegen mit flatternden Schwänzen und wackelnden Köpfen in den Geländewagen.

Als wir am zentralen Treffpunkt für den Start des Plogging-Events ankamen, freute ich mich, eine große Gruppe von Menschen zu sehen. Und es sah so aus, als hätten sie alle gehört, dass sie sich verkleiden sollten. Ich sah eine Vielfalt von Kostümen, darunter eine Giraffe, ein Pirat und eine Hexe. In der Ecke hatte sich außerdem eine große Gruppe von imposanten Flugsauriern versammelt.

»Ich kann immer noch nicht glauben, dass du Campbell und sein Team überzeugt hast, sich zu verkleiden«, sagte ich zu Alice, während wir uns aus dem Auto kämpften.

Alices Augen weiteten sich, als sie Campbell anstarrte. »Meine Güte! Ich hatte nicht erwartet, dass die Kostüme so ... figurbetont sein würden. Man kann alles sehen.« Ihre Wangen färbten sich rosa.

Campbell und sein Team hatten große, wacklige Flugsaurierhüte auf ihren Köpfen und Flügel auf dem Rücken. Sie alle trugen gesprenkelte braune Catsuits. Und Alice hatte recht, sie überließen nichts der Fantasie. Muskeln wölbten sich und es gab alle möglichen interessanten Beulen zu sehen.

»Du musst aufhören zu sabbern«, flüsterte ich ihr zu.

Sie klappte ihren Mund zu. »Das habe ich nicht. Aber schau ihn dir doch an. Sein ganzes Team sieht unglaublich aus. Ich sollte anordnen, dass das Sicherheitsteam immer solche Outfits trägt.«

Ich lachte auf. »Alice! Wage es nicht. Es wäre zwar urkomisch, Campbell zu beobachten, wie er so verkleidet herumläuft und versucht, cool und mysteriös zu wirken.«

»Ich werde darüber nachdenken«, sagte Alice.

»Tu das. Ich muss mich an die Arbeit machen.« Ich verbrachte die nächste halbe Stunde damit, sicherzustellen, dass alle glücklich waren, Fragen zu beantworten und Recyclingsäcke zu verteilen in denen die Leute ihren Müll sammeln konnten. Es waren hundert Leute gekommen, worüber ich sehr erfreut war. Und ich war erstaunt, Lady Diana dort zu sehen, auch wenn sie kein Kostüm trug.

»Es ist schön, Sie wohlauf zu sehen«, sagte ich zu ihr.

Mit in die Höhe gerecktem Kinn wandte sie den Blick ab. »Mir geht es immer noch nicht gut. Ich kann nicht glauben, dass diese Hexe mich vergiftet hat.«

»Aus Versehen. Misty hat versucht, jemand anderen zu töten.«

»Dadurch fühle ich mich nicht besser.« Lady Diana rieb sich den Bauch.

»Kommt jemand, der Sie nach Hause bringt?«

»Ja. Ich wollte eigentlich im Schloss warten, aber Alice hat darauf bestanden, dass ich zu dieser Veranstaltung komme. Also bin ich hier, aber ich habe nie gesagt, dass ich daran teilnehmen würde. Jedenfalls kommt mein Mann mich abholen.«

»Das sind ja tolle Neuigkeiten. Sie sind wieder zusammen?«

Mit kalten Augen drehte sie sich zu mir um. »Mit meinen albernen Cousins und Cousinen können Sie über jedes Thema sprechen, aber wir sind nicht befreundet. Behalten Sie Ihre Fragen und Meinungen für sich.«

Ich wich zurück und hob die Hände. Manchmal vergaß ich, meinen Stand bei der Familie. »Entschuldigung.«

»Gibt es ein Problem?« Alice kam zu uns herüber.

Diana sah über ihre Schulter und schaute finster drein. »Deine ... Freundin hat sich unverschämt verhalten.«

»Verzeihen Sie, Lady Diana, es wird nicht wieder vorkommen.« Ich drehte mich um und wollte mich entfernen.

»Nein! Bleib hier.« Alice packte meine Klaue. »Holly ist meine Freundin. Eine wirklich gute Freundin. Die beste, die ich je hatte. Erweise ihr etwas Respekt.«

Lady Diana wandte sich ab. »Warum sollte ich? Sie war zu neugierig.«

»Ich nehme an, Holly wollte eigentlich nett zu dir sein. Ein Konzept, das du nicht verstehst«, sagte Alice.

Lady Dianas Mund klappte auf, als sie sich wieder zu uns umdrehte. »Du stellst dich auf ihre Seite? Aber wir sind eine Familie.«

Alice schnaubte. »Holly ist wie eine Schwester für mich. Du darfst nicht gemein zu ihr sein.«

»Alice, ist schon gut. Ich sollte weitermachen.« Ich wollte nicht der Grund für einen Familienstreit sein und ich hatte die Grenze überschritten, als ich nach Lady Dianas Ehe gefragt hatte.

»Es ist nicht gut. Du warst diejenige, die herausfand, dass Diana vergiftet wurde. Wenn du nicht wärst, hätte sie einen bleibenden Nierenschaden davontragen können.« Alice zeigte mit einer Kralle auf sie. »Sie sollte dir danken.«

»Das muss nicht sein«, beteuerte ich.

»Ist das wahr?« Lady Diana schenkte mir ihre volle Aufmerksamkeit. »Sie waren es, die herausfand, dass ich mit Frostschutzmittel vergiftet wurde?«

»Ja.« Ich sprach das Wort langsam aus.

Sie schniefte. »Nun, ich schätze, dann sollte ich mich erkenntlich zeigen und Ihnen danken.«

»Dann tu es«, sagte Alice.

Lady Diana ging davon. »Das habe ich gerade. Und da ist der Fahrer meines Mannes. Ich gehe jetzt.«

Wir standen Seite an Seite da und sahen ihr nach.

»Wenn sie nicht meine Cousine wäre, würde ich nie wieder mit ihr sprechen«, sagte Alice.

Ich umarmte sie, so gut es mein Kostüm zuließ. »Danke, dass du mir zu Hilfe gekommen bist. Ich bin voll ins Fettnäpfchen getreten.

»Jederzeit. Dinosaurierköniginnen tun das für ihre Dinosaurieruntertanen. Ich konnte nicht zulassen, dass sie dir den Kopf abbeißt.«

Ich lachte und ging zu Campbells Team hinüber, konnte mir ein Grinsen jedoch nicht verkneifen, als ich direkt vor ihm stehenblieb. »Ihr seht alle toll aus. Bestnoten für euren Einsatz.«

Campbell funkelte mich an. »Wir sehen lächerlich aus. Aber Prinzessin Alice hat mir keine Wahl gelassen.«

»Hat sie gedroht, dein Team in den Kerker zu sperren, wenn ihr euch nicht als Flugsaurier verkleidet?«

Er zog eine Augenbraue hoch. »Du kennst sie zu gut. Sie hat fast eine halbe Stunde auf mich eingeredet und verschiedene Gründe aufgezählt, weshalb wir uns so anziehen müssen.« Er hob einen seiner braunen Flügel an und schnaubte. »Wie soll ich Müll aufsammeln, wenn dieses Ding an meinem Arm herunterhängt?«

»Wenn du eine echte Herausforderung willst, solltest du probieren, Müll mit winzigen Dinosaurierklauen aufzuheben, die sich nicht richtig schließen lassen.« Ich wedelte mit einer schlaffen Hand vor ihm herum.

»Es scheint, als hätte sie uns beiden einen Nachteil verschafft.«

»Bei dieser Veranstaltung geht es eher darum, Spaß zu haben und das Dorf zusammenzubringen«, sagte ich. »Und solange wir es schaffen, den ganzen Müll aufzusammeln, ist das die Hauptsache.«

»Ich plane immer noch, dich zu besiegen«, sagte er. »Auch mit diesen dummen Flugsaurierflügeln.«

»Ist das so? Tja, ich plane, dich zu besiegen, obwohl ich lächerlich kleine Arme habe, mit denen ich nichts aufheben kann.«

Er schmunzelte, bevor er sich von seinem Team entfernte, damit sie uns nicht hören konnten. »Gute Arbeit, was die Sache mit Misty angeht.«

»Gern geschehen. Du musst nur fragen, wenn du in Zukunft meine Hilfe brauchst.«

»Werde nicht überheblich. Das ist nicht attraktiv.«

»Sagt der, der immer überheblich herumläuft.«

»Ich habe ein Recht, überheblich auszusehen. Ich bin der Beste in meinem Beruf.«

Vor Lachen schnaubte ich. »Wie läuft es mit Misty?«

»Sie redet und hat ihre Story nicht geändert. Allerdings fragt sie immer wieder nach Saffron.«

»Du kannst ihr sagen, dass sie sicher ist. Ich habe mich in den letzten Tagen um sie gekümmert und meine Großmutter hat beschlossen, sie zu nehmen. Sie kann gut mit Tieren umgehen. Wir hatten Hunde, als ich ein Kind war, also weiß sie, was sie braucht.«

»Gut zu wissen. Ich gebe die Information weiter. Es ist nervig, immer wieder dasselbe gefragt zu werden. Manchmal wissen die Leute einfach nicht, wann sie still sein sollen.«

Ich umschiffte die Beleidigung. »Ich habe Mitleid mit Misty. Sie hatte einen guten Grund dafür, Connie aufhalten zu wollen.«

»Rechtfertigst du ihr Handeln?«

»Ich sage nur, dass ich töten würde, falls jemand Meatball verletzt.«

»Das merke ich mir, Holmes.«

»Tu das. Ich passe auf meine Lieben auf. Meatball gehört für mich zur Familie.«

»Wo wir beim Thema sind.« Er drehte den Kopf und sein Flugsaurierhut schlug gegen die Nase von meinem

T-Rex. »Deine Großmutter hat eine interessante Vorgeschichte.«

Ich schluckte und blickte zu Granny hinüber. »Du hast sie überprüft?«

»Sie hat sich bei der Familie aufgehalten, natürlich habe ich sie überprüft. Warum hast du mir nicht gesagt, wer sie war und wo sie war?«

»Weil ich wusste, dass dann wieder dieser Ausdruck auf dein Gesicht tritt, der andeutet, dass du sie loswerden willst. Sie macht keinen Ärger.«

»Natürlich macht sie Ärger. Ihr seid beide gleich schlimm. Willst du mir erzählen, was sie getrieben hat, seit sie hier ist? Ich habe mehrere Meldungen von gestohlenen Taschen.«

»Es gibt nichts zu erzählen.« Ich senkte meinen Kopf und war froh, dass das Dinosaurierkostüm meinen Ausdruck verbarg.

»Möchtest du das noch mal beantworten?«

»Nicht wirklich.«

Er verschränkte seine Arme über der Brust und bog die Flügel um sich herum. Es war beeindruckend einschüchternd. Er sah aus wie ein Batman aus der Steinzeit.

»Granny muss sich einfach ... eingewöhnen.« Ich sah ihm in die Augen. »Sie ist nicht perfekt, aber sie gibt ihr Bestes. Und ich finde es toll, dass sie sich jetzt um Saffron kümmert. Das gibt ihr etwas Positives, auf das sie sich konzentrieren kann.«

»Also hat sie sich nicht verändert? Sie könnte wieder Verbrechen begehen?«

»Sie bemüht sich, es nicht zu tun. Außerdem hat sie jetzt Saffron und geht heute mit Ray auf ein Date. Das sind beides gute Dinge. Mehr braucht sie nicht, nur ein wenig Positivität in ihrem Leben. Und bevor du wegen ihrer Vergangenheit ausflippst: Sie hatte ihre Gründe für das, was sie getan hat.«

»Ich weiß, was ihre Gründe waren«, sagte Campbell. »Damit bin ich nicht einverstanden. Wenn sie Ärger macht, während sie hier ist, komme ich zu dir. Du bist der Grund, weshalb sie im Dorf ist. Glaube nicht, dass sie einen Freifahrtschein bekommt, nur weil sie deine Großmutter ist.«

»Das hätte ich nie von dir gedacht«, sagte ich. »Du stehst immer auf der richtigen Seite des Gesetzes.«

»Und du tust es manchmal nicht, und genau da stoßen wir aufeinander.«

»Nicht absichtlich. Und es hat seinen Zweck erfüllt. Connies Mörderin wurde gefasst.«

»Mit ihr hattest du Glück.«

Ich stieß ihn mit meinem T-Rex-Kopf an. »Du kannst glauben, was du möchtest. Ich habe dir geholfen. Eines Tages wirst du aufhören, es abzulehnen.«

»So bald wird das nicht passieren. Also, wie wäre es, wenn wir dieses Plogging- Event starten, damit ich dir in den Hintern treten kann.«

»Mein T-Rex wird dich lebendig auffressen.«

Er schlug mit seinem Flügel gegen meinen Dinosaurierkopf. »Herausforderung angenommen.«

Ich ging zurück zu Alice und Rupert. Granny stand ein Stück entfernt und hielt Saffron in den Armen, während sie mit Ray plauderte. Meatball hüpfte herum und beschnüffelte alle Kostüme.

»Ich glaube, alle sind bereit.« Ich sah Alice und Rupert an. »Sollen wir loslegen?«

Sie nickten.

»Besiegen wir die Flugsaurier«, sagte Alice.

Ich drehte mich zu der Menge an. »Ich möchte euch alle zum allerersten Plogging-Event in Audley St. Mary willkommen heißen. Es ist unsere Chance, unserem schönen Dorf etwas zurückzugeben, indem wir dafür sorgen, dass es frei von Müll ist. Ich hoffe, jeder hat einen Sack, um den Müll einzusammeln.«

Die Leute schwenkten ihre Säcke.

»Super. Wenn euer Sack voll wird, kommt zu mir und ich gebe euch einen neuen.«

»Und nur um dieses Event ein wenig aufregender zu machen ...«, sagte Alice und trat vor. »Derjenige, der die meisten Säcke füllt, bekommt einen Gutschein von Harrods und kostenlosen Nachmittagstee im Schlosscafé.«

Ein aufgeregtes Murmeln ging durch die Menge.

»Das ist großzügig von dir«, flüsterte ich ihr zu.

Sie zuckte mit den Schultern. »Wieso nicht? Das gibt allen einen Anreiz, besonders schnell zu sein.«

»Sind alle bereit zum Ploggen?«, fragte ich.

Jubel ertönte.

»Drei, zwei, eins, ploggen wir los!«

Campbell und sein Team rannten los und eilten mit wackelnden Flügeln umher, um den Müll einzusammeln, wobei er Anweisungen brüllte und sie wie bei einer Militäroperation koordinierte.

Ich lief mit Alice und Rupert in die entgegengesetzte Richtung, wobei unsere Schwänze über den Boden schleiften. Meatball rannte neben mir her und jagte meinen Schwanz, weil er dachte, es sei ein Spiel.

Ich winkte Granny zu, während ich an ihr vorbeijoggte. »Hast du Spaß?«

Sie grinste und nickte mit ihrem T-Rex-Kopf. »Bisher ist es das beste erste Date, das ich je hatte.«

Ray nickte und lächelte mich an.

Während ich weiterjoggte, warf mir Campbell ein schelmisches Lächeln zu, der Kampfgeist klar in seinen Augen zu erkennen.

Ich konnte nicht anders, als zu lachen. Manche Dinge in Audley St. Mary änderten sich nie. Und ich war froh darüber.

Bist du bereit für einen weiteren Krimi mit Holly und Meatball?

Mord und Kaffeekuchen, Buch 6 der Serie, wartet auf dich.
Ich freue mich über eine Einladung ins Marchwood Manor. Ich bin es gewohnt, Profiteroles zu füllen, statt sie zu essen, also wird das ein Genuss. Doch statt eines angenehmen Abends endet es damit, dass fast eine Leiche auf mir landet!

Was wie ein Unfall wirkt, nimmt eine dunkle Wendung, als ein weiterer Partygast stirbt. War sein Tod ebenfalls ein Unfall oder geht etwas Zwielichtiges im Dorf vor?

Ich übernehme den Fall. Und diesmal will mich Campbell dabeihaben! Das bereue ich, als mich ein mysteriöser Mann angreift und mir rät, mich rauszuhalten. Verschwörungstheorien und ein jahrzehntealter Mord führen mich auf einen gefährlichen Weg. Kann ich das Rätsel lösen, ohne den Kopf zu verlieren? Oder sollte ich die Detektivarbeit den Experten überlassen?

Rezept

Herrliche Blaubeermuffins

Vorbereitungszeit: 15 Minuten **Kochzeit:** 25 Minuten

Die Muffins können 3 Tage lang in einem luftdichten Behälter aufbewahrt werden.

Im Gefrierschrank halten sie sich 2 Monate.

ZUTATEN

100 g ungesalzene Butter, geschmolzen
300 g normales Allzweckmehl
150 g weißer Kristallzucker
18 g Backpulver
2 große Eier
130 g griechischer Joghurt
100 ml + 1 Esslöffel Milch
1 Teelöffel Vanilleextrakt
2 Tassen frische oder gefrorene Blaubeeren; wenn du gefrorene verwendest, taue sie nicht auf, bevor du sie hinzumischst

ANLEITUNG

1. Heize den Ofen auf 230 °C vor. Lege ein normales Muffinblech mit 12 Vertiefungen mit Förmchen aus oder verwende eine Silikonform.

2. Schmelze die Butter in der Mikrowelle – 30–45 Sekunden.

3. Mische Mehl, Zucker und Backpulver in einer Schüssel zusammen und rühre, bis alles gut vermischt ist.

4. Füge die Eier hinzu und verrühre sie.

5. Schütte den Joghurt, die Milch, die Butter und den Vanilleextrakt hinein. Hebe sie unter, bis alles gut vermischt ist. Sei vorsichtig dabei.

6. Füge die Blaubeeren hinzu und hebe sie unter. Rühre nicht zu viel.

7. Fülle die Muffinformen zu drei Vierteln.

8. Backe die Muffins für 20–25 Minuten oder bis ein Zahnstocher, den du hineinstichst, sauber herausgezogen werden kann.

9. Lass sie 10 Minuten in der Form auskühlen.

10. Lasse sie auf einem Gitterrost auskühlen (oder iss diese köstlichen Leckereien sofort)!

Weitere Bücher dieser Reihe

Genieß weitere Krimis aus der Holly-Holmes-Reihe.

Mord und Karamellkuchen
Mord und Schokoladenkuchen
Mord und Vanillekuchen
Mord und Kirschkuchen
Mord und Blaubeerkuchen
Mord und Kaffeekuchen

Über die Autorin

K.E. O'Connor (Karen) ist eine Cozy Mystery-Autorin, die inmitten der wunderschönen britischen Landschaft wohnt. Sie liebt alles, was mit Geheimnissen, Tieren und Kuchen zu tun hat (diese Dinge schaffen es auch häufig in ihre Bücher).

Wenn sie nicht gerade über Mysterien, Morde und Leckereien schreibt, arbeitet sie ehrenamtlich in einem örtlichen Tierheim, liest jede Menge Bücher, sieht sich Krimiserien an und träumt davon, an einem wärmeren Ort zu leben.

Um über Krimis, in denen der Mörder sein Fett wegbekommt, auf dem Laufenden zu bleiben, abonniere Karens unterhaltsamen monatlichen Newsletter mit Buchneuheiten, Rabatten und weiteren Cozy-Mystery-Leckereien. Außerdem erhältst du eine exklusive Kurzgeschichte mit Holly Holmes. Diese Geschichte ist nirgendwo sonst erhältlich, sie ist exklusiv für ihre Newsletter-Abonnenten.

Hol dir jetzt Raub und pinker Zuckerguss: https://BookHip.com/SNVNMRZ